Graham Greene

Unser Mann in Havanna

Roman

Deutsch von Dietlind Kaiser

Deutscher Taschenbuch Verlag

Ungekürzte Ausgabe
Mai 1997
Deutscher Taschenbuch Verlag GmbH & Co. KG,
München

Titel der englischen Originalausgabe:
›Our Man in Havana‹ (Erstveröffentlichung 1958)

ISBN 3-552-04704-2
Umschlagkonzept: Balk & Brumshagen
Umschlagbild: Ausschnitt des Gemäldes ›Shore at Bermuda‹ (ca. 1899)
von Winslow Homer
Gesetzt aus der Garamond 10/11,25· (Quark XPress)
Satz: KCS GmbH, Buchholz/Hamburg
Druck und Bindung: Presse-Druck, Augsburg
Gedruckt auf säurefreiem, chlorfrei gebleichtem Papier
Printed in Germany · ISBN 3-423-08377-8

Den Traurigen verhöhnt der eig'ne Scherz.
George Herbert

Erster Teil

1. Kapitel

I

»Der Nigger da auf der Straße«, sagte Dr. Hasselbacher am Tresen der Wonder Bar, »der erinnert mich an Sie, Mr. Wormold.« Es war typisch für Dr. Hasselbacher, daß er nach fünfzehn Jahren Freundschaft immer noch die Anrede Mr. benützte – Freundschaft entwickelte sich mit der Langsamkeit und Gewißheit einer sorgfältigen Diagnose. Vielleicht würde Wormold auf dem Totenbett, wenn Dr. Hasselbacher kam und ihm den versagenden Puls fühlte, Jim werden.

Der Neger war auf einem Auge blind, und ein Bein war kürzer als das andere; er trug einen uralten Filzhut, und seine Rippen zeichneten sich durch das zerlumpte Hemd ab wie die eines abgewrackten Schiffes. Er ging in der heißen Januarsonne am Gehsteigrand entlang, vorbei an den gelben und rosafarbenen Säulen einer Kolonnade, und zählte beim Gehen jeden Schritt. Als er an der Wonder Bar vorbeikam, Richtung Virdudes, war er bei »1369« angelangt. Er mußte sich langsam bewegen, damit er Zeit für eine so lange Zahl hatte. »Eintausenddreihundertneunundsechzig.« Er war eine vertraute Gestalt in der Nähe des National-Platzes, wo er manchmal Station machte und mit dem Zählen so lange innehielt, bis er einem Touristen ein Päckchen pornographische Fotos verkauft hatte. Danach fuhr er mit dem Zählen dort fort, wo er aufgehört hatte. Am Ende des Tages mußte er wie ein energiegeladener Passagier eines Transatlantikdampfers auf den Meter genau wissen, wie weit er gegangen war.

»Joe?« fragte Wormold. »Ich sehe keinerlei Ähnlichkeit. Bis auf das Hinken natürlich«, aber er warf instinktiv einen schnellen Blick auf sein Bild im Spiegel, auf dem »Cerveza Tropical« stand, als könnte er auf dem Weg vom Laden in der Altstadt hierher tatsächlich so hinfällig und schwarz geworden sein. Aber das Gesicht, das ihm entgegenblickte, war nur leicht verfärbt vom Staub der Hafenanlagen; es war noch dasselbe, besorgt, gefurcht, in den Vierzigern, viel jünger als das von Dr. Hasselbacher, und doch hätte ein Fremder das Gefühl haben können, es werde früher erlöschen – der Schatten war schon da, die Sorgen, die der Reichweite eines Beruhigungsmittels entzogen sind. Der Neger hinkte außer Sicht, um die Ecke des Paseo. Es war ein Tag der Schuhputzer.

»Ich habe nicht das Hinken gemeint. Sehen Sie die Ähnlichkeit nicht?«

»Nein.«

»Er hat zweierlei Dinge im Kopf«, erklärte Dr. Hasselbacher, »seine Arbeit und das Zählen. Und natürlich ist er Brite.«

»Ich begreife trotzdem nicht ...« Wormold kühlte sich den Mund mit seinem morgendlichen Daiquiri. Sieben Minuten bis zur Wonder Bar; sieben Minuten zurück zum Laden; sechs Minuten Gesellschaft. Er schaute auf seine Uhr. Ihm fiel ein, daß sie eine Minute nachging.

»Er ist zuverlässig, man kann sich auf ihn verlassen, mehr

habe ich nicht gemeint«, sagte Dr. Hasselbacher ungeduldig. »Wie geht's Milly?«

»Großartig«, sagte Wormold. Das war seine unabänderliche Antwort, aber er meinte es so.

»Wird am siebzehnten siebzehn, ja?«

»Stimmt.« Er schaute schnell über die Schulter, als mache jemand Jagd auf ihn, und dann wieder auf die Uhr. »Sie kommen doch und trinken ein Glas mit uns?«

»Das habe ich mir noch nie nehmen lassen, Mr. Wormold. Wer kommt sonst noch?«

»Ich hab gedacht, nur wir drei. Sehen Sie, Cooper ist nach Hause zurückgekehrt, der arme Marlowe liegt immer noch im Krankenhaus, und Milly scheint sich aus der neuen Clique im Konsulat nichts zu machen. Deshalb hab ich gedacht, wir feiern in aller Ruhe, nur die Familie.«

»Es ist mir eine Ehre, zur Familie zu zählen, Mr. Wormold.«

»Vielleicht ein Tisch im Nacional – oder meinen Sie, das wäre nicht ganz – passend?«

»Wir sind hier nicht in England oder Deutschland, Mr. Wormold. In den Tropen werden Mädchen schnell erwachsen.«

Auf der anderen Straßenseite ging knarrend ein Fensterladen auf und bewegte sich dann stetig in der leichten Brise vom Meer, klickklack, wie eine altertümliche Uhr. Wormold sagte: »Ich muß gehen.«

»Phastkleaners kommt auch ohne Sie zurecht, Mr. Wormold.« Es war ein Tag der unangenehmen Wahrheiten. »Mit meinen Patienten ist es genauso«, fügte Dr. Hasselbacher gütig hinzu.

»Krank werden die Leute zwangsläufig, aber Staubsauger kaufen sie nicht zwangsläufig.«

»Dafür berechnen Sie ihnen mehr.«

»Und bekomme bloß zwanzig Prozent für mich. Von zwanzig Prozent kann man nicht viel sparen.«

»Dies ist nicht die Zeit zum Sparen, Mr. Wormold.«

»Ich muß – für Milly. Falls mir etwas zustößt ...«

»Heutzutage haben wir alle keine große Lebenserwartung, was soll also die Sorge?«

»All diese Unruhen sind sehr schlecht fürs Geschäft. Was nützt ein Staubsauger, wenn der Strom abgestellt wird?«

»Ich könnte ein kleines Darlehen aufbringen, Mr. Wormold.«

»Nein, nein. So ist es nicht. Bei meinen Sorgen geht es nicht um dieses Jahr oder das nächste, sie sind langfristig.«

»Dann sind sie es nicht wert, Sorgen genannt zu werden. Wir leben im Atomzeitalter, Mr. Wormold. Jemand drückt auf einen Knopf – piff, peng – wo sind wir? Noch einen Scotch, bitte.«

»Und das ist das nächste Problem. Wissen Sie, was die Firma sich jetzt geleistet hat? Sie haben mir einen Atomstaubsauger geschickt.«

»Wirklich? Ich habe gar nicht gewußt, daß die Wissenschaft schon so weit ist.«

»Ach, mit Atom hat das natürlich überhaupt nichts zu tun – es ist bloß ein Name. Letztes Jahr war es der Turbojet; dieses Jahr ist es der Atomgigant. Er wird genau wie der andere an der Steckdose angeschlossen.«

»Warum machen Sie sich dann Sorgen?« wiederholte Dr.

Hasselbacher wie ein Leitmotiv und widmete sich seinem Whisky.

»Der Firma ist nicht klar, daß so ein Name vielleicht in den Staaten ankommt, aber nicht hier, wo die Geistlichkeit dauernd gegen den Mißbrauch der Wissenschaft predigt. Milly und ich waren letzten Sonntag in der Kathedrale – Sie wissen ja, wie wichtig sie die Messe nimmt, es würde mich nicht wundern, wenn sie meint, sie kann mich bekehren. Jedenfalls hat Pfarrer Mendez eine halbe Stunde damit verbracht, die Auswirkung einer Wasserstoffbombe zu schildern. Diejenigen, die an den Himmel auf Erden glauben, hat er gesagt, schaffen eine Hölle – und es klang bei ihm auch genauso – es war sehr anschaulich. Was meinen Sie, wie ich mich am Montag gefühlt habe, als ich eine Schaufensterdekoration für den Atomgiganten machen mußte? Es hätte mich nicht überrascht, wenn einer der wilden Jungen hier aus der Gegend das Fenster eingeschlagen hätte. Katholische Aktion, Christus ist König und so weiter. Ich weiß nicht, wie ich mich verhalten soll, Hasselbacher.«

»Verkaufen Sie Pater Mendez einen für den Bischofspalast.«

»Aber er ist mit dem Turbo zufrieden. Es war ein gutes Gerät. Das ist der neue natürlich auch. Verbesserte Saugleistung für Bücherregale. Sie wissen, daß ich niemandem ein Gerät verkaufen würde, das nichts taugt.«

»Ich weiß, Mr. Wormold. Können Sie nicht einfach den Namen ändern?«

»Das erlauben sie mir nicht. Sie sind stolz darauf. Sie halten es für die beste Formulierung, die sich jemand seit ›Spielend fegen, klopfen, saugen‹ ausgedacht hat. Wissen Sie, zum Turbo gab es einen Reinigungsbezug. Niemand hatte etwas dagegen – es war ein nützliches Zubehör, aber gestern kam eine Frau herein, schaute sich den Atomgiganten an und fragte, ob ein Kissen dieser Größe wirklich die ganze Radioaktivität aufsaugen könne. Und was mit Strontium 90 sei, hat sie gefragt.«

»Ich könnte Ihnen ein medizinisches Attest ausstellen«, sagte Dr. Hasselbacher.

»Machen Sie sich nie über etwas Sorgen?«

»Ich habe eine Geheimwaffe, Mr. Wormold. Mir liegt etwas am Leben.«

»Mir auch, aber ...«

»Ihnen liegt etwas an einem Menschen, nicht am Leben, und Menschen sterben oder verlassen uns – Entschuldigung, ich wollte nicht auf Ihre Frau anspielen. Aber wenn Ihnen etwas am Leben liegt, läßt es Sie nie im Stich. Ich interessiere mich für das Blaue im Käse. Sie lösen keine Kreuzworträtsel, nicht wahr, Mr. Wormold? Ich schon, und sie sind wie Menschen: Man kommt an ein Ende. Ich bin mit jedem Kreuzworträtsel innerhalb einer Stunde fertig, aber im Zusammenhang mit dem Blauen im Käse habe ich eine Entdeckung gemacht, zu deren Abschluß es nie kommen wird – obwohl man natürlich immer davon träumt, daß es eines Tages vielleicht soweit ist ... Ich muß Ihnen unbedingt einmal mein Labor zeigen.«

»Ich muß gehen, Hasselbacher.«

»Sie sollten mehr träumen, Mr. Wormold. In unserem Jahrhundert sollte man der Wirklichkeit nicht ins Gesicht sehen.«

2

Als Wormold zu seinem Laden in der Lamparillastraße kam, war Milly noch nicht aus ihrer amerikanischen Klosterschule zurück, und trotz der beiden Gestalten, die er durch die Tür sah, kam ihm der Laden leer vor. Wie leer! Und so würde er bleiben, bis Milly zurückkam. Jedesmal, wenn er den Laden betrat, war ihm ein Vakuum bewußt, das nichts damit zu tun hatte, ob der Laden tatsächlich leer war. Kein Kunde konnte es füllen, schon gar nicht der eine, der zu adrett für Havanna aussah, einen englischen Prospekt über den Atomgiganten las und Wormolds Gehilfen betont übersah. Lopez war ein ungeduldiger Mann, der ungern Zeit damit vergeudete, sich von der Lektüre der spanischen Ausgabe von ›Confidential‹ abbringen zu lassen. Er musterte den Fremden zornig und unternahm keinen Versuch, gewinnend zu wirken.

»Buenos dias«, sagte Wormold. Er betrachtete alle Fremden im Laden mit gewohnheitsmäßigem Mißtrauen. Vor zehn Jahren hatte ein Mann den Laden betreten, sich als Kunde ausgegeben, und hatte ihm arglistig ein Schafwolltuch für die Chromteile seines Autos angedreht. Er war ein glaubwürdiger Schwindler gewesen, aber niemand konnte als Käufer eines Staubsaugers weniger überzeugend wirken als der Mann hier. Er war groß und elegant in seinem blaugrauen Tropenanzug, trug eine erlesene Krawatte und hatte den Hauch von Stränden und den ledrigen Geruch eines guten Clubs an sich; man war darauf gefaßt, daß er sagte: »Der Herr Botschafter wird Sie gleich empfangen.« Für Sauberkeit war er nicht selbst zuständig – das übernahm das Meer oder ein Diener.

»Spreche leider das Kauderwelsch nicht«, antwortete der Fremde. Das abfällige Wort war ein Makel auf seinem Anzug wie ein Eierfleck nach dem Frühstück. »Sie sind Brite, nicht wahr?«

»Ja.«

»Ich meine – ein echter Brite. Britischer Paß und so weiter.«

»Ja. Warum?«

»Man macht gern Geschäfte mit einer britischen Firma. Da weiß man, woran man ist, wenn Sie verstehen, was ich meine.«

»Was kann ich für Sie tun?«

»Ich wollte mich eigentlich erst einmal umschauen.« Er sprach, als ob er in einer Buchhandlung wäre. »Das konnte ich Ihrem Knaben nicht begreiflich machen.«

»Sie suchen einen Staubsauger?«

»Suchen ist nicht ganz das richtige Wort.«

»Ich meine, Sie denken daran, einen zu kaufen?«

»Genau, alter Junge, Sie haben den Nagel auf den Kopf getroffen.« Wormold hatte den Eindruck, der Mann habe diesen Ton gewählt, weil er das Gefühl hatte, er passe zum Laden – eine Tarnfarbe in der Lamparillastraße; jedenfalls paßte seine Forschheit nicht zu seiner Kleidung. Man kann die Methode des heiligen Paulus, allen alles zu sein, nicht erfolgreich anwenden, ohne den Anzug zu wechseln.

Wormold sagte eifrig: »Sie könnten sich nichts Besseres zulegen als den Atomgiganten.«

»Mir ist hier einer aufgefallen, der Turbo heißt.«

»Das ist auch ein sehr guter Staubsauger. Haben Sie eine große Wohnung?«

»Eigentlich nicht gerade groß.«

»Hier, sehen Sie, Sie bekommen zwei Bürsten – die hier ist zum Wachsen, die zum Bohnern – o nein, ich glaube, es ist umgekehrt. Der Turbo hat Luftantrieb.«

»Was heißt das?«

»Das heißt natürlich ... genau, was der Name sagt, Luftantrieb.«

»Das komische kleine Teil hier – wozu ist das?«

»Das ist eine Zweiweg-Teppichdüse.«

»Was Sie nicht sagen. Ist das nicht interessant? Wieso Zweiweg?«

»Man schiebt und zieht.«

»Was die sich für Sachen ausdenken«, sagte der Fremde. »Ich nehme an, Sie verkaufen jede Menge davon?«

»Ich bin hier der einzige Vertreter.«

»Ich nehme an, alle wichtigen Leute müssen unbedingt einen Atomgiganten haben?«

»Oder einen Turbojet.«

»Regierungsbüros?«

»Selbstverständlich. Warum?«

»Was gut genug für die Regierung ist, sollte auch für mich gut genug sein.«

»Vielleicht ziehen Sie unseren Ruckzuck-Mini vor.«

»Ruckzuck was?«

»Der volle Name lautet Ruckzuck-Mini-Handstaubsauger mit Luftantrieb.«

»Wieder das Wort Luftantrieb.«

»Ich kann nichts dafür.«

»Regen Sie sich nicht auf, alter Junge.«

»Ich persönlich hasse das Wort Atomgigant«, sagte Wormold mit jäher Leidenschaft. Ihm kam der Gedanke, dieser Fremde könne ein von der Hauptverwaltung in London oder New York geschickter Inspektor sein. Falls das so war, sollten sie nichts als die Wahrheit hören.

»Ich verstehe, was Sie meinen. Es ist nicht glücklich gewählt. Sagen Sie, warten Sie diese Dinger?«

»Vierteljährlich. Während der Garantiezeit kostenlos.«

»Ich habe gemeint, ob Sie die Wartung selbst übernehmen.«

»Ich schicke Lopez.«

»Den mürrischen Knaben?«

»Ich bin kein besonders guter Mechaniker. Wenn ich so ein Ding anfasse, scheint es nicht mehr zu funktionieren.«

»Fahren Sie denn nicht Auto?«

»Doch, aber wenn etwas nicht in Ordnung ist, kümmert sich meine Tochter darum.«

»Ach ja, Ihre Tochter. Wo ist sie?«

»In der Schule. Jetzt möchte ich Ihnen diese Einrastkupplung zeigen«, aber als er sie vorführen wollte, rastete sie natürlich nicht ein. Er schob und drehte. »Defektes Teil«, sagte er verzweifelt.

»Lassen Sie es mich versuchen«, sagte der Fremde, und die Kupplung rastete so reibungslos ein, wie man es sich nur wünschen konnte.

»Wie alt ist Ihre Tochter?«

»Sechzehn«, sagte er und war wütend auf sich, weil er geantwortet hatte.

»So«, sagte der Fremde. »Ich muß weiter. Hab' unseren Plausch genossen.«

»Möchten Sie denn keinen Staubsauger bei der Arbeit sehen? Lopez könnte es Ihnen vorführen.«

»Im Augenblick nicht. Wir sehen uns wieder – hier oder dort«, sagte der Mann mit vager, unverschämter Zuversicht und war zur Tür hinaus, ehe Wormold daran dachte, ihm eine Geschäftskarte zu geben. Auf dem Platz oberhalb der Lamparillastraße verschluckten ihn die Zuhälter und Lotterieverkäufer der Mittagszeit in Havanna.

Lopez sagte: »Der hatte nie vor, was zu kaufen.«

»Was hat er dann gewollt?«

»Wer weiß? Er hat mich lange durch das Fenster angesehen. Ich glaube, wenn Sie nicht gekommen wären, hätte er mich vielleicht gebeten, ihm eine Frau zu besorgen.«

»Eine Frau?«

Er dachte an den Tag vor zehn Jahren und dann beklommen an Milly, und er wünschte sich, er hätte nicht so viele Fragen beantwortet. Er wünschte sich außerdem, die Einrastkupplung wäre ausnahmsweise eingerastet.

2. Kapitel

Er konnte Millys Näherkommen wie das eines Polizeiautos von weitem ausmachen. Anstelle von Sirenen kündigten Pfiffe sie an. Gewöhnlich ging sie von der Bushaltestelle in der Avenida de Belgica zu Fuß, aber heute schienen die Schürzenjäger aus der Richtung von Compostella zu operieren. Sie waren nicht gefährlich, das mußte er widerstrebend zugeben. Der Salut, der um ihren dreizehnten Geburtstag herum angefangen hatte, drückte in Wahrheit Respekt aus, denn selbst nach den hohen Maßstäben Havannas war Milly schön. Sie hatte Haar in der Farbe hellen Honigs, dunkle Augenbrauen, und ihr Pagenkopf stammte vom besten Friseur der Stadt. Sie schenkte den Pfiffen keine offene Aufmerksamkeit, sie brachten sie nur dazu, noch höher auszuschreiten – wenn man ihren Gang sah, konnte man fast an Levitation glauben. Schweigen wäre ihr jetzt wie eine Beleidigung vorgekommen.

Im Gegensatz zu Wormold, der an nichts glaubte, war Milly katholisch: das hatte er ihrer Mutter versprechen müssen, bevor sie geheiratet hatten. Er nahm an, daß ihre Mutter jetzt auch nicht mehr gläubig war, aber sie hatte ihm eine Katholikin hinterlassen. Das brachte Milly näher an Kuba heran, als es ihm gelingen konnte. Er war der Meinung, in den reichen Familien sei der Brauch, eine Duenna zu halten, immer noch verbreitet, und manchmal kam es ihm so vor, als hätte auch Milly immer eine Duenna bei sich, unsichtbar für aller Augen bis auf die ihren. In der Kirche, wo sie bezaubernder aussah als anderswo, wenn sie die federleichte Mantilla trug, bestickt mit Blättern, die so durchsichtig waren wie Eisblumen, saß die Duenna immer neben ihr, paßte darauf auf, daß ihr Rücken gerade, ihr Gesicht im entscheidenden Augenblick bedeckt war, und daß sie sich korrekt bekreuzigte. Mochten auch kleine Jungen straflos um sie herum Süßigkeiten lutschen oder hinter den Säulen kichern, sie saß so starr da wie eine Nonne, folgte der Messe in einem kleinen Meßbuch mit Goldschnitt, gebunden in Maroquinleder in der Farbe ihres Haares (sie hatte es selbst ausgesucht). Dieselbe unsichtbare Duenna sorgte dafür, daß sie freitags Fisch aß, in der Fastenzeit wenig zu sich nahm und nicht nur an Sonntagen und hohen kirchlichen Feiertagen zur Messe ging, sondern auch an ihrem Namenstag. Milly hieß sie zu Hause; getauft war sie auf den Namen Seraphina – in Kuba eine Heilige mit einem »Doppelfest«, ein für Wormold rätselhaftes Wort, das ihn immer an Tennis erinnerte.

Es hatte lange gedauert, bis Wormold aufging, daß die Duenna nicht immer an ihrer Seite war. Milly nahm es mit den religiösen Tischsitten peinlich genau und hatte ihre Nachtgebete nie versäumt, was er aus gutem Grund wußte, weil sie ihn, um ihn als Nichtkatholiken zu brandmarken, schon als Kind vor ihrer Zimmertür hatte warten lassen, bis sie fertig war. Vor dem Bild Unserer Lieben Frau von Guadalupe brannte stets ein Licht. Er erinnerte sich daran, wie er die vierjährige Milly hatte beten hören: »Gegrüßet seist du, Maria heißt du.«

Als Milly dreizehn war, war er jedoch eines Tages in die Klosterschule der amerikanischen Klarissinnen im weißen, reichen Vorort Vedado bestellt worden. Dort erfuhr er zum ersten Mal, wie die Duenna Milly unter der Ordenstafel am vergitterten Schultor verließ. Es handelte sich um eine ernste Beschwerde: Milly hatte einen kleinen Jungen namens Thomas Earl Parkman junior in Brand gesteckt. Die Ehrwürdige Mutter räumte ein, es sei wahr, Earl, wie er in der Schule genannt wurde, habe Milly vorher an den Haaren gezogen, aber ihrer Meinung nach rechtfertige das in keiner Weise Millys Tat, die durchaus böse Folgen hätte haben können, wenn ein anderes Mädchen Earl nicht in einen

Springbrunnen gestoßen hätte. Millys einzige Entschuldigung hatte gelautet, Earl sei Protestant, und falls es zu einer Christenverfolgung käme, seien Katholiken bei diesem Spiel Protestanten jederzeit überlegen.

»Aber wie hat sie Earl in Brand gesteckt?«

»Sie hat Benzin auf seinen Hemdzipfel gegossen.«

»Benzin!«

»Feuerzeugbenzin, und dann hat sie ein Streichholz angezündet. Wir vermuten, daß sie heimlich geraucht hat.«

»Das ist eine ganz unglaubliche Geschichte.«

»Dann scheinen Sie Milly nicht zu kennen. Ich muß Ihnen sagen, Mr. Wormold, unsere Geduld ist auf traurige Weise geprüft worden.«

Offenbar hatte Milly ein halbes Jahr, bevor sie Earl in Brand steckte, im Kunstunterricht Postkarten berühmter Gemälde zirkulieren lassen.

»Ich verstehe nicht, was daran falsch sein soll.«

»Im Alter von zwölf Jahren, Mr. Wormold, sollte sich das Interesse eines Kindes nicht auf Aktmalerei konzentrieren, wie klassisch die Gemälde auch sein mögen.«

»Es waren lauter Akte?«

»Bis auf Goyas ›Bekleidete Maja‹. Aber die Aktfassung hatte sie auch.«

Wormold war gezwungen gewesen, sich der Gnade der Ehrwürdigen Mutter auszuliefern – er war ein armer, ungläubiger Vater mit einem katholischen Kind, das amerikanische Kloster war die einzige nichtspanische Schule in Havanna, und eine Gouvernante konnte er sich nicht leisten. Sie wollten doch bestimmt nicht, daß er sie in die Hiram-C.-Truman-Schule schickte, oder? Und damit hätte er das Versprechen gebrochen, das er seiner Frau gegeben hatte. Er fragte sich insgeheim, ob es seine Pflicht sei, eine neue Frau zu finden, aber vielleicht hätten die Nonnen das nicht gebilligt, und wie auch immer, er liebte Millys Mutter immer noch.

Selbstverständlich sprach er mit Milly, und ihre Erklärung hatte die Tugend der Schlichtheit.

»Warum hast du Earl in Brand gesteckt?«

»Der Teufel hat mich in Versuchung geführt«, sagte sie.

»Milly, sei bitte vernünftig.«

»Heilige sind vom Teufel in Versuchung geführt worden.«

»Du bist keine Heilige.«

»Genau. Deshalb bin ich der Versuchung erlegen.« Das Kapitel war abgeschlossen – jedenfalls würde es an jenem Nachmittag zwischen vier und sechs im Beichtstuhl abgeschlossen werden. Die Duenna war wieder an ihrer Seite und würde dafür sorgen. Wenn ich nur genau wüßte, dachte er, wann sich die Duenna ihren freien Tag nimmt.

Außerdem war es um das heimliche Rauchen gegangen.

»Rauchst du Zigaretten?« fragte er sie.

»Nein.«

Etwas an ihrem Verhalten bewog ihn dazu, die Frage anders zu formulieren. »Hast du überhaupt schon einmal geraucht, Milly?«

»Nur Zigarillos«, sagte sie.

Jetzt, als er die Pfiffe hörte, die ihre Ankunft ankündigten, fragte er sich, warum Milly vom Hafen statt von der Avenida de Belgica in die Lamparillastraße einbog. Aber als er sie sah, sah er auch den Grund. Ihr folgte ein junger

Ladengehilfe, der ein so großes Paket trug, daß sein Gesicht dahinter verschwand. Wormold begriff traurig, daß sie wieder eingekauft hatte. Er ging nach oben in die Wohnung über dem Laden, und bald darauf konnte er hören, wie sie Anweisungen über das Abstellen ihrer Einkäufe gab. Ein Poltern, ein Klappern, ein Klirren von Metall. »Stellen Sie es hierhin«, sagte sie und: »Nein, dorthin.« Schubladen wurden geöffnet und geschlossen. Sie begann Nägel in die Wand zu schlagen. Ein Stück Gips auf seiner Seite löste sich und fiel in den Salat: die Zugehfrau hatte ein kaltes Mittagessen bereitgestellt.

Milly kam pünktlich herein. Es fiel ihm immer schwer, nicht zu zeigen, wie sehr er sich ihrer Schönheit bewußt war, aber die unsichtbare Duenna blickte kalt durch ihn hindurch, als wäre er ein unerwünschter Freier. Es war lange her, seit sich die Duenna einen freien Tag genommen hatte; fast tat es ihm leid, daß sie so gewissenhaft war, und manchmal wäre er froh gewesen, wenn Earl wieder gebrannt hätte. Milly sprach das Tischgebet, bekreuzigte sich, und er saß respektvoll mit gesenktem Kopf da, bis sie fertig war. Es war ein langes Tischgebet, was vermutlich hieß, sie sei nicht besonders hungrig oder wolle Zeit schinden.

»Hattest du einen guten Tag, Vater?« fragte sie höflich. Es war die Art von Bemerkung, wie sie eine Ehefrau nach vielen Jahren hätte machen können.

»Nicht übel, und du?« Er wurde zum Feigling, sobald er sie ansah; er verabscheute es, sich ihr zu widersetzen, und er versuchte, das Thema ihrer Einkäufe so lange wie möglich hinauszuschieben. Er wußte, daß ihr monatliches Taschengeld vor vierzehn Tagen für Ohrringe, die ihr ins Auge gestochen hatten, und für eine kleine Statue der heiligen Seraphina draufgegangen war.

»Ich habe heute gute Noten in Dogma und Moral bekommen.«

»Schön, schön. Was waren es für Fragen?«

»Am besten habe ich über läßliche Sünden abgeschnitten.«

»Ich habe mich heute morgen mit Dr. Hasselbacher getroffen«, sagte er, scheinbar zusammenhanglos.

Sie erwiderte höflich: »Ich hoffe, es geht ihm gut.« Die Duenna übertrieb es, seiner Meinung nach. Katholische Schulen wurden dafür gelobt, daß sie gutes Benehmen lehrten, aber bestimmt waren gute Manieren nur dazu da, Fremde zu beeindrucken. Er dachte traurig: Aber ich *bin* ein Fremder. Er konnte ihr nicht in ihre fremde Welt aus Kerzen, Spitze, Weihwasser und Kniebeugen folgen. Manchmal hatte er das Gefühl, er habe kein Kind.

»Er kommt an deinem Geburtstag auf ein Glas zu uns. Ich habe gedacht, vielleicht gehen wir hinterher in einen Nachtclub.«

»Ein Nachtclub!« Die Duenna mußte einen Augenblick lang weggeschaut haben, als Milly rief: »O Gloria Patri.«

»Sonst hast du immer halleluja gesagt.«

»Das war in der vierten Grundschulklasse. Welcher Nachtclub?«

»Ich habe gedacht, vielleicht das Nacional.«

»Nicht das Shanghai Theatre?«

»Ganz gewiß nicht das Shanghai Theatre. Ich kann mir nicht vorstellen, wo du auch nur den Namen des Lokals gehört haben kannst.«

»In der Schule spricht sich so etwas herum.«

Wormold sagte: »Wir haben noch nicht über dein Geschenk gesprochen. Ein siebzehnter Geburtstag ist kein gewöhnlicher. Ich habe mich gefragt ...«

»Wahr und wahrhaftig«, sagte Milly, »es gibt nichts auf der Welt, was ich mir wünsche.«

Wormold erinnerte sich mit einer üblen Vorahnung an das riesige Paket. Falls sie wirklich losgezogen war und sich alles besorgt hatte, was sie sich wünschte ... Er bettelte: »Es muß doch bestimmt etwas geben, was du dir wünschst.«

»Nichts. Wirklich nichts.«

»Ein neuer Badeanzug«, schlug er verzweifelt vor.

»Etwas gibt es schon ... Aber ich habe gedacht, das gilt auch als Weihnachtsgeschenk und für das nächste und das übernächste Jahr ...«

»Gütiger Himmel, was ist es denn?«

»Du müßtest dir lange Zeit keine Gedanken mehr über Geschenke machen.«

»Erzähl mir bloß nicht, du wünschst dir einen Jaguar.«

»O nein, es ist eigentlich ein kleines Geschenk. Kein Auto. Es ist etwas, das jahrelang hält. Eine ungeheuer sparsame Idee. Vielleicht sparen wir damit sogar Benzin.«

»Sparen Benzin?«

»Und heute habe ich das ganze Zubehör besorgt – von meinem Geld.«

»Du hast kein Geld. Ich mußte dir für die heilige Seraphina drei Pesos leihen.«

»Aber ich habe Kredit.«

»Milly, ich habe dir hundertmal gesagt, ich will nicht, daß

du auf Kredit kaufst. Außerdem ist es mein Kredit, nicht deiner, und meine Kreditwürdigkeit sinkt ständig.«

»Armer Vater. Stehen wir vor dem Ruin?«

»Ach, ich rechne damit, daß es wieder besser wird, wenn die Unruhen vorbei sind.«

»Ich habe gedacht, in Kuba gibt es immer Unruhen. Wenn es zum Schlimmsten kommt, könnte ich doch arbeiten gehen, nicht wahr?«

»Und was?«

»Ich könnte Gouvernante werden wie Jane Eyre.«

»Wer würde dich nehmen?«

»Señor Perez.«

»Milly, worüber in aller Welt redest du? Er lebt mit seiner vierten Frau zusammen, du bist katholisch ...«

»Vielleicht habe ich eine besondere Berufung für Sünder«, sagte Milly.

»Milly, was redest du für einen Unsinn. Jedenfalls bin ich nicht ruiniert. Noch nicht. Soweit ich weiß. Milly, was hast du gekauft?«

»Komm, schau es dir an.« Er folgte ihr in ihr Zimmer. Auf dem Bett lag ein Sattel. An den Nägeln, die sie in die Wand geschlagen hatte (sie hatte dabei einen Absatz ihrer besten Abendschuhe abgebrochen), hingen Zaumzeug und Trense; über das Lampenkabel waren Zügel drapiert; eine Peitsche lehnte auf dem Frisiertisch. Er sagte hilflos: »Wo ist das Pferd?« und war darauf gefaßt, daß es aus dem Badezimmer auftauchen würde.

»In einem Stall beim Country Club. Rat mal, wie sie heißt?«

»Woher soll ich das wissen?«

»Seraphina. Ist das nicht wie ein Fingerzeig Gottes?«

»Aber Milly, ich kann mir unmöglich ...«

»Du brauchst sie nicht auf einmal zu bezahlen. Sie ist ein Fuchs.«

»Was hat denn die Farbe damit zu tun?«

»Sie steht im Zuchtstammbuch. Mutter Santa Teresa, Vater Ferdinand von Kastilien. Sie hätte doppelt soviel gekostet, aber sie hat sich beim Springen über Stacheldraht an der Fessel verletzt. Nichts Schlimmes, nur eine Beule, deshalb kann sie nicht auf Ausstellungen gezeigt werden.«

»Es ist mir gleich, ob sie nur ein Viertel kostet. Das Geschäft geht zu schlecht, Milly.«

»Aber ich habe es dir doch erklärt, du brauchst nicht auf einmal zu bezahlen. Du kannst im Lauf der Jahre zahlen.«

»Und das Pferd immer noch abstottern, wenn es tot ist.«

»Sie ist kein Es, sie ist eine Stute, und Seraphina wird älter werden als ein Auto. Sie wird vermutlich älter werden als du.«

»Aber Milly, deine Fahrten zum Stall, von den Stallkosten ganz zu schweigen ...«

»Das habe ich alles mit Hauptmann Segura besprochen. Er bietet mir einen Sonderpreis an. Er wollte mir die Stallkosten ganz erlassen, aber ich weiß, du willst nicht, daß ich Gefälligkeiten annehme.«

»Wer ist Hauptmann Segura, Milly?«

»Der Polizeichef von Vedado.«

»Wo in aller Welt hast du ihn kennengelernt?«

»Ach, er nimmt mich manchmal im Auto zur Lamparilla mit.«

»Weiß die Ehrwürdige Mutter darüber Bescheid?«

Milly sagte steif: »Jeder Mensch braucht ein Privatleben.«

»Hör zu, Milly. Ich kann mir kein Pferd leisten, du kannst dir diese ganzen ... diese ganzen Sachen nicht leisten. Du mußt sie zurückbringen.« Er fügte zornig hinzu: »Und ich erlaube nicht, daß du dich von Hauptmann Segura im Auto mitnehmen läßt.«

»Mach dir keine Sorgen. Er rührt mich nicht an«, sagte Milly. »Er singt beim Fahren nur traurige mexikanische Lieder. Über Blumen und den Tod. Und eins über einen Stier.«

»Ich erlaube es nicht. Ich werde mit der Ehrwürdigen Mutter reden, du mußt mir versprechen ...« Er sah, wie die grünen und bernsteingelben Augen unter den dunklen Brauen die aufsteigenden Tränen unterdrückten. Wormold spürte die Panik kommen; genauso hatte ihn seine Frau an einem glutheißen Oktobernachmittag angesehen, als sechs Jahre Leben jäh zu Ende gegangen waren. Er sagte: »Du bist doch nicht etwa verliebt in diesen Hauptmann Segura?«

Zwei Tränen verfolgten einander anmutig über die Wölbung eines Wangenknochens und glitzerten wie das Zaumzeug an der Wand; auch sie gehörten zu ihrem Zubehör. »Mir liegt nicht die Bohne an Hauptmann Segura«, sagte Milly. »Mir liegt bloß etwas an Seraphina. Sie hat ein Stockmaß von hundertfünfzig und ein Maul wie Samt, das sagen alle.«

»Milly, Liebes, du weißt, wenn ich es könnte ...«

»Oh, ich habe gewußt, daß du es so aufnimmst«, sagte Milly. »Ich habe zwei Novenen gehalten, damit alles gut wird, aber sie haben nichts genützt. Und dabei war ich so vorsichtig. Ich war immer im Stand der Gnade, wenn ich sie gehalten habe. Ich werde nie wieder an eine Novene glauben. Nie wieder. Nie wieder.« Ihre Stimme hallte hartnäckig wider wie die von Poes Raben. Wormold hatte selbst keinen Glauben, wollte aber ihren mit nichts schwächen, was er tat. Jetzt empfand er eine furchterregende Verantwortung; jeden Augenblick würde sie die Existenz Gottes leugnen. Alte Versprechen, die er gegeben hatte, tauchten aus der Vergangenheit auf und machten ihn schwach.

Er sagte: »Milly, es tut mir leid …«

»Und außerdem war ich zweimal zusätzlich in der Messe.« Sie lud ihm ihre ganze Enttäuschung über die altvertraute Magie auf die Schultern. Es war schön und gut, wenn es hieß, Kindern kämen leicht die Tränen, aber als Vater kann man keine Risiken eingehen wie Lehrer oder Gouvernanten. Wer wußte schon, ob es nicht einen Augenblick in der Kindheit gab, in dem sich die Welt für immer veränderte, wie wenn man eine Grimasse schneidet, während die Uhr schlägt?

»Milly, ich verspreche, falls es nächstes Jahr möglich ist … Hör zu, Milly, du kannst den Sattel bis dahin behalten, und die anderen Sachen auch.«

»Was nützt denn ein Sattel ohne Pferd? Und ich habe zu Hauptmann Segura gesagt …«

»Zum Teufel mit Hauptmann Segura – was hast du zu ihm gesagt?«

»Ich habe ihm gesagt, ich brauche dich nur um Seraphina zu bitten, dann schenkst du sie mir. Ich habe gesagt, du bist wunderbar. Das mit den Novenen habe ich ihm nicht gesagt.«

»Wieviel kostet sie?«

»Dreihundert Pesos.«

»O Milly, Milly.« Ihm blieb nichts anderes übrig, als zu kapitulieren. »Du mußt von deinem Taschengeld zu den Stallkosten zuschießen.«

»Selbstverständlich.« Sie küßte ihn aufs Ohr. »Ich fange nächsten Monat damit an.« Sie wußten beide, daß sie nie damit anfangen würde. Sie sagte: »Siehst du, sie haben doch etwas genützt, die Novenen, meine ich. Morgen fange ich mit einer neuen an, damit das Geschäft gut geht. Ich frage mich, welcher Heilige dafür am besten ist.«

»Ich habe gehört, der Heilige für hoffnungslose Fälle ist Judas Thaddäus«, sagte Wormold.

3. Kapitel

I

Es war Wormolds Tagtraum, er werde eines Tages aufwachen und feststellen, daß er Ersparnisse angehäuft hatte, Inhaberobligationen und Aktienzertifikate, und wie die reichen Einwohner des Vororts Vedado einen steten Zufluß von Dividenden erhielt. Dann wäre er mit Milly nach England zurückgekehrt, wo es keinen Hauptmann Segura und keine pfeifenden Schürzenjäger gab. Aber der Traum verblaßte jedesmal, wenn er die große amerikanische Bank in Obispo betrat. Unter dem prächtigen Steinportal, das vierblättrige Kleeblätter schmückten, wurde er wieder der kleine Händler, der er tatsächlich war, dessen Pension nie ausreichen würde, um Milly in die Region der Sicherheit zu bringen.

Einen Scheck einzulösen ist in einer amerikanischen Bank keine auch nur annähernd so einfache Angelegenheit wie in einer englischen. Amerikanische Bankangestellte glauben an die persönliche Note; der Kassierer vermittelt das Gefühl, er sei rein zufällig da und überglücklich über die unverhoffte Begegnung. »Wer hätte gedacht«, scheint die sonnige Wärme seines Lächelns auszudrücken, »daß ich Sie hier treffen würde, ausgerechnet Sie, ausgerechnet in einer Bank?« Wenn man Neuigkeiten über die eigene Gesundheit und seine Gesundheit mit ihm ausgetauscht und ein gemeinsames Interesse am schönen Wetter entdeckt hat, schiebt man ihm schüchtern, entschuldigend, den Scheck zu (wie lästig und nebensächlich solche Geschäfte doch sind), aber er hat kaum die Zeit, einen Blick darauf zu werfen, ehe neben ihm das Telefon klingelt. »Na, so was, Henry«, ruft er staunend in den Hörer, als wäre auch Henry der letzte Mensch, von dem er erwartet hat, an diesem Tag mit ihm zu sprechen, »was gibt es Neues bei Ihnen?« Es dauert lange, bis er die Neuigkeiten in sich aufgenommen hat; der Kassierer lächelt einem neckisch zu; Geschäft ist Geschäft.

»Ich muß wirklich sagen, Edith sah gestern abend fabelhaft aus«, sagte der Kassierer.

Wormold verlagerte unruhig das Gewicht.

»Es war ein fabelhafter Abend, keine Frage. Mir? Oh, mir geht es bestens. Was können wir heute für Sie tun?«

» … «

»Aber ja, alles, was in unserer Macht steht, das wissen Sie

doch, Henry ... Hundertfünfzigtausend Dollar auf drei Jahre ... nein, bei einem Unternehmen wie dem Ihren ist das selbstverständlich überhaupt kein Problem. Wir müssen das O. K. aus New York einholen, aber das ist reine Formsache. Kommen Sie doch einfach vorbei und reden Sie mit dem Geschäftsführer. Monatliche Zahlungen? Das ist bei einer amerikanischen Firma nicht nötig. Ich würde sagen, wir können uns auf fünf Prozent einigen. Dann zweihunderttausend auf vier Jahre? Selbstverständlich, Henry.«

Wormolds Scheck schrumpfte in seinen Fingern zur Belanglosigkeit zusammen. »Dreihundertfünfzig Dollar« – die Schrift kam ihm fast so dünn vor wie seine Mittel.

»Sehen wir uns morgen bei Mrs. Slater? Ich nehme an, es wird Rubber gespielt. Bringen Sie ja keine Asse im Ärmel mit, Henry. Wie lange das O. K. dauert? Ach, zwei Tage, wenn wir telegrafieren. Morgen um elf? Jederzeit, Henry. Schauen Sie einfach vorbei. Ich sage dem Geschäftsführer Bescheid. Er wird hoch erfreut sein, Sie zu sehen.«

»Tut mir leid, daß Sie warten mußten, Mr. Wormold.« Wieder der Nachname. Vielleicht, dachte Wormold, bin ich es nicht wert, gehätschelt zu werden, oder unsere Nationalitäten trennen uns. »Dreihundertfünfzig Dollar?« Der Kassierer warf einen unauffälligen Blick in eine Kartei, ehe er die Scheine abzählte. Er hatte kaum damit angefangen, als das Telefon ein zweites Mal klingelte.

»Na, so was, Mrs. Ashworth, wo haben Sie sich denn versteckt? In Miami drüben? Im Ernst?« Es dauerte eine Weile, bis er das Gespräch mit Mrs. Ashworth beendet hatte. Als er Wormold die Scheine gab, reichte er ihm außerdem einen Zettel. »Das ist Ihnen doch sicher nicht unangenehm, Mr.

Wormold. Sie haben mich darum gebeten, Sie auf dem laufenden zu halten.« Auf dem Zettel stand, das Konto sei um fünfzig Dollar überzogen.

»Nicht im geringsten. Sehr freundlich von Ihnen«, sagte Wormold. »Aber Sie brauchen sich deshalb keine Sorgen zu machen.«

»Oh, die Bank macht sich keine Sorgen, Mr. Wormold. Sie haben darum gebeten, das ist alles.«

Wormold dachte: Wenn das Konto um fünfzigtausend Dollar überzogen wäre, hätte er mich Jim genannt.

2

An diesem Morgen hatte er keine Lust, sich auf seinen üblichen Daiquiri mit Dr. Hasselbacher zu treffen. Es gab Zeiten, in denen Dr. Hasselbacher eine Spur zu sorglos war, deshalb ging er zu Sloppy Joe statt in die Wonder Bar. Kein Einwohner von Havanna ging je zu Sloppy Joe, weil das der Touristentreffpunkt war; aber im Augenblick schrumpften die Touristenzahlen auf traurige Weise, weil das Regime des Präsidenten sich gefährlich dem Ende zuneigte. Insgeheim hatte es immer unerfreuliche Machenschaften gegeben, in den Innenräumen der Jefatura, die die Touristen im Nacional und im Seville-Biltmore nicht gestört hatten, aber vor kurzem war ein Tourist von einer verirrten Kugel getötet worden, während er ein Foto von einem malerischen Bettler unter einem Balkon in der Nähe des Palastes aufnahm, und der Tod hatte die Sterbeglocke für die Pauschaltour »Ein Ausflug zum Strand von Varadero und ein Streifzug durch das Nachtleben von Havanna inklusive« erklingen lassen. Die Leica des Opfers war ebenfalls zu Bruch gegangen, und das hatte seinen Mitreisenden die zerstörerische Wucht der Kugel besonders drastisch veranschaulicht. Wormold hatte sie hinterher in der Bar des Nacional reden hören. »Direkt durch die Kamera hindurch«, hatte einer gesagt. »Fünfhundert Dollar einfach so im Eimer.«

»War er sofort tot?«

»Sicher. Und das Objektiv – man konnte die Scherben im Umkreis von fünfzig Metern auflesen. Schauen Sie. Ich nehme ein Stück mit nach Hause, um es Mr. Humpelnicker zu zeigen.«

Der lange Tresen war an jenem Morgen leer bis auf den eleganten Fremden am einen Ende und ein korpulentes Mitglied der Fremdenpolizei, das am anderen Ende eine Zigarre rauchte. Der Engländer war in den Anblick so vieler Flaschen vertieft, und es dauerte eine Weile, bis er Wormold bemerkte. »Das ist ja unglaublich«, sagte er. »Mr. Wormold, nicht wahr?« Wormold fragte sich, woher er seinen Namen wußte; denn er hatte vergessen, ihm eine Geschäftskarte zu überreichen. »Achtzehn verschiedene Sorten Scotch«, sagte der Fremde, »darunter Black Label. Und die Bourbons habe ich noch gar nicht gezählt. Ein wundervoller Anblick. Wundervoll«, wiederholte er und senkte vor Respekt die Stimme. »Haben Sie je so viele Whiskys gesehen?«

»O doch. Ich sammle Minifläschchen und habe neunundneunzig zu Hause.«

»Interessant. Und was für eine Wahl treffen Sie heute? Ein Dimple von Haig?«

»Danke, ich habe eben einen Daiquiri bestellt.«

»Diese Dinger vertrage ich nicht. Machen mich schlapp.«

»Haben Sie sich schon für ein Gerät entschieden?« fragte Wormold, nur um etwas zu sagen.

»Gerät?«

»Staubsauger. Die Geräte, die ich verkaufe.«

»Oh, Staubsauger. Haha. Gießen Sie das Zeug weg und trinken Sie einen Scotch.«

»Ich trinke nie Scotch vor dem Abend.«

»Ihr Südländer!«

»Ich sehe da keinen Zusammenhang.«

»Macht das Blut dünn. Die Sonne, meine ich. Sie sind in Nizza geboren, nicht wahr?«

»Woher wissen Sie das?«

»Na ja, man schnappt so einiges auf. Hier und dort. Redet ein Wörtchen mit dem einen oder anderen. Übrigens wollte ich mich mal mit Ihnen unterhalten.«

»Bitte, hier bin ich.«

»Ich hätt's lieber ein bißchen ruhig, wissen Sie. Hier gehen dauernd Leute ein und aus.«

Keine Beschreibung hätte weniger zutreffend sein können. Niemand ging auch nur draußen an der Tür in der grellen Sonne vorbei. Der Beamte von der Fremdenpolizei war zufrieden eingeschlafen, nachdem er seine Zigarre über einen Aschenbecher gelegt hatte; um diese Zeit waren keine Fremden zum Beschützen oder Überwachen da. Wormold sagte: »Wenn es um einen Staubsauger geht, kommen Sie doch in den Laden.«

»Lieber nicht, wissen Sie. Will dort nicht gesehen werden. Eine Bar ist gar nicht so übel. Man läuft einem Landsmann über den Weg, hält einen Schwatz, was könnte natürlicher sein?«

»Ich verstehe nicht.«

»Sie wissen doch, wie es ist.«

»Ich weiß es nicht.«

»Meinen Sie nicht auch, daß das ganz natürlich wirkt?«

Wormold gab auf. Er legte achtzig Cent auf den Tresen und sagte: »Ich muß in den Laden zurück.«

»Warum?«

»Ich lasse Lopez nicht gern lang allein.«

»Ah, Lopez. Ich möchte mit Ihnen über Lopez sprechen.« Wieder kam es Wormold als die wahrscheinlichste Erklärung vor, der Fremde sei ein exzentrischer Inspektor von der Hauptverwaltung, aber zweifellos war der Gipfel der Exzentrizität erreicht, als er mit leiser Stimme hinzufügte: »Gehen Sie mal auf den Lokus, ich folge Ihnen.«

»Auf den Lokus? Warum?«

»Weil ich den Weg nicht kenne.«

In einer verrückten Welt scheint es immer einfacher zu sein, wenn man gehorcht. Wormold führte den Fremden durch eine Tür auf der Rückseite, einen kurzen Gang entlang und zeigte auf die Toilette. »Dort.«

»Nach Ihnen, alter Junge.«

»Aber ich muß nicht aufs Klo.«

»Machen Sie keine Schwierigkeiten«, sagte der Fremde. Er legte Wormold die Hand auf die Schulter und schob ihn durch die Tür. Drin waren zwei Waschbecken, ein Stuhl mit kaputter Lehne und die üblichen Kabinen und Urinale. »Pflanzen Sie sich hin, alter Junge«, sagte der Fremde, »während ich das Wasser laufen lasse.« Aber als der Hahn lief, machte er keine Anstalten, sich zu waschen. »Sieht natürlicher aus«, erklärte er (das Wort »natürlich« schien ein Lieblingsadjektiv von ihm zu sein), »falls jemand reinplatzt. Und natürlich bringt es eine Wanze durcheinander.«

»Eine Wanze?«

»Sie haben ganz recht, wenn Sie das bezweifeln. Ganz recht. Unwahrscheinlich, daß es an so einem Ort eine Wanze gibt, aber wissen Sie, es kommt auf den Drill an. Sie werden feststellen, daß es sich im Endeffekt immer auszahlt, dem Drill zu folgen. Es ist ein Glück, daß sie es in Havanna noch nicht zu Stöpseln gebracht haben. Wir können das Wasser einfach laufen lassen.«

»Würden Sie bitte erklären ...?«

»Wenn ich jetzt so darüber nachdenke, kann man nicht mal auf einem Klo vorsichtig genug sein. Einer von uns hat 1940 in Dänemark von seinem Fenster aus gesehen, wie die deutsche Flotte in das Kattegat einlief.«

»Was für ein Gatt?«

»Kattegat. Natürlich wußte er da, daß es losging. Fing an, seine Papiere zu verbrennen. Schmiß die Asche ins Klo und zog an der Kette. Das Problem dabei: später Frost. Rohre eingefroren. Die ganze Asche wurde ins Bad darunter geschwemmt. Wohnung gehörte altjüngferlicher Dame – Baronin Dingsbums. Sie wollte eben ein Bad nehmen. Äußerst peinlich für unseren Mann.«

»Das klingt wie der Geheimdienst.«

»Das *ist* der Geheimdienst, alter Junge, jedenfalls nennen ihn die Romanautoren so. Deshalb wollte ich mit Ihnen über Ihren Knaben Lopez reden. Ist er zuverlässig, oder müssen Sie ihn hinauswerfen?«

»Sind Sie beim Geheimdienst?«

»Wenn Sie es so ausdrücken wollen.«

»Warum in aller Welt sollte ich Lopez hinauswerfen? Er ist seit zehn Jahren bei mir.«

»Wir könnten einen Knaben für Sie finden, der alles über Staubsauger weiß. Aber selbstverständlich – natürlich – überlassen wir diese Entscheidung Ihnen.«

»Aber ich gehöre nicht zu Ihrem Geheimdienst.«

»Dazu kommen wir gleich, alter Freund. Wie auch immer, wir haben Lopez überprüft – er scheint sauber zu sein. Aber Ihrem Freund Hasselbacher gegenüber wäre ich ein bißchen vorsichtig.«

»Woher wissen Sie etwas über Hasselbacher?«

»Ich bin schon ein paar Tage hier, höre mich um. Das muß man in solchen Fällen.«

»Was für Fälle?«

»Wo ist Hasselbacher geboren?«

»In Berlin, glaube ich.«

»Sympathien östlich oder westlich?«

»Wir reden nie über Politik.«

»Es spielt auch keine Rolle – Osten oder Westen, die spielen das deutsche Spiel. Denken Sie an den Ribbentrop-Pakt. So lassen wir uns nicht noch einmal verschaukeln.«

»Hasselbacher ist kein Politiker. Er ist ein alter Arzt und lebt seit dreißig Jahren hier.«

»Sie wären trotzdem überrascht ... Aber ich bin Ihrer Meinung, es wäre verdächtig, wenn Sie ihn fallenließen. Gehen Sie vorsichtig mit ihm um, das ist alles. Er könnte sogar nützlich sein, wenn Sie ihn richtig anpacken.«

»Ich habe nicht die Absicht, ihn anzupacken.«

»Sie werden feststellen, daß der Job das verlangt.«

»Ich will keinen Job. Wie sind Sie auf mich gekommen?«

»Patriotischer Engländer. Jahrelang hier. Geachtetes Mitglied des europäischen Handelsverbandes. Wir brauchen unseren Mann in Havanna, wissen Sie. U-Boote brauchen Treibstoff. Diktatoren treiben aufeinander zu. Die kleinen gehen den großen ins Netz.«

»Atom-U-Boote brauchen keinen Treibstoff.«

»Völlig richtig, alter Freund, völlig richtig. Aber wenn Kriege anfangen, sind sie immer ein bißchen hinter der Zeit zurück. Wir müssen auch auf konventionelle Waffen vorbereitet sein. Dazu kommen Wirtschaftsinformationen – Zucker, Kaffee, Tabak.«

»Das finden Sie alles in den Jahrbüchern der Regierung.«

»Denen trauen wir nicht, alter Junge. Dazu politische Informationen. Mit Ihren Staubsaugern haben Sie überall ein Entree.«

»Erwarten Sie von mir, daß ich die Fusseln analysiere?«

»Sie halten es vielleicht für einen Witz, alter Freund, aber die Hauptquelle des französischen Geheimdienstes zur Zeit von Dreyfus war eine Putzfrau, die in der deutschen Botschaft die Fetzen aus den Papierkörben eingesammelt hat.«

»Ich weiß nicht einmal Ihren Namen.«

»Hawthorne.«

»Aber wer sind Sie?«

»Man könnte sagen, ich baue das Netz in der Karibik auf. Moment. Jemand kommt. Ich wasche mir die Hände. Sie schlüpfen in eine Kabine. Dürfen nicht zusammen gesehen werden.«

»Wir *sind* zusammen gesehen worden.«

»Flüchtige Begegnung. Landsleute.« Er schob Wormold in die Kabine, wie er ihn in das Klo geschoben hatte. »Der Drill, wissen Sie«, und dann war Stille bis auf den laufenden Hahn. Wormold setzte sich. Sonst war nichts zu tun. Als er saß, waren seine Füße unter der Halbtür noch zu sehen. Ein Griff drehte sich. Füße überquerten den gefliesten Boden Richtung Urinal. Das Wasser lief weiter. Wormold empfand eine ungeheure Verwirrung. Er fragte sich, warum er diesem ganzen Unsinn nicht gleich ein Ende gemacht hatte. Kein Wunder, daß Mary ihn verlassen hatte. Er erinnerte sich an einen ihrer Kräche. »Warum unternimmst du nichts, tust etwas, irgend etwas? Du stehst nur da ...« Dieses Mal, dachte er, stehe ich wenigstens nicht. Ich sitze. Aber was hätte er schon sagen können? Er hatte keine Zeit gehabt, Einwände zu machen. Minuten verstrichen. Was für riesige Blasen Kubaner hatten, und wie sauber Hawthornes Hände inzwischen sein mußten. Das Wasser lief nicht mehr. Vermutlich trocknete er sich die Hände ab, aber Wormold fiel ein, daß es keine Handtücher gab. Ein weiteres Problem für Hawthorne, aber er würde ihm gewachsen sein. Gehörte alles zum Drill. Endlich gingen die Füße zur Tür. Die Tür fiel zu.

»Kann ich herauskommen?« fragte Wormold. Es war wie eine Kapitulation. Er stand jetzt unter Befehl.

Er hörte, wie Hawthorne auf Zehenspitzen näher kam. »Lassen Sie mir Zeit zu verschwinden, alter Junge. Wissen Sie, wer das war? Der Polizist. Ein bißchen verdächtig, was?«

»Er hat vielleicht meine Beine unter der Tür erkannt. Meinen Sie, wir sollten die Hosen tauschen?«

»Würde nicht natürlich wirken«, sagte Hawthorne, »aber Sie haben das Wesentliche erfaßt. Ich hinterlasse den Schlüssel zu meinem Zimmer im Waschbecken. Seville-Biltmore, fünfter Stock. Kommen Sie einfach nach oben. Heute abend um zehn. Haben etliches zu besprechen. Geld und so weiter. Unfeine Themen. Fragen Sie nicht an der Rezeption nach mir.«

»Brauchen Sie Ihren Schlüssel nicht?«

»Hab' einen Hauptschlüssel. Bis dann.«

Wormold stand rechtzeitig auf, um zu sehen, wie die Tür ins Schloß fiel, hinter der eleganten Gestalt und dem grauenhaften Jargon. Der Schlüssel lag im Waschbecken – Zimmer 501.

3

Um halb zehn ging Wormold in Millys Zimmer, um gute Nacht zu sagen. Hier, wo die Duenna amtierte, war alles in Ordnung – vor der Statue der heiligen Seraphina brannte die Kerze, neben dem Bett lag das honigfarbene Meßbuch, die Kleider waren verschwunden, als hätten sie nie existiert, und ein schwacher Geruch nach Eau de Cologne hing in der Luft wie Weihrauch.

»Du hast etwas auf dem Herzen«, sagte Milly. »Du machst dir immer noch Sorgen wegen Hauptmann Segura, nicht wahr?«

»Du nimmst mich doch nie auf den Arm, oder, Milly?«

»Nein. Warum?«

»Alle anderen scheinen es zu tun.«

»Hat Mutter das auch getan?«

»Ich glaube schon. Am Anfang.«

»Und Dr. Hasselbacher?«

Er dachte an den langsam vorbeihinkenden Neger. Er sagte: »Kann schon sein. Manchmal.«

»Es ist ein Zeichen der Zuneigung, nicht wahr?«

»Nicht immer. Ich weiß noch, wie in der Schule –« Er brach ab.

»Was weißt du noch, Vater?«

»Ach, vieles.«

Die Kindheit war der Keim allen Mißtrauens. Grausame Witze wurden über einen gemacht, und dann machte man selbst grausame Witze. Man verlor die Erinnerung an den Schmerz, indem man selbst Schmerz zufügte. Aber obwohl das nicht sein Verdienst war, hatte er diesen Weg nie eingeschlagen. Vielleicht ein Mangel an Charakter. Von Schulen hieß es, sie formten den Charakter, indem sie die Kanten abschliffen. Ihm waren die Kanten abgeschliffen worden, aber das Ergebnis war, dachte er, kein Charakter gewesen – nur Formlosigkeit wie bei einem Ausstellungsstück im Museum of Modern Art.

»Bist du glücklich, Milly?« fragte er.

»O ja.«

»In der Schule auch?«

»Ja. Warum?«

»Jetzt zieht dich niemand mehr an den Haaren?«

»Natürlich nicht.«

»Und du steckst niemanden in Brand?«

»Da war ich dreizehn«, sagte sie verächtlich. »Was macht dir Sorgen, Vater?«

Sie setzte sich im Bett auf. Sie trug ein weißes Nylonnachthemd. Er liebte sie, wenn die Duenna da war, und er liebte sie sogar noch mehr, wenn die Duenna fort war: er konnte es sich nicht leisten, sie eine Zeitlang nicht zu lieben. Es war, als begleite er sie ein kleines Stück auf einer Reise, die sie allein beenden würde. Die Jahre der Trennung kamen auf beide zu wie eine Station an der Bahnlinie, für sie ein Gewinn, für ihn nur ein Verlust. Diese Abendstunde war real, aber nicht Hawthorne, rätselhaft und absurd, nicht die Grausamkeiten der Polizeireviere und Regierungen, die Wissenschaftler, die auf der Weihnachtsinsel die neue H-Bombe testeten, Chruschtschow, der Drohbriefe schrieb; sie alle kamen ihm weniger real vor als die kindischen Quälereien in einem Internatsschlafsaal. Der kleine Junge mit dem nassen Handtuch, an den er sich eben erinnert hatte – wo war er jetzt? Die Grausamen kommen und gehen wie Städte, Throne, Mächte und lassen ihre Verwüstungen hinter sich zurück. Sie waren nicht von Dauer. Aber der Clown, den er letztes Jahr mit Milly im Zirkus gesehen hatte – dieser Clown war von Dauer, denn seine Nummer änderte sich nie. So mußte man leben; den Clown berührten die Launen der Mächtigen und die ungeheuren Entdeckungen der Großen nicht.

Wormold schnitt vor dem Spiegel Grimassen.

»Was in aller Welt machst du da, Vater?«

»Ich wollte mich zum Lachen bringen.«

Milly kicherte. »Ich habe dich für traurig und ernst gehalten.«

»Deshalb wollte ich lachen. Erinnerst du dich an den Clown im letzten Jahr, Milly?«

»Er ist eine Leiter heruntergestiegen und in einen Eimer Tünche gefallen.«

»Jeden Abend um zehn fällt er hinein. Wir sollten alle Clowns sein, Milly. Lerne nie etwas aus der Erfahrung.«

»Die Ehrwürdige Mutter sagt ...«

»Hör nicht auf sie. Gott lernt nichts aus der Erfahrung, nicht wahr, wie könnte er sich sonst etwas vom Menschen erhoffen? Den ganzen Ärger haben wir den Wissenschaftlern zu verdanken, die Zahlen addieren und auf dieselbe Summe kommen. Newton hat die Schwerkraft entdeckt – er hat aus der Erfahrung gelernt, und danach ...«

»Ich habe gedacht, es war ein Apfel.«

»Das ist dasselbe. Es war nur eine Frage der Zeit, bis Lord Rutherford das Atom spaltete. Auch er hatte aus der Erfahrung gelernt, genau wie die Männer von Hiroshima. Wenn wir als Clowns geboren worden wären, könnte uns nichts Schlimmeres zustoßen als ein paar blaue Flecken und ein Klecks Tünche. Lerne nicht aus der Erfahrung, Milly. Das verdirbt unseren Frieden und unser Leben.«

»Was machst du denn jetzt?«

»Ich versuche, mit den Ohren zu wackeln. Früher konnte ich das. Aber der Trick scheint nicht mehr zu funktionieren.«

»Bist du immer noch unglücklich wegen Mutter?«

»Manchmal.«

»Liebst du sie immer noch?«

»Kann schon sein. Hin und wieder.«

»Sie muß sehr schön gewesen sein, als sie jung war.«

»Sie kann noch nicht alt sein. Sechsunddreißig.«

»Ganz schön alt.«

»Erinnerst du dich denn überhaupt nicht an sie?«
»Nicht besonders gut. Sie war viel fort, nicht wahr?«
»Ziemlich viel.«
»Natürlich bete ich für sie.«
»Was betest du? Daß sie zurückkommt?«
»O nein, *das* nicht. Wir kommen ohne sie zurecht. Ich bete, daß sie wieder eine gute Katholikin wird.«
»Ich bin kein guter Katholik.«
»Oh, das ist etwas anderes. Deine Unwissenheit ist unbezwingbar.«
»Ja, das stimmt wohl.«
»Ich will dich nicht beleidigen, Vater. Das ist reine Theologie. Du wirst gerettet werden wie die guten Heiden. Wie Sokrates, weißt du, und Cetewayo.«
»Wer war Cetewayo?«
»König der Zulus.«
»Was betest du sonst noch?«
»In letzter Zeit habe ich mich natürlich auf das Pferd konzentriert.«
Er gab ihr einen Gutenachtkuß. Sie fragte: »Wohin gehst du?«
»Ich habe einiges zu erledigen, wegen des Pferdes.«
»Ich mache dir soviel Mühe«, sagte sie geistesabwesend. Dann seufzte sie zufrieden und zog sich die Decke bis zum Hals. »Es ist wunderbar, nicht wahr, daß man immer bekommt, worum man betet.«

4. Kapitel

I

An jeder Ecke standen Männer, die ihm »Taxi« zuriefen, als ob er ein Fremder wäre, und auf dem ganzen Paseo sprachen ihn alle paar Meter Zuhälter an, mechanisch, ohne echte Hoffnung. »Kann ich Ihnen zu Diensten sein, mein Herr?« »Ich kenne alle hübschen Mädchen.« »Sie wünschen eine schöne Frau.« »Postkarten?« »Wollen Sie einen Pornofilm sehen?« Sie waren noch Kinder gewesen, als er nach Havanna gekommen war, sie hatten für ein paar Groschen auf sein Auto aufgepaßt, und obwohl sie mit ihm älter geworden waren, hatten sie sich nie an ihn gewöhnt. In ihren Augen war er kein Einwohner geworden; er blieb ein Dauertourist, und deshalb gaben sie nicht auf – sie waren sich sicher, daß er früher oder später wie alle anderen Supermans Heldentaten im San-Francisco-Bordell würde sehen wollen. Wenigstens blieb ihnen wie dem Clown der Trost, daß sie nichts aus der Erfahrung lernten.

An der Kreuzung mit der Virdudes rief ihm Dr. Hasselbacher aus der Wonder Bar zu: »Mr. Wormold, wohin wollen Sie denn so eilig?«

»Eine Verabredung.«

»Für einen Scotch ist immer Zeit.« Die Art, wie er das Wort Scotch aussprach, machte deutlich, daß Dr. Hasselbacher schon Zeit für eine ganze Menge gehabt hatte.

»Ich bin ohnehin schon zu spät dran.«

»Zu spät gibt es nicht in dieser Stadt, Mr. Wormold. Und ich habe ein Geschenk für Sie.«

Wormold bog vom Paseo zur Wonder Bar ein. Er lächelte unglücklich über einen seiner Gedanken. »Sympathisieren Sie mit dem Osten oder dem Westen, Hasselbacher?«

»Den Osten oder Westen von was? Ach, Sie meinen *das*. Ich wünsche beiden die Pest.«

»Was für ein Geschenk haben Sie für mich?«

»Ich habe einen meiner Patienten gebeten, sie mir aus Miami mitzubringen«, sagte Hasselbacher. Er holte zwei Minifläschchen Whisky aus der Tasche: eins war Lord Calvert, das zweite Old Taylor. »Haben Sie die schon?« fragte er.

»Ich habe den Calvert, den Taylor nicht. Wie nett von Ihnen, daß Sie an meine Sammlung gedacht haben, Hasselbacher.« Es kam Wormold immer seltsam vor, daß er für andere weiterexistierte, wenn er nicht da war.

»Wie viele haben Sie jetzt?«

»Mit den Bourbons und den Iren hundert. Sechsundsiebzig Scotch.«

»Wann wollen Sie sie trinken?«

»Vielleicht, wenn ich zweihundert habe.«

»Wissen Sie, was ich an Ihrer Stelle damit machen würde?« sagte Hasselbacher. »Dame spielen. Wer ein Fläschchen vom Brett nimmt, trinkt es.«

»Das ist eine gute Idee.«

»Ein natürliches Handicap«, sagte Hasselbacher. »Das ist das Schöne daran. Der bessere Spieler muß mehr trinken. Stellen Sie sich vor, wie raffiniert das ist. Trinken Sie noch einen Scotch.«

»Vielleicht nehme ich noch einen.«

»Ich brauche Ihre Hilfe. Heute morgen hat mich eine Wespe gestochen.«

»Sie sind der Arzt, nicht ich.«

»Das ist nicht der springende Punkt. Eine Stunde später, bei einem Krankenbesuch hinter dem Flughafen, habe ich ein Huhn überfahren.«

»Ich verstehe immer noch nichts.«

»Mr. Wormold, Mr. Wormold, Ihre Gedanken sind weit weg. Kommen Sie auf die Erde zurück. Wir müssen sofort ein Lotterielos finden, vor der Ziehung. Eine Wespe bedeutet siebenundzwanzig. Ein Huhn siebenunddreißig.«

»Aber ich habe eine Verabredung.«

»Verabredungen können warten. Trinken Sie den Scotch aus. Wir müssen auf dem Markt Jagd auf das Los machen.« Wormold folgte ihm zu seinem Auto. Dr. Hasselbacher war gläubig wie Milly. Ihn beherrschten Zahlen wie sie Heilige.

Überall auf dem Markt hingen die wichtigen Zahlen in Blau und Rot. Die häßlichen Zahlen, wie sie genannt wurden, lagen unter der Theke; sie blieben für die kleinen Fische und für die Straßenverkäufer übrig. Sie waren bedeutungslos, sie enthielten keine wichtigen Zahlen, keine Zahlen, die für eine Nonne standen, eine Katze, eine Wespe oder ein Huhn. »Sehen Sie. Da ist 2 7 4 8 3«, zeigte Wormold.

»Eine Wespe nützt nichts ohne ein Huhn«, sagte Dr. Hasselbacher. Sie parkten das Auto und gingen zu Fuß. Auf diesem Markt gab es keine Zuhälter; die Lotterie war ein seriöses, von Touristen unverdorbenes Geschäft. Einmal in der Woche wurden die Zahlen von einer Regierungsbehörde ausgegeben, und ein Politiker bekam je nach Wert seiner Unterstützung Lose zugeteilt. Er bezahlte der Behörde $ 18 pro Los und verkaufte es für $ 21 an die Großhändler weiter. Selbst wenn sein Anteil lediglich zwanzig Lose betrug, konnte er sich auf einen Gewinn von sechzig Dollar pro Woche verlassen. Eine schöne Zahl mit einem populären Omen ließ sich von den Händlern zu einem Preis bis zu dreißig Dollar verkaufen. Für den kleinen Mann auf der Straße waren solche Gewinne natürlich nicht möglich. Mit ausschließlich häßlichen Zahlen, für die er bis zu dreiundzwanzig Dollar bezahlt hatte, mußte er schwer arbeiten, wenn er davon leben wollte. Er stückelte ein Los in hundert Teile für fünfundzwanzig Cent pro Stück; er trieb sich auf Parkplätzen herum, bis er ein Auto mit der Nummer eines seiner Lose fand (einem solchen Zufall konnte kein Autobesitzer widerstehen), er suchte seine Zahlen sogar im Telefonbuch und riskierte fünf Cent für einen Anruf. »Señora, ich habe ein Lotterielos zu verkaufen, das dieselbe Nummer hat wie Ihr Telefon.«

Wormold sagte: »Sehen Sie, hier ist eine 37 mit einer 72.«

»Nicht gut genug«, erwiderte Dr. Hasselbacher kategorisch.

Dr. Hasselbacher blätterte in den Stapeln der Lose, die für den Aushang als nicht schön genug befunden worden waren. Man konnte nie wissen; Schönheit war nicht für jedermann Schönheit – es mochte Leute geben, für die eine Wespe bedeutungslos war. Eine Polizeisirene heulte durch das Dunkel um drei Seiten des Marktes, ein Auto schoß vorbei. Ein Mann saß auf dem Randstein, eine einzige Nummer auf dem Hemd wie ein Sträfling. Er sagte: »Der Rote Aasgeier.«

»Wer ist der Rote Aasgeier?«

»Natürlich Hauptmann Segura«, sagte Dr. Hasselbacher. »Was für ein behütetes Leben Sie führen.«

»Warum wird er so genannt?«

»Er ist auf Folter und Verstümmelungen spezialisiert.«

»Folter?«

»Hier gibt es nichts«, sagte Dr. Hasselbacher. »Wir versuchen es besser in Obispo.«

»Warum warten Sie nicht bis zum Morgen?«

»Der letzte Tag vor der Ziehung. Außerdem, was haben Sie denn für kaltes Blut in den Adern, Mr. Wormold? Wenn einem das Schicksal einen solchen Fingerzeig gibt – eine Wespe und ein Huhn –, muß man ihm unverzüglich folgen. Man muß sich sein Glück verdienen.«

Sie stiegen wieder ins Auto und fuhren nach Obispo. »Dieser Hauptmann Segura –«, fing Wormold an.

»Ja?«

»Nichts.« Es war elf, bis sie ein Los fanden, das Dr. Hasselbachers Anforderungen genügte, und danach war, weil der Laden, in dem es aushing, bis zum Morgen geschlossen hatte, nichts mehr zu tun, als noch etwas zu trinken. »Wo sind Sie verabredet?«

Wormold sagte: »Im Seville-Biltmore.«

»Ein Lokal ist so gut wie das andere«, sagte Dr. Hasselbacher.

»Meinen Sie nicht, die Wonder Bar ...?«

»Nein, nein. Ein Wechsel tut gut. Wenn man sich nicht mehr in der Lage fühlt, die Bar zu wechseln, ist man alt.«

Sie tasteten sich durch das Dunkel in der Bar des Seville-Biltmore. Sie konnten die anderen Gäste nur schwach erkennen, die schweigend in den Schatten hockten wie Fallschirmspringer beim düsteren Warten auf das Signal zum Abspringen. Aber Dr. Hasselbachers Hochstimmung ließ sich nicht unterdrücken.

»Sie haben noch nicht gewonnen«, flüsterte Wormold im Versuch, ihn zu dämpfen, aber schon ein Flüstern bewog einen vorwurfsvollen Kopf, sich ihnen in der Dunkelheit zuzuwenden.

»Heute nacht habe ich gewonnen«, sagte Dr. Hasselbacher mit lauter, energischer Stimme. »Morgen habe ich vielleicht verloren, aber heute nacht kann mir nichts meinen Sieg nehmen. Hundertvierzigtausend Dollar, Mr. Wormold. Es ist ein Jammer, daß ich zu alt für Frauen bin – ich hätte eine schöne Frau mit einem Rubinhalsband sehr glücklich machen können. Jetzt bin ich ganz ratlos. Wie soll ich mein Geld ausgeben, Mr. Wormold? Es einem Krankenhaus spenden?«

»Entschuldigung«, flüsterte eine Stimme aus den Schatten, »hat dieser Kerl tatsächlich hundertvierzigtausend Eier gewonnen?«

»Ja, Sir, ich habe sie gewonnen«, sagte Dr. Hasselbacher entschieden, ehe Wormold erwidern konnte. »Ich habe sie so sicher gewonnen, wie Sie existieren, mein so gut wie unsichtbarer Freund. Sie würden nicht existieren, wenn ich nicht glauben würde, daß Sie existieren, ebensowenig wie diese Dollar. Ich glaube, also sind Sie.«

»Was meinen Sie damit, daß ich nicht existieren würde?«

»Sie existieren nur in meinen Gedanken, mein Freund. Falls ich diesen Raum verließe …«

»Sie spinnen.«

»Dann beweisen Sie, daß Sie existieren.«

»Was meinen Sie mit beweisen? Natürlich existiere ich. Ich habe ein erstklassiges Immobiliengeschäft, eine Frau und zwei Kinder in Miami, ich bin heute morgen mit Delta hierher geflogen, ich trinke diesen Scotch, nicht wahr?« In der Stimme schwang eine Andeutung von Tränen mit.

»Armer Mann«, sagte Dr. Hasselbacher, »Sie verdienen einen phantasievolleren Schöpfer, als ich es gewesen bin. Warum habe ich mir für Sie nichts Besseres ausgedacht als Miami und die Immobilienbranche? Etwas Phantasievolles. Ein Name, den man sich merken muß.«

»Was ist verkehrt an meinem Namen?«

Die Fallschirmspringer am Tresen waren angespannt vor Mißbilligung; vor dem Sprung darf man keine Nerven zeigen.

»Nichts, was ich mit einem bißchen Nachdenken nicht verbessern könnte.«

»Sie können jeden in Miami nach Harry Morgan fragen ...«

»Ich hätte mir wirklich etwas Besseres einfallen lassen müssen. Aber ich sage Ihnen, was ich tun werde«, sagte Dr. Hasselbacher. »Ich gehe kurz hinaus und lasse Sie verschwinden. Dann komme ich mit einer verbesserten Fassung zurück.«

»Was meinen Sie mit einer verbesserten Fassung?«

»Wenn mein Freund Mr. Wormold Sie erfunden hätte, wären Sie ein glücklicherer Mensch geworden. Er hätte Ihnen ein Studium in Oxford gegeben, einen Namen wie Pennyfeather ...«

»Was soll das heißen, Pennyfeather? Sie haben getrunken.«

»Natürlich habe ich getrunken. Alkohol trübt die Phantasie. Deshalb habe ich Sie mir so banal ausgedacht: Miami, Immobiliengeschäft, Fluggast von Delta. Pennyfeather wäre mit der KLM aus Europa gekommen, er hätte sein Nationalgetränk getrunken, Pink Gin.«

»Ich trinke Scotch, und ich mag ihn.«

»Sie glauben, daß Sie Scotch trinken. Oder besser, um genau zu sein, ich habe mir ausgedacht, daß Sie Scotch trinken. Aber das werden wir alles ändern«, sagte Dr. Hasselbacher fröhlich. »Ich gehe nur kurz in die Halle und denke mir ein paar echte Verbesserungen aus.«

»Sie können mich nicht veräppeln«, sagte der Mann ängstlich.

Dr. Hasselbacher leerte sein Glas, legte einen Dollar auf den Tresen und stand mit unsicherer Würde auf. »Sie werden mir dankbar dafür sein«, sagte er. »Was soll es sein? Vertrauen Sie mir und Mr. Wormold. Ein Maler, ein Dichter – oder wäre Ihnen ein abenteuerliches Leben lieber, ein Waffenschmuggler, ein Geheimagent?«

Von der Tür aus verbeugte er sich vor dem aufgeregten Schatten. »Ich entschuldige mich für das Immobiliengeschäft.«

Die Stimme sagte nervös, Zuspruch heischend: »Er ist betrunken oder verrückt«, aber die Fallschirmspringer erwiderten nichts.

Wormold sagte: »Ich muß jetzt gute Nacht sagen, Hasselbacher. Ich bin spät dran.«

»Das mindeste, was ich tun kann, Mr. Wormold, ist, daß

ich Sie begleite und erkläre, wie es kam, daß ich Sie aufgehalten habe. Ich bin sicher, wenn Ihr Freund von meinem Glück erfährt, wird er es verstehen.«

»Das ist nicht nötig. Das ist wirklich nicht nötig«, sagte Wormold. Er wußte, daß Hawthorne übereilte Schlußfolgerungen ziehen würde. Ein vernünftiger Hawthorne, falls es so etwas gab, war schlimm genug, aber ein mißtrauischer Hawthorne ... Er wagte nicht, sich das auszumalen.

Er ging mit Dr. Hasselbacher im Schlepptau zum Aufzug. Dr. Hasselbacher ignorierte ein rotes Licht und die Warnung »Vorsicht, Stufe« und stolperte. »Du meine Güte«, sagte er. »Mein Knöchel.«

»Gehen Sie nach Hause, Hasselbacher«, sagte Wormold verzweifelt. Er trat in den Aufzug, aber Dr. Hasselbacher beeilte sich und tat es ihm gleich. Er sagte: »Es gibt keinen Schmerz, den Geld nicht heilen könnte. Es ist lange her, seit ich einen so netten Abend erlebt habe.«

»Sechster Stock«, sagte Wormold. »Ich möchte allein sein, Hasselbacher.«

»Warum? Entschuldigung. Ich habe den Schluckauf.«

»Es ist ein vertrauliches Treffen.«

»Eine bezaubernde Frau, Mr. Wormold? Sie bekommen einen Teil meines Gewinns, der Ihnen dabei helfen wird, dem Leichtsinn nachzugeben.«

»Selbstverständlich nicht mit einer Frau. Es ist geschäftlich, das ist alles.«

»Vertrauliche Geschäfte?«

»Das habe ich Ihnen doch gesagt.«

»Was kann denn an einem Staubsauger so vertraulich sein, Mr. Wormold?«

»Eine neue Vertretung«, sagte Wormold, und der Fahrstuhlführer meldete: »Sechster Stock.«

Wormold hatte eine Länge Vorsprung, und sein Kopf war klarer als der Hasselbachers. Die Zimmer waren wie Gefängniszellen um eine rechteckige Galerie herumgebaut; aus dem Erdgeschoß schimmerten zwei Glatzköpfe herauf wie Verkehrsbojen. Er hinkte zur Ecke der Galerie, wo die Treppe war, und Dr. Hasselbacher hinkte hinter ihm her, aber Wormold war im Hinken geübt. »Mr. Wormold«, rief Dr. Hasselbacher, »Mr. Wormold, ich würde mit Freuden hunderttausend von meinen Dollars investieren ...«

Wormold erreichte das Ende der Treppe, während Dr. Hasselbacher noch mit der ersten Stufe kämpfte; 501 war gleich daneben. Er schloß die Tür auf. Eine kleine Tischlampe zeigte ihm ein leeres Wohnzimmer. Er machte die Tür ganz leise zu – Dr. Hasselbacher war noch nicht am Ende der Treppe angekommen. Er stand horchend da und hörte, wie Dr. Hasselbacher humpelnd, hüpfend, hicksend an der Tür vorbeiging und sich entfernte. Wormold dachte: Ich komme mir vor wie ein Spion. Ich verhalte mich wie ein Spion. Was soll ich Hasselbacher morgen nur erzählen?

Die Schlafzimmertür war geschlossen, und er ging darauf zu. Dann blieb er stehen. Schlafende Hunde soll man nicht wecken. Falls Hawthorne etwas von ihm wollte, sollte Hawthorne ihn doch ohne sein Zutun finden, aber er war neugierig, Hawthornes wegen, und das bewog ihn, sich im Zimmer umzuschauen, ehe er ging.

Auf dem Schreibtisch lagen zwei Bücher – identische Exemplare von Lambs Shakespeare-Erzählungen. Auf einem Block, auf dem sich Hawthorne vermutlich Notizen für ihr Treffen gemacht hatte, stand: ›1. Gehalt. 2. Spesen. 3. Übermittlung. 4. Charles Lamb. 5. Tinte.‹ Er wollte eben den Lamb aufschlagen, als eine Stimme sagte: »Hände hoch. *Arriba los manos.*«

»*Las manos*«, verbesserte Wormold. Zu seiner Erleichterung war es Hawthorne.

»Ach, Sie sind's«, sagte Hawthorne.

»Ich habe mich etwas verspätet. Es tut mir leid. Ich war mit Hasselbacher unterwegs.«

Hawthorne trug einen mauvefarbenen Seidenpyjama mit dem Monogramm H. R. H. auf der Tasche. Das verlieh ihm einen königlichen Anstrich. Er sagte: »Ich bin eingeschlafen, und dann habe ich Sie gehört.« Es war, als wäre er ohne seinen Jargon überrascht worden; er hatte noch nicht die Zeit gehabt, ihn mit der Kleidung überzustreifen. Er sagte: »Sie haben den Lamb verrückt«, so vorwurfsvoll, als hielte er eine Andacht in einer Kapelle der Heilsarmee.

»Entschuldigung. Ich habe mich nur umgesehen.«

»Macht nichts. Das zeigt, daß Sie den richtigen Instinkt haben.«

»Sie scheinen dieses Buch besonders gern zu mögen.«

»Ein Exemplar ist für Sie.«

»Aber ich habe es gelesen«, sagte Wormold, »schon vor Jahren, und ich mache mir nichts aus Lamb.«

»Es ist nicht zum Lesen gedacht. Haben Sie noch nie etwas von einem Buchcode gehört?«

»Ehrlich gesagt – nein.«

»Ich zeige Ihnen gleich, wie das geht. Ein Exemplar behalte ich. Wenn Sie mir etwas übermitteln wollen, müssen Sie nur die Seite und die Zeile angeben, in der Sie mit dem Codieren anfangen. Natürlich läßt sich das nicht so schwer entschlüsseln wie ein maschineller Code, aber für kleine Fische wie Hasselbacher reicht es.«

»Wenn Sie sich nur Dr. Hasselbacher aus dem Kopf schlagen könnten.«

»Wenn wir Ihr Büro hier erst mit ausreichender Sicherheit eingerichtet haben – ein Safe mit Kombination, Funkgerät, ausgebildetes Personal, mit allen Schikanen, dann können wir diesen primitiven Code natürlich aufgeben, aber wenn man kein Fachmann in Kryptologie ist, läßt sich der Code verdammt schwer knacken, ohne den Titel und die Ausgabe des Buches zu kennen.«

»Warum haben Sie den Lamb ausgesucht?«

»Außer ›Onkel Toms Hütte‹ war es das einzige Buch, von dem ich zwei Exemplare auftreiben konnte. Ich hatte es eilig und mußte in der C.T.S.-Buchhandlung in Kingston vor meiner Abreise etwas besorgen. Oh, es gab noch was mit dem Titel ›Im Schein des Leuchters: Ein Leitfaden für Abendandachten‹, aber ich habe gedacht, das könnte in Ihrem Bücherregal verdächtig wirken, falls Sie nicht religiös sind.«

»Ich bin nicht religiös.«

»Ich habe Ihnen außerdem Tinte mitgebracht. Haben Sie einen elektrischen Wasserkessel?«

»Ja. Warum?«

»Zum Briefeöffnen. Wir wollen, daß unsere Männer auf Notfälle eingerichtet sind.«

»Wozu die Tinte? Ich habe zu Hause jede Menge Tinte.«

»Natürlich Geheimtinte. Falls Sie etwas mit der normalen Post verschicken müssen. Ihre Tochter hat doch bestimmt Stricknadeln?«

»Sie strickt nicht.«

»Dann müssen Sie Stricknadeln kaufen. Am besten Kunststoff. Stahl hinterläßt manchmal Spuren.«

»Spuren wo?«

»Auf den Umschlägen, die Sie öffnen.«

»Warum in aller Welt sollte ich Umschläge öffnen wollen?«

»Es könnte nötig werden, daß Sie Dr. Hasselbachers Post lesen. Natürlich müssen Sie einen Unteragenten beim Postamt finden.«

»Ich weigere mich entschieden ...«

»Seien Sie nicht schwierig. London läßt ihn überprüfen. Das mit seiner Post entscheiden wir, wenn wir die Berichte gelesen haben. Ein guter Tip – wenn Ihnen die Tinte ausgeht, benutzen Sie Vogelscheiße, oder geht das für Sie zu schnell?«

»Ich habe noch nicht einmal gesagt, daß ich bereit bin ...«

»London ist mit hundertfünfzig Dollar im Monat einverstanden, mit weiteren hundertfünfzig für Spesen – die müssen Sie natürlich begründen. Zahlungen an Unteragenten etcetera. Alles darüber hinaus muß ausdrücklich bewilligt werden.«

»Das geht viel zu schnell für mich.«

»Steuerfrei, wissen Sie«, sagte Hawthorne und zwinkerte verschlagen. Das Zwinkern paßte nicht recht zu dem königlichen Monogramm.

»Sie müssen mir Zeit lassen ...«

»Ihre Codenummer lautet 59200 Strich 5.« Er fügte stolz hinzu: »*Ich* bin natürlich 59200. Sie numerieren Ihre Unteragenten 59200 Strich 5 Strich 1 und so weiter. Haben Sie das begriffen?«

»Ich kann mir nicht vorstellen, was ich Ihnen nützen könnte.«

»Sie sind Engländer, nicht wahr?« sagte Hawthorne forsch.

»Natürlich bin ich Engländer.«

»Und Sie weigern sich, Ihrem Land zu dienen?«

»Das habe ich nicht gesagt. Aber die Staubsauger nehmen viel Zeit in Anspruch.«

»Sie sind eine hervorragende Tarnung«, sagte Hawthorne. »Glänzend ausgedacht. Ihr Beruf wirkt ganz echt.«

»Aber er *ist* echt.«

»Wenn es Ihnen recht ist«, sagte Hawthorne energisch, »sollten wir uns jetzt mit unserem Lamb beschäftigen.«

2

»Milly«, sagte Wormold, »du hast keine Frühstücksflocken gegessen.«

»Frühstücksflocken sind gestrichen.«

»Du hast nur ein Stück Zucker in den Kaffee genommen. Du machst doch keine Diät, oder?«

»Nein.«

»Oder eine Bußübung?«

»Nein.«

»Beim Mittagessen wirst du schrecklich hungrig sein.«

»Daran habe ich gedacht. Ich werde eine Unmenge Kartoffeln essen.«

»Milly, was ist los?«

»Ich will sparen. Plötzlich, mitten in der Nacht, ist mir klargeworden, wieviel ich dich koste. Es war, als ob eine Stimme spricht. Ich hätte fast gefragt: ›Wer bist du?‹, aber ich hatte Angst, die Stimme sagt: ›Der Herr, dein Gott.‹ Ich bin in dem Alter, weißt du.«

»In dem Alter wofür?«

»Stimmen. Ich bin älter als die heilige Theresia von Lisieux, als sie ins Kloster gegangen ist.«

»Hör mal, Milly, erzähl mir nicht, du denkst daran ...«

»Nein. Ich glaube, Hauptmann Segura hat recht. Er hat gesagt, ich eigne mich nicht für das Kloster.«

»Milly, weißt du, wie sie deinen Hauptmann Segura nennen?«

»Ja. Den Roten Aasgeier. Er foltert Häftlinge.«

»Gibt er das zu?«

»Oh, mir gegenüber benimmt er sich natürlich bestens, aber er hat ein Zigarettenetui aus Menschenhaut. Er behauptet, es ist Kalbsleder – als ob ich nicht wüßte, wie Kalbsleder aussieht.«

»Du mußt Schluß mit ihm machen, Milly.«

»Das habe ich auch vor – mit der Zeit, aber erst muß ich das mit dem Stall regeln. Und das erinnert mich an die Stimme.«

»Was hat die Stimme gesagt?«

»Sie hat gesagt – nur hat es mitten in der Nacht viel apokalyptischer geklungen: ›Du hast den Mund zu voll genommen, mein Kind. Was ist mit dem Country Club?‹«

»Was ist mit dem Country Club?«

»Das ist der einzige Ort, wo ich richtig reiten kann, und wir sind keine Mitglieder. Was habe ich von einem Pferd, das im Stall steht? Natürlich ist Hauptmann Segura Mitglied, aber ich weiß, du willst nicht, daß ich von ihm abhängig bin. Deshalb habe ich gedacht, vielleicht kann ich dir helfen, Haushaltskosten zu sparen, wenn ich faste …«

»Wozu soll das gut sein?«

»Dann könntest du dir vielleicht eine Familienmitgliedschaft leisten. Du solltest mich als Seraphina eintragen lassen. Das klingt irgendwie passender als Milly.«

Wormold kam alles, was sie gesagt hatte, ziemlich vernünftig vor; es war Hawthorne, der zur grausamen, unerklärlichen Welt der Kindheit gehörte.

Zwischenspiel in London

Im Keller des großen Gebäudes aus Stahl und Beton in der Nähe von Maida Vale sprang ein Licht über einer Tür von rot auf grün um, und Hawthorne ging hinein. Er hatte seine Eleganz in der Karibik zurückgelassen und trug einen grauen Flanellanzug, der bessere Tage gesehen hatte. Zu Hause brauchte er nicht auf Äußerlichkeiten zu achten; er ging auf im grauen Londoner Januar.

Der Chef saß hinter einem Schreibtisch, auf dem ein riesiger Briefbeschwerer aus grünem Marmor ein einziges Blatt Papier festhielt. Ein halbleeres Glas Milch, ein Fläschchen mit grauen Tabletten und eine Schachtel Kleenex standen neben dem schwarzen Telefon. (Das rote war für verschlüsselte Gespräche.) Sein schwarzer Cut, die schwarze Fliege und das schwarze Monokel vor dem linken Auge verliehen ihm das Aussehen eines Leichenbestatters, genau wie der Kellerraum wie ein Gewölbe wirkte, ein Mausoleum, ein Grab.

»Sie wollten mich sprechen, Sir?«

»Bloß ein Plausch, Hawthorne. Bloß ein Plausch.« Es war, als fände ein Stummer düster die Sprache wieder, nachdem die Beerdigungen des Tages vorüber waren. »Wann sind Sie zurückgekommen, Hawthorne?«

»Vor einer Woche, Sir. Ich kehre am Freitag nach Jamaika zurück.«

»Läuft alles gut?«

»Ich glaube, die Karibik haben wir jetzt unter Dach und Fach, Sir«, sagte Hawthorne.

»Martinique?«

»Dort gibt es keinerlei Schwierigkeiten, Sir. Sie wissen doch, wir arbeiten in Fort de France mit dem Deuxième Bureau zusammen.«

»Nur bis zu einer gewissen Grenze?«

»O ja, selbstverständlich nur bis zu einer gewissen Grenze. Haiti war problematischer, aber 59200 Strich 2 erweist sich als dynamisch. Bei 59200 Strich 5 war ich mir anfangs weniger sicher.«

»Strich fünf?«

»Unser Mann in Havanna, Sir. Ich hatte dort keine große Auswahl, und anfangs wirkte er nicht besonders erpicht auf den Job. Ein bißchen störrisch.«

»Diese Sorte entwickelt sich manchmal am besten.«

»Ja, Sir. Außerdem war ich etwas besorgt wegen seiner Kontakte. (Ein Deutscher namens Hasselbacher gehört dazu, aber wir haben noch nichts über ihn herausgefunden.) Er scheint aber Fortschritte zu machen. Kurz, ehe ich aus Kingston abgereist bin, haben wir einen Antrag auf zusätzliche Spesen bekommen.«

»Immer ein gutes Zeichen.«

»Ja, Sir.«

»Zeigt, daß die Phantasie arbeitet.«

»Ja. Er will Mitglied im Country Club werden. Tummelplatz der Millionäre, wissen Sie. Beste Quelle für politische und wirtschaftliche Informationen. Der Mitgliedsbeitrag ist sehr hoch, etwa zehnmal soviel wie bei White's, aber ich habe es genehmigt.«

»Das haben Sie richtig gemacht. Wie sind seine Berichte?«

»Offen gesagt, wir haben noch keine bekommen, aber natürlich wird es eine Weile dauern, bis er seine Kontakte aktiviert. Vielleicht habe ich in der Sicherheitsfrage etwas übertrieben.«

»Da kann man gar nicht übertreiben. Bei Kurzschluß nützt die beste Leitung nichts.«

»Übrigens ist er in einer recht günstigen Ausgangsposition. Sehr gute Geschäftskontakte – darunter viele mit Regierungsmitarbeitern und Ministern.«

»Ah«, sagte der Chef. Er nahm das schwarze Monokel ab und polierte es mit einem Kleenextuch. Das entblößte Auge war aus Glas; blaßblau und nicht überzeugend. Es hätte von einer Puppe stammen können, die »Mama« sagte.

»Was macht er geschäftlich?«

»Oh, er importiert, wissen Sie. Maschinen und so.« Es war immer wichtig für die eigene Karriere, Agenten mit guter gesellschaftlicher Position zu beschäftigen. Die banalen Einzelheiten in der Geheimakte über den Laden in der Lamparillastraße würden unter normalen Umständen diesen Kellerraum nie erreichen.

»Warum gehört er dem Country Club nicht bereits an?«

»Ich glaube, er hat in den letzten Jahren eine Art Einsiedlerleben geführt. Bißchen Kummer zu Hause.«

»Ist doch nicht etwa hinter Frauen her, hoffe ich?«

»Oh, nichts dergleichen, Sir. Seine Frau hat ihn verlassen. Mit einem Amerikaner.«

»Er ist doch nicht antiamerikanisch eingestellt? Havanna ist nicht der richtige Ort für solche Vorurteile. Wir müssen mit denen zusammenarbeiten – natürlich nur bis zu einer gewissen Grenze.«

»Oh, so ist er ganz und gar nicht, Sir. Er ist ein sehr redlicher Mann, sehr ausgeglichen. Hat die Scheidung ruhig hingenommen und schickt sein Kind nach dem Wunsch seiner Frau weiter auf eine katholische Schule. Ich habe gehört, er schickt ihr zu Weihnachten Grußtelegramme. Ich glaube, wir werden feststellen, daß seine Berichte hundertprozentig zuverlässig sind.«

»Ziemlich rührend, das mit dem Kind, Hawthorne. Schön, bringen Sie ihn auf Trab, damit wir beurteilen können, ob er nützlich ist. Wenn er so ist, wie Sie sagen, könnten wir uns überlegen, sein Personal zu erweitern. Havanna könnte eine Schlüsselposition werden. Die Kommunisten sind immer dort, wo es Ärger gibt. Wie übermittelt er seine Berichte?«

»Ich habe dafür gesorgt, daß er sie in doppelter Ausfertigung mit dem wöchentlichen Postsack nach Kingston schickt. Ich behalte ein Exemplar und schicke eins nach London. Für Telegramme habe ich ihm den Buchcode gegeben. Er schickt sie vom Konsulat aus ab.«

»Das wird ihnen nicht gefallen.«

»Ich habe ihnen gesagt, es ist vorübergehend.«

»Ich wäre dafür, ein Funkgerät zu installieren, falls er sich als guter Mann erweist. Er könnte doch bestimmt sein Büropersonal erweitern?«

»Oh, natürlich. Zumindest – es ist kein großes Büro, verstehen Sie, Sir. Sie wissen doch, mit wie wenig diese Handelsabenteurer auskommen.«

»Ich kenne den Typ, Hawthorne. Kleiner, schäbiger Schreibtisch. Im Vorzimmer, gedacht für zwei Leute, ein halbes Dutzend. Altmodische Rechenmaschinen. Eine Sekretärin, die seit fast vierzig Jahren bei der Firma ist.«

Hawthorne hatte jetzt das Gefühl, er könne sich entspannen; der Chef hatte das Kommando übernommen. Selbst wenn er eines Tages die Geheimakte lesen sollte, würde sie ihm nichts sagen. Der kleine Staubsaugerladen war rettungslos in der Flut der literarischen Phantasie des Chefs untergegangen. Agent 59200/5 war etabliert.

»Das gehört alles zum Charakter des Mannes«, erklärte der Chef Hawthorne, als hätte er und nicht Hawthorne die Tür in der Lamparillastraße aufgestoßen. »Ein Mann, der von jeher gelernt hat, mit den Pennies zu rechnen und die Pfunde zu riskieren. Deshalb ist er kein Mitglied im Country Club – das hat nichts mit der gescheiterten Ehe zu tun. Sie sind ein Romantiker, Hawthorne. In seinem Leben sind Frauen gekommen und gegangen; ich habe den Verdacht, sie haben ihm nie soviel bedeutet wie seine Arbeit. Das Geheimnis, einen Agenten erfolgreich einzusetzen, liegt darin, ihn zu verstehen. Unser Mann in Havanna gehört – könnte man sagen – dem Zeitalter Kiplings an. An der Seite von Königen schreiten – wie geht es weiter? – und tugendsam bleiben, ein Teil der Menge, volksverbunden. Ich nehme an, irgendwo in diesem tintenfleckigen Schreibtisch liegt ein altes, billiges Notizbuch aus schwarzem Waschleder, in das er seine ersten Geschäftseintragungen gemacht hat – drei Dutzend Radiergummis, sechs Schachteln Stahlfedern ...«

»Ich glaube, Stahlfedern waren vor seiner Zeit, Sir.«

Der Chef seufzte und setzte das schwarze Monokel wieder ein. Angesichts einer Andeutung von Opposition versteckte sich das unschuldige Auge wieder.

»Einzelheiten tun nichts zur Sache, Hawthorne«, sagte der Chef gereizt. »Aber wenn Sie ihn mit Erfolg einsetzen wollen, müssen Sie das billige Notizbuch finden. Ich meine das metaphorisch.«

»Ja, Sir.«

»Diese Geschichte, daß er zum Einsiedler geworden ist, weil er seine Frau verloren hat – das ist eine Fehleinschätzung, Hawthorne. Ein solcher Mann reagiert ganz anders. Er läßt sich seinen Verlust nicht anmerken, trägt sein Herz nicht auf der Zunge. Wenn Sie ihn richtig eingeschätzt hätten, warum war er dann kein Clubmitglied, bevor seine Frau gestorben ist?«

»Sie hat ihn verlassen.«

»Verlassen? Sind Sie sicher?«

»Ziemlich sicher, Sir.«

»Ah, sie hat das billige Notizbuch nicht gefunden. Finden Sie es, Hawthorne, und er gehört sein Leben lang Ihnen. Worüber haben wir gesprochen?«

»Die Größe seines Büros, Sir. Es wäre nicht gerade leicht für ihn, viel neues Personal aufzunehmen.«

»Wir mustern das alte allmählich aus. Schicken seine alte Sekretärin in Pension …«

»Ehrlich gesagt …«

»Das ist natürlich reine Spekulation, Hawthorne. Vielleicht ist er gar nicht der richtige Mann. Gediegenes Material, diese alten Handelsherren, aber manchmal sehen sie nicht so weit über ihr Kontor hinaus, daß sie Leuten wie uns von Nutzen sein könnten. Wir bilden uns aus seinen ersten

Berichten ein Urteil, aber es ist immer gut, einen Schritt im voraus zu planen. Sprechen Sie mit Miss Jenkinson und finden Sie heraus, ob in der Schreibzentrale jemand spanisch spricht.«

Hawthorne fuhr im Fahrstuhl Stockwerk um Stockwerk vom Keller nach oben: ein Ausblick auf die Welt von der Rakete aus. Westeuropa blieb unter ihm zurück, der Nahe Osten, Lateinamerika. Die Aktenschränke standen um Miss Jenkinson herum wie Tempelsäulen um ein alterndes Orakel. Nur sie war unter ihrem Nachnamen bekannt. Aus unergründlichen Sicherheitserwägungen wurden alle anderen im Gebäude Beschäftigten unter dem Vornamen geführt. Sie diktierte einer Sekretärin, als Hawthorne hereinkam: »Memo an A. O. Angelica ist mit einer Gehaltserhöhung auf £ 8 pro Woche nach C 5 versetzt worden. Bitte, sorgen Sie dafür, daß diese Erhöhung sofort bewilligt wird. Um Ihren Einwänden zuvorzukommen, möchte ich darauf hinweisen, daß Angelica sich jetzt dem Einkommen einer Busschaffnerin nähert.«

»Ja?« fragte Miss Jenkinson scharf. »Ja?«

»Der Chef hat mich zu Ihnen geschickt.«

»Ich kann niemand entbehren.«

»Im Augenblick wollen wir auch niemand. Wir erörtern nur Möglichkeiten.«

»Ethel, meine Liebe, rufen Sie D 2 an und sagen, ich erlaube nicht, daß meine Sekretärinnen länger als bis abends um sieben festgehalten werden, außer in einem nationalen Notfall. Falls ein Krieg ausgebrochen ist oder aller Wahrscheinlichkeit nach ausbricht, sagen Sie, das hätte der Schreibzentrale mitgeteilt werden müssen.«

»Vielleicht brauchen wir in der Karibik eine Sekretärin, die spanisch spricht.«

»Ich kann keine entbehren«, sagte Miss Jenkinson mechanisch.

»Havanna – eine kleine Station, angenehmes Klima.«

»Wieviel Personal?«

»Im Augenblick nur ein Mann.«

»Ich bin keine Heiratsvermittlung«, sagte Miss Jenkinson.

»Ein Mann in mittleren Jahren mit einem sechzehnjährigen Kind.«

»Verheiratet?«

»Man könnte es so nennen«, sagte Hawthorne vage.

»Ist er gefestigt?«

»Gefestigt?«

»Zuverlässig, solide, emotional ausgeglichen?«

»O ja, ja, da können Sie ganz sicher sein. Er ist einer von diesen altmodischen Handelsherren«, sagte Hawthorne und knüpfte dort an, wo der Chef aufgehört hatte. »Hat das Geschäft aus dem Nichts aufgebaut. Interessiert sich nicht für Frauen. Man könnte sagen, über Sex ist er hinaus.«

»Niemand ist über Sex hinaus«, sagte Miss Jenkinson. »Ich bin verantwortlich für die Mädchen, die ich ins Ausland schicke.«

»Ich habe gedacht, Sie hätten niemand zur Verfügung.«

»Möglicherweise«, sagte Miss Jenkinson, »unter bestimmten Umständen, könnte ich Ihnen Beatrice überlassen.«

»Beatrice, Miss Jenkinson!« rief eine Stimme hinter den Aktenschränken.

»Ich habe Beatrice gesagt, Ethel, und ich meine Beatrice.«

»Aber, Miss Jenkinson ...«

»Beatrice braucht etwas praktische Erfahrung – das ist im Grunde alles, was ihr fehlt. Der Posten würde zu ihr passen. Sie ist nicht zu jung. Sie hat Kinder gern.«

»Was diese Station braucht«, sagte Hawthorne, »ist jemand, der spanisch spricht. Kinderliebe ist nicht erforderlich.«

»Beatrice ist Halbfranzösin. Eigentlich spricht sie besser französisch als englisch.«

»Spanisch, habe ich gesagt.«

»Das ist doch ganz ähnlich. Beides romanische Sprachen.«

»Vielleicht könnte ich mich mit ihr treffen, mich mit ihr unterhalten. Ist sie voll ausgebildet?«

»Sie kann sehr gut chiffrieren und hat in Ashley Park einen Kurs in Mikrofotografie abgeschlossen. Ihr Steno ist schwach, aber sie schreibt hervorragend Maschine. Sie ist sehr beschlagen in Elektrodynamik.«

»Was ist das?«

»Ich weiß es nicht genau, aber ein Sicherungskasten jagt ihr keine Angst ein.«

»Dann kennt sie sich gut mit Staubsaugern aus?«

»Sie ist Sekretärin, keine Haushaltshilfe.«

Die Schublade eines Aktenschranks wurde zugeschlagen. »Ihre Sache, ob Sie sie nehmen«, sagte Miss Jenkinson. Hawthorne hatte den Eindruck, sie rede von Beatrice wie von einer Ware.

»Sie ist die einzige, die Sie vorschlagen können?«

»Die einzige.«

Wieder ging eine Schublade lautstark zu. »Ethel«, sagte Miss Jenkinson, »wenn Sie Ihren Gefühlen nicht auf leisere Weise Luft machen können, versetze ich Sie nach D3 zurück.«

Hawthorne ging nachdenklich; er wurde das Gefühl nicht los, Miss Jenkinson habe ihm mit beträchtlichem Geschick etwas verkauft, wovon sie nichts hielt – einen falschen Goldbarren oder einen Welpen ohne Stammbaum.

Zweiter Teil

1. Kapitel

I

Wormold kam mit einem Telegramm in der Brusttasche aus dem Konsulat. Es war ihm unhöflich zugeschoben worden, und als er etwas sagen wollte, war er daran gehindert worden. »Wir wollen nichts darüber wissen. Eine vorübergehende Abmachung. Je früher sie zu Ende ist, desto mehr wird uns das freuen.«

»Mr. Hawthorne hat gesagt ...«

»Wir kennen keinen Mr. Hawthorne. Merken Sie sich das bitte. Niemand dieses Namens ist hier beschäftigt. Guten Morgen.«

Er ging nach Hause. Die lange Stadt breitete sich am offenen Atlantik aus; Wellen leckten über die Avenida de Maceo und beschlugen die Windschutzscheiben der Autos. Die rosafarbenen, grauen, gelben Säulen im einst aristokratischen Viertel waren zerfressen wie Felsen; ein altes Wappen, verschmiert und verwaschen, war über dem Eingang eines schäbigen Hotels angebracht, und die Fensterläden eines Nachtclubs waren mit grellen, groben Farben lackiert, um sie vor der Feuchtigkeit und dem Salz des Meeres zu schützen. Im Westen ragten die stählernen Wolkenkratzer des neuen Teils der Stadt höher in den klaren Februarhimmel als

Leuchttürme. Es war eine Stadt für Besucher, keine Stadt zum Leben, aber es war die Stadt, in der sich Wormold zum ersten Mal verliebt hatte, und sie hielt ihn fest wie der Schauplatz einer Katastrophe. Die Zeit verleiht einem Schlachtfeld Poesie, und vielleicht ähnelte Milly ein wenig der Blume auf einem alten Wall, von dem aus vor vielen Jahren ein Angriff unter schweren Verlusten zurückgeschlagen wurde. Auf der Straße begegneten ihm Frauen mit Asche auf der Stirn, als wären sie unter der Erde hervor an die Sonne gekommen. Ihm fiel ein, daß es Aschermittwoch war.

Trotz des schulfreien Tages war Milly nicht zu Hause, als er zurückkam – vielleicht war sie noch in der Messe oder beim Reiten im Country Club. Lopez führte der Haushälterin eines Priesters, die sich geweigert hatte, den Atomgiganten zu kaufen, den Turbosauger vor. Wormolds schlimmste Befürchtungen wegen des neuen Modells waren berechtigt gewesen, denn es war ihm nicht gelungen, auch nur ein Gerät zu verkaufen. Er ging hinauf und öffnete das Telegramm; es war an eine Abteilung des britischen Konsulats gerichtet, und die Zahlen, die folgten, sahen häßlich aus wie die Lotterielose, die bis zum Tag der Ziehung unverkauft blieben. Da stand 2674, dann folgte eine Reihe fünfstelliger Zahlen: 42811, 79145, 72312, 59200, 80947, 62533, 10605 und so weiter. Es war sein erstes Telegramm, und ihm fiel auf, daß es aus London kam. Er war sich nicht einmal sicher (so lange schien die Lektion her zu sein), ob er es entschlüsseln könne, aber er erkannte eine einzelne Gruppe, 59200, die jäh und mahnend vor ihm auftauchte, als wäre Hawthorne im selben Augenblick vorwurfsvoll die Treppe heraufgekommen. Düster nahm er Lambs Shakespeare-

Erzählungen herunter – wie sehr hatte er von jeher Elia und den Essay über Schweinebraten verabscheut. Ihm fiel wieder ein, daß die erste Zahlengruppe auf die Seite, die Zeile und das Wort hinwies, mit dem die Entschlüsselung anfing. »Dionyza, die böse Frau Cleons«, las er, »ereilte das Schicksal, das sie verdiente.« Er fing bei »verdiente« mit dem Entschlüsseln an. Zu seiner Überraschung kam wirklich etwas dabei heraus. Es war, als hätte ein merkwürdiger, geerbter Papagei zu sprechen angefangen. »Nr. 1 vom 24. Januar von 59200 Anfang Absatz A.«

Nachdem er eine Dreiviertelstunde lang addiert und subtrahiert hatte, war die ganze Nachricht entschlüsselt bis auf den Schlußabsatz, in dem bei ihm, bei 59200 oder bei Charles Lamb etwas danebengegangen sein mußte. »Von 59200 Anfang Absatz A fast ein Monat seit Bewilligung Mitgliedschaft Country Club und noch keine wiederhole keine Information erhalten über potentielle Unteragenten stop verlasse mich darauf daß Sie keine wiederhole keine Unteragenten vor gründlicher Überprüfung anwerben stop Anfang Absatz B 59200 erwartet unverzüglich wirtschaftlichen und politischen Bericht auf hinterlassenem Fragebogen stop Anfang Absatz C verfluchte Verbindung mit Kingston äußerst tuberkulös Ende der Nachricht.«

Die Zusammenhanglosigkeit des letzten Absatzes wirkte zornig und machte Wormold Sorgen. Zum ersten Mal kam ihm in den Sinn, daß er in ihren Augen – wer *sie* auch sein mochten – Geld genommen und nichts dafür geleistet hatte. Das machte ihm zu schaffen. Bis jetzt war es ihm so vorgekommen, als wäre er der Empfänger eines exzentrischen Geschenks, welches Milly das Reiten im Country

Club und ihm die Bestellung etlicher Bücher in England ermöglicht hatte, auf die er erpicht gewesen war. Der Rest des Geldes lag jetzt auf der Bank; er hatte sich eingeredet, eines Tages sei er vielleicht in der Lage, es Hawthorne zurückzuzahlen.

Er dachte: Ich muß etwas unternehmen, ihnen ein paar Namen zur Überprüfung nennen, einen Agenten anwerben, sie bei Laune halten. Er dachte an Millys Ladenspiel, wenn sie ihm ihr Taschengeld für Phantasieeinkäufe gab. Er mußte mitspielen, aber früher oder später verlangte Milly ihr Geld immer zurück.

Er fragte sich, wie man einen Agenten anwarb. Es fiel ihm schwer, sich genau daran zu erinnern, wie Hawthorne ihn angeworben hatte – bis darauf, daß die ganze Geschichte auf einem Klo angefangen hatte, aber das war bestimmt keine Bedingung. Er beschloß, mit einem relativ einfachen Fall anzufangen.

»Sie haben mich gerufen, Señor Vormell.« Aus irgendeinem Grund überstieg der Name Wormold Lopez' Aussprachevermögen, aber weil er unfähig zu sein schien, sich auf einen befriedigenden Ersatz festzulegen, kam es selten vor, daß er Wormold zweimal mit demselben Namen ansprach.

»Ich möchte mit Ihnen sprechen, Lopez.«

»*Si*, Señor Vomell.«

Wormold sagte: »Sie sind jetzt schon seit vielen Jahren bei mir. Wir vertrauen einander.«

Lopez drückte sein uneingeschränktes Vertrauen mit einer Geste zum Herzen aus.

»Wie würde es Ihnen gefallen, jeden Monat ein bißchen Geld zusätzlich zu verdienen?«

»Oh, natürlich … Ich wollte auch schon mit Ihnen darüber sprechen, Señor Ommel. Ein Kind ist unterwegs. Vielleicht zwanzig Pesos?«

»Es hat nichts mit dem Geschäft zu tun. Es geht zu schlecht, Lopez. Es handelt sich um eine vertrauliche Aufgabe, für mich persönlich, verstehen Sie.«

»Ah, ja, Señor. Von persönlichen Dienstleistungen verstehe ich etwas. Sie können mir vertrauen. Ich bin diskret. Natürlich sage ich der Señorita nichts davon.«

»Ich glaube, Sie haben mich vielleicht nicht ganz verstanden.«

»Wenn ein Mann in ein gewisses Alter kommt«, sagte Lopez, »will er nicht mehr selbst nach einer Frau suchen, er möchte sich die Mühe sparen. Er möchte befehlen: ›Heute nacht ja, morgen nacht nein.‹ Jemandem Anweisungen geben, dem er vertraut …«

»Ich meine nichts dergleichen. Was ich sagen wollte – es hat jedenfalls nichts zu tun mit …«

»Es braucht Ihnen nicht peinlich zu sein, mit mir zu sprechen, Señor Vormole. Ich bin schon seit vielen Jahren bei Ihnen.«

»Sie irren sich«, sagte Wormold. »Ich hatte nicht die Absicht …«

»Ich verstehe, daß für einen Engländer in Ihrer Stellung ein Etablissement wie das San Francisco unpassend ist. Selbst der Mamba Club.«

Wormold wußte, daß nichts, was er hätte sagen können, die Eloquenz seines Assistenten gebremst hätte, nun, da er mit Havannas Thema Nummer eins in Fahrt gekommen war; der sexuelle Austausch war nicht nur das Hauptgewerbe der Stadt, sondern auch die ganze *raison d'être* im Leben eines Mannes. Man verkaufte oder kaufte Sex – unwichtig, was von beidem, aber er wurde nie verschenkt.

»Ein junger Mann braucht Abwechslung«, sagte Lopez, »aber für einen Mann in einem gewissen Alter gilt das auch. Beim jungen Mann liegt es an der Neugier der Unwissenheit, beim alten daran, daß der Appetit angeregt werden muß. Niemand könnte Ihnen besser dienen als ich, denn ich habe Sie beobachtet, Señor Venell. Sie sind kein Kubaner: für Sie ist der Hintern einer Frau weniger wichtig als eine gewisse Sanftheit im Verhalten ...«

»Sie haben mich völlig mißverstanden«, sagte Wormold.

»Die Señorita geht heute abend ins Konzert.«

»Woher wissen Sie das?«

Lopez überhörte die Frage. »Wenn sie fort ist, bringe ich eine junge Dame zu Ihnen. Wenn sie Ihnen nicht gefällt, bringe ich eine andere.«

»Sie tun nichts dergleichen. Mir geht es nicht um Dienste dieser Art. Ich möchte, Lopez, ich möchte ... ich möchte, daß Sie Augen und Ohren offenhalten und mir berichten ...«

»Über die Señorita?«

»Gütiger Himmel, nein.«

»Worüber soll ich dann berichten, Señor Vommold?«

Wormold sagte: »Zum Beispiel über ...« Aber er hatte nicht die leiseste Ahnung, worüber Lopez hätte berichten können. Er erinnerte sich nur an wenige Themen in dem langen Fragebogen, und keines wirkte geeignet. »Mögliche kommunistische Infiltration der Streitkräfte. Konkrete

Zahlen über die Zucker- und Tabakproduktion im letzten Jahr.« Natürlich war da der Inhalt der Papierkörbe in den Büros, in denen Lopez die Staubsauger wartete, aber selbst Hawthorne hatte bestimmt einen Witz gemacht, als er vom Fall Dreyfus sprach – falls solche Männer je Witze machten.

»Zum Beispiel worüber, Señor?«

Wormold sagte: »Das erkläre ich Ihnen später. Gehen Sie jetzt in den Laden zurück.«

2

Es war Zeit für den Daiquiri, und in der Wonder Bar war Dr. Hasselbacher glücklich mit seinem zweiten Scotch. »Sie machen sich immer noch Sorgen, Mr. Wormold?« fragte er.

»Ja, ich mache mir Sorgen.«

»Immer noch wegen des Staubsaugers – des Atomstaubsaugers?«

»Nicht wegen des Staubsaugers.« Er trank den Daiquiri aus und bestellte noch einen.

»Heute trinken Sie sehr schnell.«

»Hasselbacher, Sie haben nie unter Geldmangel gelitten, nicht wahr? Aber Sie haben ja auch kein Kind.«

»Bald werden Sie auch kein Kind mehr haben.«

»Vermutlich.« Der Trost war so kalt wie der Daiquiri. »Wenn es soweit ist, Hasselbacher, möchte ich, daß Milly und ich weit weg von hier sind. Ich möchte nicht, daß sie von einem Hauptmann Segura geweckt wird.«

»Das kann ich verstehen.«

»Neulich wurde mir Geld angeboten.«

»Ja?«

»Damit ich Informationen beschaffe.«

»Was für Informationen?«

»Geheiminformationen.«

Dr. Hasselbacher seufzte. Er sagte: »Sie sind ein Glückspilz, Mr. Wormold. Solche Informationen sind immer einfach.«

»Einfach?«

»Wenn sie wirklich geheim sind, wissen nur Sie darüber Bescheid. Sie brauchen nur ein bißchen Phantasie, Mr. Wormold.«

»Sie wollen, daß ich Agenten anwerbe. Wie wirbt man einen Agenten an, Hasselbacher?«

»Sie könnten sie auch erfinden, Mr. Wormold.«

»Das hört sich an, als ob Sie Erfahrung hätten.«

»Meine Erfahrungen stammen aus der Medizin, Mr. Wormold. Haben Sie noch nie eine Anzeige für Geheimarzneien gelesen? Ein Haartonikum, anvertraut vom sterbenden Häuptling eines Indianerstammes. Bei einer Geheimarznei braucht man die Zusammensetzung nicht zu drucken. Und ein Geheimnis hat etwas an sich, was die Menschen gläubig macht ... vielleicht ein Überbleibsel der Magie. Haben Sie Sir James Frazer gelesen?«

»Haben Sie je von einem Buchcode gehört?«

»Erzählen Sie mir trotz allem nicht zuviel, Mr. Wormold. Geheimhaltung geht mich nichts an – ich habe kein Kind. Bitte, erfinden Sie mich nicht als Ihren Agenten.«

»Nein, das wäre gar nicht möglich. Diesen Leuten gefällt unsere Freundschaft nicht, Hasselbacher. Sie wollen, daß ich Ihnen aus dem Weg gehe. Sie überprüfen Sie. Was meinen Sie, wie überprüfen die einen Mann?«

»Ich weiß es nicht. Seien Sie vorsichtig, Mr. Wormold. Nehmen Sie ihr Geld, aber geben Sie ihnen nichts dafür. Sie sind den Seguras gegenüber wehrlos. Lügen Sie einfach und behalten Sie Ihre Freiheit. Die haben die Wahrheit nicht verdient.«

»Wen meinen Sie damit?«

»Königreiche, Republiken, Mächte.« Er trank sein Glas aus. »Ich muß nach meiner Kultur sehen, Mr. Wormold.«

»Tut sich schon etwas?«

»Zum Glück nein. Solange sich nichts tut, ist alles möglich, meinen Sie nicht auch? Was für ein Jammer, daß es bei der Lotterie eine Ziehung gibt. Ich verliere hundertvierzigtausend Dollar in der Woche, und ich bin ein armer Mann.«

»Sie vergessen doch Millys Geburtstag nicht?«

»Vielleicht kommt bei der Überprüfung etwas Schlimmes heraus, und Sie wollen nicht, daß ich komme. Aber denken Sie daran, solange Sie lügen, richten Sie keinen Schaden an.«

»Ich nehme ihr Geld.«

»Die haben kein Geld bis auf das, was sie Männern wie Ihnen und mir wegnehmen.«

Er stieß die Halbtür auf und war fort. Dr. Hasselbacher redete nie in Moralbegriffen; das lag außerhalb des Aufgabenbereichs eines Arztes.

3

Wormold fand in Millys Zimmer eine Liste der Country-Club-Mitglieder. Er wußte, wo er danach suchen mußte, zwischen der neuesten Ausgabe des Jahrbuchs für Reiterinnen und einem Roman mit dem Titel ›Die weiße Stute‹ von Miss »Pony« Traggers. Er war dem Country Club beigetreten, um passende Agenten zu finden, und hier hatte er sie alle vor sich, zweispaltig, auf über zwanzig Seiten. Sein Blick fiel auf einen angelsächsischen Namen – Vincent C. Parkman; vielleicht war das Earls Vater. Es kam Wormold völlig richtig vor, die Parkmans in der Familie zu behalten.

Als er sich zum Verschlüsseln hinsetzte, hatte er zwei weitere Namen ausgesucht – einen Ingenieur Cifuentes und einen Professor Luis Sanchez. Der Professor, wer auch immer er war, wirkte als plausibler Kandidat für Wirtschaftsinformationen, der Ingenieur konnte über Technik berichten und Mr. Parkman über Politik. Die Shakespeare-Erzählungen aufgeschlagen vor sich (er hatte als Schlüsselsatz ausgewählt: »Möge das folgende ein glückliches Ende nehmen«), verschlüsselte er: »Nummer 1 vom 25. Februar Anfang Absatz A habe meinen Assistenten angeworben und ihm Kennziffer 59200/5/1 zugeteilt stop schlage als Bezahlung fünfzehn Pesos pro Monat vor stop Anfang Absatz B bitte folgende Personen überprüfen ...«

Diese ganzen Absätze kamen Wormold als Verschwendung von Zeit und Geld vor, aber Hawthorne hatte gesagt, das gehöre zum Drill, genau wie Milly darauf bestand, daß alle Einkäufe beim Ladenspiel in Papier gewickelt wurden, selbst eine einzelne Glasperle. »Anfang

Absatz C Wirtschaftsbericht folgt wie erbeten in Kürze per Postsack.«

Jetzt war nichts mehr zu tun, als auf Antwort zu warten und den Wirtschaftsbericht vorzubereiten. Das beunruhigte ihn. Er hatte Lopez fortgeschickt, um alle erhältlichen Regierungsveröffentlichungen über die Zucker- und Tabakindustrie zu kaufen – das war Lopez' erster Einsatz, und Wormold verbrachte jetzt täglich Stunden mit der Lektüre der Lokalzeitungen, um Passagen anzustreichen, die passend von dem Professor oder dem Ingenieur verwendet werden konnten; es war unwahrscheinlich, daß jemand in Kingston oder London die Tageszeitungen von Havanna las. Auch er entdeckte auf diesen schlecht gedruckten Seiten eine neue Welt; vielleicht hatte er sich bisher für sein Weltbild zu sehr auf die ›New York Times‹ oder die ›Herald Tribune‹ verlassen. Gleich um die Ecke von der Wonder Bar war eine junge Frau erstochen worden; »eine Märtyrerin der Liebe«. Havanna war voll von Märtyrern der einen oder anderen Art. Eines Abends hatte ein Mann ein Vermögen im Tropicana verloren; er war auf die Bühne gestiegen, hatte eine farbige Sängerin umarmt, war dann mit seinem Auto in den Hafen gefahren und ertrunken. Ein anderer hatte sich kunstvoll mit Hosenträgern stranguliert. Es gab auch Wunder; ein Madonnenbild weinte salzige Tränen, und eine vor Unserer Lieben Frau von Guadalupe angezündete Kerze brannte unerklärlicherweise eine Woche lang, von Freitag bis Freitag. Aus diesem Bild von Gewalt, Leidenschaft und Liebe blieben nur die Opfer Hauptmann Seguras ausgeschlossen – sie litten und starben ohne den Segen der Presse.

Der Wirtschaftsbericht erwies sich als öde Plackerei, denn Wormold hatte nie gelernt, mit mehr als zwei Fingern zu tippen oder den Tabulator seiner Maschine zu benützen. Es war nötig, die offiziellen Statistiken zu ändern, falls jemand in der Zentrale auf die Idee kam, die beiden Berichte zu vergleichen, und manchmal vergaß Wormold, daß er eine Zahl verändert hatte. Eine Dezimalstelle verrückte und mußte in einem Dutzend Spalten von oben bis unten gesucht werden. Es war ganz ähnlich wie das Steuern eines Mini-Autos in einem Spielautomaten.

Nach einer Woche machte er sich Sorgen, weil die Antwort ausblieb. Hatte Hawthorne Lunte gerochen? Aber es heiterte ihn vorübergehend auf, als er ins Konsulat gerufen wurde, wo der verdrossene Angestellte ihm einen versiegelten Umschlag überreichte, der aus für Wormold unerfindlichen Gründen an »Mr. Luke Penny« adressiert war. Im Außenumschlag steckte ein weiterer Umschlag mit der Aufschrift »Henry Leadbetter. Forschungsabteilung«; ein dritter Umschlag war mit 59200/5 beschriftet und enthielt in kubanischen Noten das Gehalt und die Spesen für drei Monate. Er brachte das Geld auf die Bank in Obispo.

»Geschäftskonto, Mr. Wormold?«

»Nein, Privatkonto.« Aber er fühlte sich schuldig, als der Kassierer zählte; er kam sich vor, als hätte er Firmengelder unterschlagen.

2. Kapitel

1

Zehn Tage verstrichen, und er hörte nichts. Er konnte nicht einmal seinen Wirtschaftsbericht abschicken, ehe der angebliche Agent, der ihn lieferte, überprüft und gebilligt war. Es wurde Zeit für seinen jährlichen Besuch bei den Einzelhändlern außerhalb von Havanna, in Matanzas, Cienfuegos, Santa Clara und Santiago. Er besuchte diese Städte gewohnheitsmäßig mit seinem alten Hillman. Ehe er abfuhr, schickte er Hawthorne ein Telegramm. »Habe vor, unter dem Vorwand, Untervertreter für Staubsauger zu besuchen, Anwerbungsmöglichkeiten in der Hafenstadt Matanzas, im Industriezentrum Santa Clara, im Marinehauptquartier Cienfuegos und im Dissidentenzentrum Santiago zu ermitteln stop rechne mit Reisespesen von fünfzig Dollar pro Tag.« Er gab Milly einen Kuß, nahm ihr das Versprechen ab, sich in seiner Abwesenheit nicht von Hauptmann Segura im Auto mitnehmen zu lassen, und fuhr scheppernd ab, auf einen Abschiedsschluck mit Dr. Hasselbacher in der Wonder Bar.

2

Einmal im Jahr, und immer auf seiner Rundreise, schrieb Wormold an seine jüngere Schwester, die in Northampton lebte. (Vielleicht linderte das Schreiben an Mary für den

Augenblick die Einsamkeit, die er fern von Milly empfand.) Er legte außerdem stets die neuesten kubanischen Briefmarken für seinen Neffen bei. Der Junge hatte im Alter von sechs Jahren mit dem Sammeln angefangen, und im schnellen Trott der Zeit entfiel es Wormolds Gedächtnis, daß sein Neffe jetzt schon lange über siebzehn hinaus war und das Sammeln vermutlich vor Jahren aufgegeben hatte. Jedenfalls mußte er zu alt sein für die Art von Brief, den Wormold um die Briefmarken faltete; selbst für Milly war er zu kindlich, und sein Neffe war mehrere Jahre älter als sie.

»Lieber Mark«, schrieb Wormold, »hier sind ein paar Marken für Deine Sammlung. Sie muß inzwischen schon ziemlich groß sein. Leider sind die beiliegenden Marken nicht sehr interessant. Wenn es in Kuba nur Vögel, Tiere oder Schmetterlinge gäbe wie auf den hübschen Marken aus Guatemala, die Du mir gezeigt hast! Dein Dich liebender Onkel. P. S. Ich sitze hier mit Blick auf das Meer, und es ist sehr heiß.«

Seiner Schwester schrieb er genauer: »Ich sitze an der Bucht von Cienfuegos bei über dreißig Grad, obwohl die Sonne seit einer Stunde untergegangen ist. Im Kino zeigen sie Marylin Monroe, und im Hafen liegt ein Schiff, das merkwürdigerweise »Juan Belmonte« heißt. (Erinnerst Du Dich an den Winter in Madrid, als wir bei dem Stierkampf waren?) Der Erste Maschinist – ich glaube, es ist der Erste Maschinist – sitzt am Nebentisch und trinkt spanischen Cognac. Es gibt nichts für ihn zu tun, außer ins Kino zu gehen. Das hier muß einer der ruhigsten Häfen der Welt sein. Nur die Straße, rosa und gelb, ein paar Kneipen, der große Schornstein einer Zuckerraffinerie und am Ende eines mit Unkraut überwucherten Wegs die »Juan Belmonte«. Irgendwie wünsche ich mir, ich könnte mit Milly auf ihr fahren, aber ich weiß nicht so recht. Staubsauger verkaufen sich nicht gut – in diesen unruhigen Zeiten gibt es zu oft keinen Strom. Gestern abend in Matanzas sind dreimal alle Lichter ausgegangen – das erste Mal, als ich gebadet habe. Wie albern, solche Dinge nach Northampton zu schreiben.

Glaub' nicht, daß ich unglücklich bin. Vieles spricht für den Platz, an dem wir leben. Manchmal fürchte ich mich davor, nach Hause zu kommen, zu Boots, Woolworth und den Imbißstuben, und jetzt wäre ich sogar im White Horse ein Fremder. Der Erste Maschinist hat eine junge Frau dabei – ich nehme an, er hat auch in Matanzas eine Freundin: Er gießt ihr Cognac in die Kehle, wie man einer Katze Arznei gibt. Kurz vor Sonnenuntergang ist das Licht hier wunderbar: ein langes, goldenes Rinnsal, und die Seevögel sind dunkle Flecken auf den zinngrauen Wogen. Die große, weiße Statue auf dem Paseo, die bei Tageslicht wie Queen Victoria aussieht, ist jetzt ein Klumpen Ektoplasma. Die Schuhputzer haben ihre Kästen unter den Stühlen in der rosafarbenen Kolonnade verstaut: Man sitzt hoch über dem Pflaster wie auf einer Bibliothekstreppe und stützt die Füße auf zwei Seepferdchen aus Bronze, die vielleicht ein Phönizier hierhergebracht hat. Warum bin ich so nostalgisch? Ich nehme an, weil ich ein bißchen Geld auf der hohen Kante habe und bald vor dem Entschluß stehen werde, für immer von hier wegzugehen. Ich frage mich, ob sich Milly auf einer Handelsschule in einer grauen Straße in Nordlondon einleben würde.

Wie geht es Tante Alice und ihren berühmten Ohrstöpseln? Und wie geht es Onkel Edward? Oder ist er tot? Ich habe die Zeit im Leben erreicht, in der Verwandte sterben, ohne daß man etwas davon merkt.«

Er bezahlte und fragte nach dem Namen des Ersten Maschinisten – ihm war eingefallen, er müsse ein paar Namen gesammelt haben, wenn er nach Hause kam, um seine Spesen zu rechtfertigen.

3

In Santa Clara brach sein alter Hillman unter ihm zusammen wie ein erschöpftes Maultier. Irgend etwas stimmte mit seinem Innenleben nicht; nur Milly hätte das herausbekommen. Der Mann in der Werkstatt sagte, die Reparatur dauere mehrere Tage, und Wormold beschloß, mit dem Bus nach Santiago weiterzufahren. Vielleicht war das ohnehin schneller und sicherer, denn in der Provinz Oriente, wo die üblichen Rebellen die Berge besetzten und die Regierungstruppen die Straßen und Städte, waren Straßensperren häufig, und Busse waren weniger anfällig für Verzögerungen als Autos.

Er kam am Abend in Santiago an, in den leeren, gefährlichen Stunden der inoffiziellen Ausgangssperre. Alle Läden auf der Piazza um die Fassade der Kathedrale herum waren geschlossen. Vor dem Hotel eilte ein einziges Paar über die Straße; die Nacht war heiß und feucht, und die Grünpflanzen hingen dunkel und schwer im fahlen Licht der schwachen Lampen. An der Rezeption wurde er mißtrauisch begrüßt, als hielten sie ihn für einen Spion der einen oder anderen Art. Er kam sich wie ein Hochstapler vor, denn in diesem Hotel wohnten echte Spione, echte Polizeispitzel und echte Agenten der Rebellen. In der tristen Bar redete ein Betrunkener unaufhörlich, als wollte er à la Gertrude Stein sagen: »Kuba ist Kuba ist Kuba.«

Wormold aß ein trockenes, dünnes Omelett zu Abend, fleckig und eselsohrig wie ein altes Manuskript, und trank sauren Wein. Beim Essen schrieb er ein paar Zeilen an Dr. Hasselbacher auf eine Ansichtskarte. Jedesmal, wenn er Havanna verließ, schickte er Milly, Dr. Hasselbacher und manchmal sogar Lopez schlechte Bilder schlechter Hotels mit einem Kreuz an einem Fenster wie das Kreuz in Kriminalromanen, das anzeigt, wo das Verbrechen begangen worden ist. »Autopanne. Alles ganz ruhig. Hoffe, am Donnerstag zurück zu sein.« Eine Ansichtskarte ist ein Symptom der Einsamkeit.

Um neun machte sich Wormold auf die Suche nach seinem Einzelhändler. Er hatte vergessen, wie verlassen die Straßen von Santiago nach Einbruch der Dunkelheit waren. Hinter den Eisengittern waren die Läden geschlossen, und wie in einer besetzten Stadt wandten die Häuser dem Passanten den Rücken zu. Ein Kino verbreitete etwas Licht, aber kein Besucher ging hinein; laut Vorschrift mußte es geöffnet bleiben, aber es war unwahrscheinlich, daß nach Einbruch der Dunkelheit jemand hineinging außer Soldaten oder Polizisten. In einer Nebenstraße sah Wormold eine Militärpatrouille.

Wormold saß mit dem Einzelhändler in einem kleinen, heißen Zimmer. Eine offene Tür führte auf einen Patio hinaus, mit einer Palme und einem schmiedeeisernen Brunnen, aber die Luft draußen war so heiß wie die Luft drinnen. Sie saßen einander in Schaukelstühlen gegenüber, schaukelten aufeinander zu und voneinander weg und sorgten für leichten Luftzug.

Das Geschäft ging schlecht – schaukel, schaukel –, niemand kaufte in Santiago Elektrogeräte – schaukel, schaukel –, wozu waren sie schon gut? Schaukel, schaukel. Wie zur Veranschaulichung des Themas ging das elektrische Licht aus, und sie schaukelten in der Finsternis. Sie kamen aus dem Rhythmus, und ihre Köpfe stießen leicht zusammen.

»Entschuldigung.«

»War meine Schuld.«

Schaukel, schaukel, schaukel.

Auf dem Patio knarrte ein Stuhl.

»Ihre Frau?« fragte Wormold.

»Nein. Niemand. Wir sind ganz allein.«

Wormold schaukelte vorwärts, schaukelte zurück, schaukelte wieder vorwärts und lauschte den verstohlenen Bewegungen auf dem Patio.

»Natürlich.« Er war in Santiago. In jedem Haus konnte sich ein Mann auf der Flucht verstecken. Es war am besten, nichts zu hören, und es war nicht schwierig, nichts zu sehen, selbst als das Licht halbherzig wieder anging, mit einem winzigen gelben Schein des Glühfadens.

Auf dem Weg zum Hotel hielten ihn zwei Polizisten an. Sie wollten wissen, was er so spät auf der Straße verloren habe.

»Es ist erst zehn«, sagte er.

»Was haben Sie um zehn auf der Straße verloren?«

»Es gibt doch keine Ausgangssperre, oder?«

Plötzlich, ohne Vorwarnung, schlug ihm einer der Polizisten ins Gesicht. Er empfand eher Schock als Wut. Er gehörte zur gesetzesfürchtigen Schicht; die Polizei war sein natürlicher Beschützer. Er legte die Hand an die Wange und sagte: »Was in Gottes Namen soll das ...?« Der zweite Polizist ließ ihn mit einem Schlag in den Rücken das Pflaster entlangstolpern. Sein Hut fiel in den Dreck der Gosse. Er sagte: »Geben Sie mir meinen Hut« und spürte, daß er wieder gestoßen wurde. Er sagte etwas vom britischen Konsul, und sie stießen ihn quer über die Straße, so daß er taumelte. Dieses Mal landete er in einem Hauseingang vor einem Tisch, auf dem ein Mann schlief, den Kopf auf den Armen. Der Mann wachte auf und schrie Wormold an – sein mildestes Schimpfwort war »Schwein«.

Wormold sagte: »Ich bin britischer Staatsbürger, mein Name ist Wormold, ich wohne in Havanna – Lamparilla 37. Ich bin fünfundvierzig, geschieden und möchte den Konsul anrufen.«

Der Mann, der ihn ein Schwein genannt hatte und auf dem Ärmel den Winkel eines Sergeanten trug, forderte ihn auf, ihm seinen Paß zu zeigen.

»Das kann ich nicht. Er ist in meiner Aktentasche im Hotel.«

Einer der Polizisten, die ihn angehalten hatten, sagte befriedigt: »Ohne Papiere auf der Straße aufgegriffen.«

»Leeren Sie seine Taschen«, sagte der Sergeant. Sie holten seine Brieftasche und die Ansichtskarte an Dr. Hasselbacher heraus, die er vergessen und nicht in den Briefkasten gesteckt hatte, sowie ein Minifläschchen Whisky, Old Granddad, das er in der Hotelbar gekauft hatte. Der Sergeant musterte die Flasche und die Postkarte.

Er sagte: »Warum tragen Sie diese Flasche bei sich? Was enthält sie?«

»Was glauben Sie?«

»Die Rebellen machen aus Flaschen Granaten.«

»Bestimmt nicht aus so kleinen Flaschen.« Der Sergeant zog den Korken heraus, schnüffelte und goß sich etwas auf die Handfläche. »Es scheint Whisky zu sein«, sagte er und wandte sich der Postkarte zu. Er sagte: »Warum haben Sie ein Kreuz auf dieses Bild gemacht?«

»Das ist das Fenster meines Zimmers.«

»Warum markieren Sie Ihr Zimmerfenster?«

»Warum nicht? Das ist bloß – das ist eben etwas, was man auf Reisen macht.«

»Haben Sie an dem Fenster einen Besucher erwartet?«

»Selbstverständlich nicht.«

»Wer ist Dr. Hasselbacher?«

»Ein alter Freund.«

»Kommt er nach Santiago?«

»Nein.«

»Warum wollen Sie ihm dann zeigen, wo Ihr Zimmer ist?«

Ihm wurde allmählich klar, was Kriminelle bestens wissen: wie unmöglich es ist, einem Mann mit Macht etwas zu erklären.

Er sagte leichtfertig: »Dr. Hasselbacher ist eine Frau.«

»Ein weiblicher Arzt!« rief der Sergeant mißbilligend.

»Doktor der Philosophie. Eine sehr schöne Frau.« Er zeichnete zwei Kurven in die Luft.

»Und sie kommt zu Ihnen nach Santiago?«

»Nein, nein. Aber Sie wissen doch, wie das bei Frauen ist, Sergeant. Sie wissen gern, wo ihr Mann schläft.«

»Sie sind ihr Liebhaber?« Die Atmosphäre hatte sich zum Besseren verändert. »Das erklärt immer noch nicht, warum Sie nachts auf der Straße herumlaufen.«

»Es gibt kein Gesetz ...«

»Kein Gesetz, aber kluge Leute bleiben zu Hause. Nur Unruhestifter gehen aus.«

»Ich konnte nicht schlafen, weil ich an Emma gedacht habe.«

»Wer ist Emma?«

»Dr. Hasselbacher.«

Der Sergeant sagte langsam: »Etwas stimmt hier nicht. Ich kann es riechen. Sie sagen mir nicht die Wahrheit. Wenn Sie in Emma verliebt sind, warum sind Sie dann in Santiago?«

»Ihr Mann ist mißtrauisch.«

»Sie hat einen Mann? *No es muy agradable.* Sind Sie Katholik?«

»Nein.«

Der Sergeant griff nach der Postkarte und musterte sie noch einmal. »Das Kreuz an dem Zimmerfenster – das ist auch nicht gerade schön. Wie soll sie das ihrem Mann erklären?«

Wormold überlegte rasch. »Ihr Mann ist blind.«

»Und das ist ebenfalls nicht schön. Überhaupt nicht schön.«

»Soll ich ihn wieder schlagen?« fragte einer der Polizisten.

»Das eilt nicht. Erst muß ich ihn verhören. Wie lange kennen Sie diese Frau, Emma Hasselbacher?«

»Eine Woche.«

»Eine Woche? Nichts, was Sie sagen, ist schön. Sie sind Protestant und Ehebrecher. Wie haben Sie diese Frau kennengelernt?«

»Hauptmann Segura hat mich ihr vorgestellt.«

Die Hand des Sergeanten verharrte mit der Postkarte in der Luft. Wormold hörte, wie einer der Polizisten hinter ihm schluckte. Längere Zeit sagte niemand etwas. »Hauptmann Segura?«

»Ja.«

»Sie kennen Hauptmann Segura?«

»Er ist ein Freund meiner Tochter.«

»Sie haben also eine Tochter. Sie sind verheiratet.« Er wollte wieder sagen: »Das ist nicht sch ...«, als einer der Polizisten sagte: »Er kennt Hauptmann Segura.«

»Woher soll ich wissen, daß Sie die Wahrheit sagen?«

»Sie könnten ihn anrufen und es herausfinden.«

»Es würde mehrere Stunden dauern, telefonisch nach Havanna durchzukommen.«

»Ich kann Santiago heute nacht nicht verlassen. Ich warte im Hotel auf Sie.«

»Oder in einer Zelle auf dem Revier.«

»Ich glaube nicht, daß das Hauptmann Segura gefallen würde.«

Der Sergeant dachte lange über die Sache nach, und während er überlegte, ging er den Inhalt der Brieftasche durch. Dann trug er einem der Männer auf, Wormold zum Hotel zu begleiten und sich dort seinen Paß anzusehen (offenbar glaubte der Sergeant, auf diese Weise wahre er das Gesicht). Die beiden gingen in verlegenem Schweigen zurück, und erst als Wormold sich hingelegt hatte, fiel ihm ein, daß die Postkarte an Dr. Hasselbacher immer noch auf dem Tisch des Sergeanten lag. Es kam ihm unwichtig vor; er konnte am Morgen eine andere abschicken. Wie lange es doch dauert, bis man die komplizierten Muster des Lebens begreift, deren Teil alles – selbst eine Ansichtskarte – werden kann, und wie unbesonnen es ist, irgend etwas als unwichtig abzutun. Drei Tage später fuhr Wormold mit dem Bus nach Santa Clara zurück; sein Hillman war fertig; auf der Straße nach Havanna hatte er keinerlei Schwierigkeiten.

3. Kapitel

Als er am späten Nachmittag nach Havanna zurückkam, warteten eine Menge Telegramme auf ihn. Außerdem lag ein Zettel von Milly da. »Was hast Du getrieben? Du weißt schon wer (aber er wußte es nicht) sehr hartnäckig – war aber nicht schlimm. Dr. Hasselbacher will Dich dringend sprechen. Alles Liebe. P. S. Bin beim Reiten im Country Club. Pressefotograf hat eine Aufnahme von Seraphina gemacht. Ist das Ruhm? Laß die Soldaten einen Salut schießen!«

Dr. Hasselbacher konnte warten. Zwei der Telegramme waren als dringend gekennzeichnet.

»Nr. 2 vom 5. März. Anfang Absatz A Überprüfung

Hasselbacher dubios stop äußerste Vorsicht bei jedem Kontakt dabei auf Minimum beschränken Ende der Nachricht.«

Vincent C. Parkman wurde als Agent sofort abgelehnt. »Sie dürfen keinen wiederhole keinen Kontakt mit ihm aufnehmen stop vermutlich schon von amerikanischem Dienst beschäftigt.«

Das nächste Telegramm – Nr. 1 vom 4. März – lautete kalt: »Bitte in Zukunft wie angewiesen jedes Telegramm auf ein Thema beschränken.«

Nr. 1 vom 5. März war ermutigender. »Professor Sanchez und Ingenieur Cifuentes sauber stop dürfen angeworben werden stop für Männer ihrer Stellung vermutlich nur Spesenersatz erforderlich.«

Das letzte Telegramm war eine Art Antiklimax. »Anwerbung von 59200/5/1 – das war Lopez – notiert nehmen Sie aber bitte zur Kenntnis daß vorgeschlagene Zahlung unter üblichem europäischen Durchschnitt liegt und auf 25 wiederhole 25 Pesos monatlich erhöht werden sollte Ende der Nachricht.«

Lopez rief die Treppe herauf: »Es ist Dr. Hasselbacher.«

»Sagen Sie ihm, ich habe zu tun. Ich rufe ihn später an.«

»Er sagt, Sie sollen schnell kommen. Er klingt merkwürdig.«

Wormold ging nach unten ans Telefon. Ehe er sprechen konnte, hörte er eine aufgeregte, alte Stimme. Er war bisher noch nie auf den Gedanken gekommen, Dr. Hasselbacher sei alt. »Bitte, Mr. Wormold ...«

»Ja. Was ist denn?«

»Bitte, kommen Sie zu mir. Es ist etwas passiert.«

»Wo sind Sie?«

»In meiner Wohnung.«

»Was ist denn mit Ihnen?«

»Das kann ich am Telefon nicht sagen.«

»Sind Sie krank ... verletzt?«

»Wenn es nur das wäre«, sagte Hasselbacher. »Bitte, kommen Sie.« In all den Jahren, die sie sich kannten, hatte Wormold Hasselbacher nie zu Hause besucht. Sie hatten sich in der Wonder Bar getroffen, an Millys Geburtstagen im Restaurant, und einmal hatte Dr. Hasselbacher ihn in der Lamparilla besucht, als er hohes Fieber hatte. Einmal war es auch vorgekommen, daß er vor Hasselbacher geweint hatte, auf einer Bank auf dem Paseo, als er ihm gesagt hatte, Millys Mutter sei am Morgen nach Miami geflogen, aber ihre Freundschaft basierte gefahrlos auf Distanz – es waren stets die engsten Freundschaften, die am leichtesten in die Brüche gingen. Jetzt mußte er Hasselbacher sogar fragen, wie er zu seiner Wohnung finde.

»Das wissen Sie nicht?« fragte Hasselbacher verblüfft.

»Nein.«

»Bitte, kommen Sie schnell«, sagte Hasselbacher, »ich will nicht allein sein.«

Aber Eile war um diese Abendstunde nicht möglich. Ganz Obispo war ein massiver Verkehrsstau, und es dauerte eine halbe Stunde, bis Wormold den gesichtslosen Wohnblock erreichte, in dem Hasselbacher lebte, zwölf Stockwerke aus bleigrauem Stein. Vor zwanzig Jahren war der Bau modern gewesen, aber die neue Stahlarchitektur im Westen überragte ihn und stellte ihn in den Schatten. Er gehörte in die Ära der Stahlrohrstühle, und ein Stahlrohrstuhl war das erste, was Wormold sah, als Dr. Hasselbacher ihn hereinließ. Das und ein alter Farbdruck einer Burg am Rhein.

Dr. Hasselbacher war wie seine Stimme jäh gealtert. Es lag nicht an der Farbe. Die zerfurchte, rötliche Haut konnte sich ebensowenig ändern wie die einer Schildkröte, und nichts konnte das Haar weißer bleichen, als es die Jahre schon getan hatten. Was sich verändert hatte, war der Ausdruck. Einer ganzen Lebenseinstellung war Gewalt angetan worden: Dr. Hasselbacher war kein Optimist mehr. Er sagte demütig: »Wie gut, daß Sie gekommen sind, Mr. Wormold.« Wormold dachte an den Tag, an dem ihn der alte Mann vom Paseo weggeführt und in der Wonder Bar mit Drinks abgefüllt hatte, während er ohne Unterlaß redete, den Schmerz mit Alkohol, Gelächter und unwiderstehlicher Hoffnung zerstörte. Er fragte: »Was ist passiert, Hasselbacher?«

»Kommen Sie herein«, sagte Hasselbacher.

Im Wohnzimmer herrschte wüstes Durcheinander; es war, als wäre ein boshaftes Kind zwischen den Stahlrohrstühlen am Werk gewesen, hätte dies aufgerissen, jenes umgeworfen, nach dem Diktat eines irrationalen Impulses zerschlagen und verschont. Ein Gruppenfoto junger Männer mit Bierkrügen in der Hand war aus dem Rahmen genommen und zerrissen worden; eine Farbreproduktion des Lachenden Kavaliers hing noch an der Wand über dem Sofa, wo eins von drei Kissen aufgeschlitzt worden war. Der Inhalt eines Schranks – alte Briefe und Rechnungen – war über den Boden zerstreut, und eine Strähne blonden Haars, mit einem schwarzen Band zusammengehalten, lag wie ein an Land gespülter Fisch zwischen den Trümmern.

»Warum?« fragte Wormold.

»Das ist nicht so wichtig«, sagte Hasselbacher, »aber kommen Sie hier herein.«

Ein kleines Zimmer, das in ein Labor umgewandelt worden war, hatte sich jetzt in ein Chaos verwandelt. In den Ruinen brannte noch eine Gasflamme. Dr. Hasselbacher stellte sie ab. Er hielt ein Teströhrchen hoch; der Inhalt war im Ausguß verschmiert. Er sagte: »Das werden Sie nicht verstehen. Ich wollte eine Kultur anlegen aus – unwichtig. Ich wußte, daß nichts dabei herauskommen würde. Es war nur ein Traum.« Er setzte sich schwerfällig auf einen hohen, verstellbaren Stahlrohrstuhl, der plötzlich unter seinem Gewicht nachgab und ihn zu Boden schleuderte. Irgend jemand hinterläßt immer eine Bananenschale am Schauplatz einer Tragödie. Hasselbacher stand auf und klopfte sich den Staub von der Hose.

»Wann ist es passiert?«

»Jemand hat mich angerufen – ein Notfall. Ich hatte das Gefühl, da stimme was nicht, aber ich mußte hin. Ich konnte nicht riskieren, nicht hinzufahren. Als ich zurückkam, habe ich *das* vorgefunden.«

»Wer hat es getan?«

»Ich weiß es nicht. Vor einer Woche hat mich jemand besucht. Ein Fremder. Er wollte meine Hilfe. Es ging um nichts Ärztliches. Ich habe nein gesagt. Er hat mich gefragt, ob meine Sympathien dem Osten oder dem Westen gelten. Ich habe versucht, mir einen Scherz mit ihm zu erlauben. Ich habe gesagt, sie lägen in der Mitte.« Dr. Hasselbacher sagte vorwurfsvoll: »Vor ein paar Wochen haben Sie mir dieselbe Frage gestellt.«

»Das war nur ein Scherz, Hasselbacher.«

»Ich weiß. Verzeihen Sie mir. Das Schlimmste, was sie einem antun, ist dieses ganze Mißtrauen.« Er starrte in den Ausguß. »Ein infantiler Traum. Natürlich weiß ich das. Fleming hat das Penicillin durch einen genialen Zufall entdeckt. Aber ein Zufall muß genial sein. Für einen alten, zweitklassigen Arzt gibt es keinen solchen Zufall, aber es ging die nichts an – oder? –, daß ich träumen wollte.«

»Ich verstehe das nicht. Was steckt dahinter? Welche Nationalität hatte dieser Mann?«

»Er hat englisch gesprochen wie ich, mit Akzent. Heutzutage sprechen die Leute auf der ganzen Welt mit Akzent.«

»Haben Sie die Polizei angerufen?«

»Nach allem, was ich weiß«, sagte Dr. Hasselbacher, »*war* er von der Polizei.«

»Haben sie etwas mitgenommen?«

»Ja. Etliche Papiere.«

»Wichtig?«

»Ich hätte sie nicht aufheben dürfen. Sie waren über dreißig Jahre alt. Wenn man jung ist, gerät man in Dinge hinein. Niemand führt ein ganz sauberes Leben, Mr. Wormold. Aber ich habe gedacht, die Vergangenheit sei vorbei. Ich war zu optimistisch. Sie und ich sind nicht wie die Leute hier – wir haben keinen Beichtstuhl, in dem wir die Vergangenheit begraben können.«

»Sie müssen doch irgendeine Ahnung haben ... Was werden die als nächstes tun?«

»Vielleicht stecken sie mich in eine Kartei«, sagte Dr. Hasselbacher. »Die müssen sich wichtig machen. Vielleicht werde ich auf der Karteikarte zum Atomwissenschaftler befördert.«

»Können Sie mit Ihrem Experiment denn nicht noch einmal beginnen?«

»O ja. Ja, ich denke schon. Aber sehen Sie, ich habe nie daran geglaubt, und jetzt ist es im Ausguß verschwunden.« Er ließ einen Hahn laufen, um das Becken zu säubern. »Ich würde mich nur an das hier erinnern – Dreck. Es war ein Traum, das hier ist die Realität.« Etwas, was wie ein Stück von einem Pilz aussah, blieb im Ausguß hängen. Er stopfte es mit dem Finger hinunter. »Danke, daß Sie gekommen sind, Mr. Wormold. Sie sind ein wahrer Freund.«

»Ich kann so wenig tun.«

»Sie haben mich reden lassen. Es geht mir schon besser. Ich habe nur Angst wegen der Papiere. Vielleicht ist es ein Zufall, daß sie verschwunden sind. Vielleicht habe ich sie in diesem Chaos übersehen.«

Sie nahmen jeder einen Drink in den Ruinen des Wohnzimmers, dann ging Wormold. Dr. Hasselbacher lag unter dem Lachenden Kavalier auf den Knien und fegte unter dem Sofa. Als er im Auto saß, spürte Wormold, daß die Schuld an ihm nagte wie eine Maus in einer Gefängniszelle. Vielleicht würden sie sich bald aneinander gewöhnen, und die Schuld würde ihm aus der Hand fressen. Das hatten Leute getan, die ihm ähnlich waren, Männer, die sich in Klos anwerben ließen, die Hoteltüren mit den Schlüsseln anderer Männer öffneten, Anweisungen über Geheimtinte erhielten und über neuartige Verwendungen für Lambs Shakespeare-Erzählungen. Ein Witz hatte stets eine zweite Seite, die Seite des Opfers.

In Santo Christo läuteten die Glocken, und die Tauben stiegen im goldenen Abend vom Dach auf und kreisten über den Lotterieläden der O'Reilley-Straße und die Banken von Obispo; kleine Jungen und Mädchen, im Geschlecht fast so ununterscheidbar wie Vögel, strömten in ihren schwarzweißen Uniformen mit ihren kleinen schwarzen Ranzen aus der Schule der Unschuldigen Kinder. Ihr Alter trennte sie von der Erwachsenenwelt von 59200, und ihre Leichtgläubigkeit war von anderer Art. Er dachte zärtlich: Bald kommt Milly nach Hause. Er war froh, daß sie Märchen noch hinnehmen konnte: eine Jungfrau, die ein Kind gebar, Bilder, die weinten oder in der Dunkelheit Liebesworte sprachen. Hawthorne und seinesgleichen waren gleichermaßen leichtgläubig, aber was sie schluckten, waren Alpträume, groteske Geschichten aus der Science-fiction.

Wozu war ein Spiel gut, das halbherzig gespielt wurde? Sollten sie für ihr Geld doch wenigstens etwas bekommen, was ihnen Freude machte, etwas, was sie lieber zu den Akten nahmen als einen Wirtschaftsbericht. Er schrieb einen schnellen Entwurf: »Nummer 1 vom 8. März Anfang Absatz A auf meiner Reise nach Santiago habe ich aus verschiedenen Quellen Berichte über im Bau befindliche große Militäranlagen in den Bergen der Provinz Oriente gehört stop Bauten zu ausgedehnt als daß sie gegen dort versteckte kleine Rebellenbanden gerichtet sein könnten stop Erzählungen von groß angelegten Waldrodungen unter Vorwand von Waldbränden stop Bauern aus mehreren Dörfern zum Steinetragen dienstverpflichtet Anfang Absatz B in Hotelbar in Santiago spanischen Piloten von Fluglinie Cubana in fortgeschrittener Trunkenheit getroffen stop hat davon gesprochen auf Flug Havanna-Santiago große Betonplattform bemerkt zu haben zu umfangreich für reines Bauvorhaben Absatz C 59200/5/3 hat mich nach Santiago begleitet und gefährlichen Einsatz in Nähe von militärischem Hauptquartier bei Bayamo durchgeführt und Zeichnungen von merkwürdigen in den Wald transportierten Maschinen angefertigt stop diese Zeichnungen folgen per Postsack Absatz D bitte um Erlaubnis ihm im Hinblick auf gefährliche Risiken bei seinem Einsatz Bonus zu zahlen und die Arbeit an dem Wirtschaftsbericht im Hinblick auf beunruhigenden wichtigen Gehalt der Berichte aus Oriente zurückzustellen Absatz E bitte um Überprüfung von Raul Dominguez Pilot bei Cubana den ich zur Anwerbung als 59200/5/4 vorschlage.«

Wormold verschlüsselte freudig. Er dachte: Ich hätte nie geglaubt, daß das in mir steckt. Er dachte stolz: 59200/5 versteht sein Handwerk. Seine gute Laune erstreckte sich sogar auf Charles Lamb. Er wählte für den Text Seite 212 aus, Zeile 12: »Aber ich will den Vorhang lüften und das Bild zeigen. Ist es nicht gelungen?«

Wormold rief Lopez aus dem Laden. Er gab ihm fünfundzwanzig Pesos und sagte: »Das ist Ihr erster Monatslohn im voraus.« Er kannte Lopez zu gut, als daß er mit Dankbarkeit für die zusätzlichen fünf Pesos gerechnet hätte, war aber trotzdem leicht perplex, als Lopez sagte: »Von dreißig Pesos könnte ich leben.«

»Was soll das heißen, davon könnten Sie leben? Die Vertretung bezahlt Sie ohnehin schon sehr gut.«

»Das bedeutet eine Menge Arbeit.«

»Ja, nicht wahr? Was für Arbeit?«

»Persönliche Dienstleistungen.«

»Was für persönliche Dienstleistungen?«

»Es muß eine Menge Arbeit sein, sonst würden Sie mir keine fünfundzwanzig Pesos zahlen.« Es war ihm noch nie gelungen, sich bei finanziellen Auseinandersetzungen gegen Lopez durchzusetzen.

»Ich möchte, daß Sie mir einen Atomgiganten aus dem Laden bringen«, sagte Wormold.

»Wir haben nur einen.«

»Ich will ihn hier oben haben.«

Lopez seufzte. »Ist das eine persönliche Dienstleistung?«

»Ja.«

Als er allein war, schraubte Wormold den Staubsauger auseinander. Dann setzte er sich an den Schreibtisch und fing mit einer Reihe von sorgfältigen Zeichnungen an. Als er sich zurücklehnte und seine Skizzen musterte, den vom Schlauch gelösten Sprühkopf, die Fugendüse, die Teppichbürste und das ausfahrbare Rohr, fragte er sich: Gehe ich vielleicht zu weit? Ihm wurde klar, daß er den Maßstab vergessen hatte. Er zog eine Linie und beschriftete sie: ein Zentimeter entsprach vierzig Zentimetern. Zur besseren Veranschaulichung zeichnete er dann ein fünf Zentimeter großes Männchen unterhalb der Teppichbürste. Er kleidete es adrett in einen dunklen Anzug und stattete es mit einer Melone und einem Regenschirm aus.

Als Milly an jenem Abend nach Hause kam, war er immer noch beschäftigt, schrieb seinen ersten Bericht, eine große Karte von Kuba auf dem Schreibtisch ausgebreitet.

»Was machst du da, Vater?«

»Ich unternehme die ersten Schritte zu einer neuen Laufbahn.«

Sie schaute ihm über die Schulter. »Wirst du Schriftsteller?«

»Ja, ein phantasievoller Schriftsteller.«

»Wirst du damit viel Geld verdienen?«

»Ein bescheidenes Einkommen, Milly, wenn ich mich darauf konzentriere und regelmäßig schreibe. Ich habe vor, jeden Samstag abend einen solchen Essay zu verfassen.«

»Wirst du berühmt werden?«

»Das bezweifle ich. Im Gegensatz zu den meisten Schriftstellern werde ich den ganzen Ruhm den Ghostwritern überlassen.«

»Ghostwriter?«

»So nennt man diejenigen, die die eigentliche Arbeit machen, während der Autor das Geld einsteckt. In meinem Fall mache ich die eigentliche Arbeit, und die Ghostwriter ernten den Ruhm.«

»Aber du bekommst das Geld?«

»O ja.«

»Dann kann ich ein Paar Sporen kaufen?«

»Sicher.«

»Fühlst du dich auch wohl, Vater?«

»Ich habe mich noch nie wohler gefühlt. Was für ein ungeheures Gefühl der Befreiung du empfunden haben mußt, als du Thomas Earl Parkman junior in Brand gesteckt hast.«

»Warum fängst du immer wieder damit an, Vater? Das ist Jahre her.«

»Weil ich dich dafür bewundere. Kannst du es nicht noch einmal machen?«

»Natürlich nicht. Ich bin zu alt. Außerdem gibt es keine Jungen in der Oberstufe. Vater, noch etwas. Könnte ich eine Feldflasche kaufen?«

»Alles, was du möchtest. Oh, Moment. Womit willst du sie füllen?«

»Mit Limonade.«

»Sei ein braves Mädchen und hol mir ein Blatt Papier. Ingenieur Cifuentes ist ein Mann vieler Worte.«

Zwischenspiel in London

»Guten Flug gehabt?« fragte der Chef.

»Ein bißchen holprig über den Azoren«, sagte Hawthorne. Dieses Mal hatte er nicht Zeit gehabt, den hellgrauen Tropenanzug zu wechseln; er war dringend aus Kingston abberufen und am Londoner Flughafen mit dem Auto abgeholt worden. Er saß so nahe an der Dampfheizung, wie irgend möglich war, aber manchmal konnte er ein Frösteln nicht unterdrücken.

»Was tragen Sie da für eine merkwürdige Blume?«

Hawthorne hatte sie ganz vergessen gehabt. Er legte die Hand an den Rockaufschlag.

»Sieht so aus, als wäre es einmal eine Orchidee gewesen«, sagte der Chef mißbilligend.

»Pan American hat sie uns gestern zum Abendessen serviert«, erklärte Hawthorne. Er zog den schlaffen lila Fetzen heraus und legte ihn in den Aschenbecher.

»Zum Abendessen? Wie seltsam«, sagte der Chef. »Das kann das Essen kaum verbessert haben. Ich persönlich verabscheue Orchideen. Dekadente Dinger. Es gab doch einmal jemanden, der grüne Orchideen getragen hat, nicht wahr?«

»Ich habe sie nur ins Knopfloch gesteckt, um auf dem Essenstablett Platz zu schaffen. Es war so eng mit dem warmen Kuchen, dem Champagner, dem Obstsalat, der Tomatensuppe, dem Huhn Maryland und der Eiscreme ...«

»Was für eine schreckliche Mischung. Sie sollten mit British Overseas Airways reisen.«

»Sie haben mir nicht genug Zeit zum Buchen gelassen, Sir.«

»Die Sache eilt wirklich. Wie Sie wissen, hat unser Mann in Havanna in letzter Zeit ziemlich beunruhigende Berichte geliefert.«

»Er ist ein guter Mann«, sagte Hawthorne.

»Das bestreite ich nicht. Wenn wir nur mehr wie ihn hätten. Ich kann nur nicht verstehen, daß die Amerikaner dort über nichts gestolpert sind.«

»Haben Sie sie gefragt, Sir?«

»Natürlich nicht. Ich traue ihrer Diskretion nicht.«

»Vielleicht trauen sie unserer nicht.«

Der Chef sagte: »Diese Zeichnungen – haben Sie sie untersucht?«

»Ich bin auf diesem Gebiet nicht sehr beschlagen, Sir. Ich habe sie sofort weitergeleitet.«

»Dann schauen Sie sie jetzt genau an.«

Der Chef breitete die Zeichnungen auf dem Schreibtisch aus. Hawthorne verließ widerstrebend den Heizkörper und wurde sofort von einem Frösteln geschüttelt.

»Fehlt Ihnen etwas?«

»Gestern hatte es in Kingston dreiunddreißig Grad.«

»Ihr Blut wird dünn. Ein bißchen Kälte wird Ihnen guttun. Was halten Sie von den Zeichnungen?«

Hawthorne starrte sie an. Sie erinnerten ihn an – irgend etwas. Ihn überkam, er wußte nicht warum, eine seltsame Beklommenheit.

»Sie erinnern sich an die Berichte, die mit ihnen gekommen sind«, sagte der Chef. »Die Quelle war Strich drei. Wer ist das?«

»Ich glaube, das muß Ingenieur Cifuentes sein, Sir.«

»Sogar ihm waren sie ein Rätsel. Mit seinem ganzen technischen Wissen. Diese Maschinen wurden per Lastwagen vom Armeehauptquartier bei Bayamo an den Waldrand transportiert. Dann wurden sie von Maultieren übernommen. In Richtung dieser unerklärten Betonplattformen.«

»Was sagt die Luftwaffe dazu, Sir?«

»Sie sind besorgt, sehr besorgt. Natürlich auch interessiert.«

»Was ist mit den Atomwissenschaftlern?«

»Wir haben ihnen die Zeichnungen noch nicht gezeigt. Sie wissen doch, wie diese Typen sind. Sie würden Einzelheiten kritisieren, sagen, das Ganze sei unzuverlässig, das Rohr habe nicht die richtige Proportion oder zeige in die falsche Richtung. Man kann von einem Agenten, der aus dem Gedächtnis arbeitet, nicht erwarten, daß jede Einzelheit stimmt. Ich will Fotos, Hawthorne.«

»Das ist viel verlangt, Sir.«

»Wir brauchen sie unbedingt. Um jeden Preis. Wissen Sie, was Savage zu mir gesagt hat? Ich kann Ihnen versichern, das hat mir einen bösen Alptraum beschert. Er hat gesagt, eine der Zeichnungen erinnere ihn an einen Riesenstaubsauger.«

»Einen Staubsauger!« Hawthorne beugte sich über die Zeichnungen und musterte sie noch einmal, und die Kälte machte ihm wieder zu schaffen.

»Das bringt Sie zum Frösteln, nicht wahr?«

»Aber das ist ausgeschlossen, Sir.« Er hatte das Gefühl, er

flehe um der eigenen Karriere willen. »Das kann kein Staubsauger sein, Sir. Kein Staubsauger.«

»Ausgekocht, nicht wahr?« sagte der Chef. »Die Raffinesse, die Einfachheit, die teuflische Phantasie des Ganzen.« Er nahm das schwarze Monokel ab, und das babyblaue Auge fing das Licht ein und brachte es an der Wand über dem Heizkörper zum Tanzen. »Schauen Sie sich das hier an, sechsmal so groß wie ein Mann. Wie ein gigantischer Zerstäuber. Und das hier – woran erinnert Sie das?«

Hawthorne sagte unglücklich: »An eine Zweiwegdüse.«

»Was ist eine Zweiwegdüse?«

»Manche Staubsauger haben so etwas.«

»Wieder der Staubsauger. Hawthorne, ich glaube, wir könnten etwas so Großem auf der Spur sein, daß die H-Bombe zu einer konventionellen Waffe wird.«

»Ist das wünschenswert, Sir?«

»Natürlich ist das wünschenswert. Wegen konventioneller Waffen macht sich niemand Sorgen.«

»Woran denken Sie, Sir?«

»Ich bin kein Wissenschaftler«, sagte der Chef, »aber sehen Sie sich diesen großen Tank an. Er muß fast so hoch sein wie die Waldbäume. Oben eine riesige, klaffende Mündung, und diese Rohrleitung – der Mann hat sie nur angedeutet. Soweit wir wissen, könnte sie sich kilometerweit erstrecken – vielleicht von den Bergen zum Meer. Sie wissen doch, es heißt von den Russen, daß sie an einer Idee arbeiten – hat irgend etwas mit Sonnenenergie zu tun, mit Meeresverdampfung. Ich weiß nicht, worum es dabei geht, aber ich weiß, daß das hier eine Riesensache ist. Sagen Sie unserem Mann, wir brauchen Fotos.«

»Ich kann mir nicht recht vorstellen, wie er nahe genug herankommen könnte …«

»Er soll ein Flugzeug chartern und sich über dem Gebiet verfliegen. Natürlich nicht er selbst, sondern Strich drei oder Strich zwei. Wer ist Strich zwei?«

»Professor Sanchez, Sir. Aber er würde abgeschossen werden. Über dem ganzen Gebiet patrouillieren Flugzeuge der Luftwaffe.«

»Ach, tatsächlich?«

»Auf der Suche nach Rebellen.«

»Das behaupten sie. Wissen Sie, Hawthorne, ich habe da so ein Gefühl.«

»Ja, Sir?«

»Daß es die Rebellen gar nicht gibt. Sie sind frei erfunden. Das verhilft der Regierung zu der nötigen Ausrede, um die ganze Gegend zum Sperrgebiet zu erklären.«

»Ich hoffe, Sie haben recht, Sir.«

»Es wäre besser für uns alle«, sagte der Chef in Hochstimmung, »wenn ich unrecht hätte. Ich habe Angst vor solchen Sachen, ich habe Angst vor ihnen, Hawthorne.« Er setzte das Monokel wieder ein, und das Licht verschwand von der Wand. »Hawthorne, als Sie das letztemal hier waren, haben Sie da mit Miss Jenkinson über eine Sekretärin für 59200 Strich 5 gesprochen?«

»Ja, Sir. Sie hatte keine ideale Kandidatin, meinte aber, jemand namens Beatrice könne es schaffen.«

»Beatrice? Wie ich diese ganzen Vornamen hasse. Voll ausgebildet?«

»Ja.«

»Es ist an der Zeit, unserem Mann in Havanna zu helfen.

Das ist eine viel zu große Sache für einen unausgebildeten Agenten ohne Unterstützung. Schicken Sie lieber mit der Sekretärin auch einen Funker hin.«

»Wäre es nicht gut, wenn ich erst hinflöge und mich mit ihm träfe? Ich könnte mir ein Bild von der Lage machen und mit ihm reden.«

»Schlecht für die Sicherheit, Hawthorne. Wir können jetzt nicht riskieren, daß er auffliegt. Mit einem Funkgerät kann er direkt mit London verkehren. Diese Regelung mit dem Konsulat gefällt mir nicht und denen auch nicht.«

»Was ist mit seinen Berichten, Sir?«

»Er wird einen Kurierdienst nach Kingston organisieren müssen. Einer seiner Reisevertreter. Geben Sie der Sekretärin Anweisungen mit. Haben Sie mit ihr gesprochen?«

»Nein, Sir.«

»Gehen Sie sofort zu ihr. Vergewissern Sie sich, daß sie der richtige Typ ist. In der Lage, auf technischem Gebiet das Kommando zu übernehmen. Sie müssen sie über seine Firma informieren. Seine alte Sekretärin muß gehen. Sprechen Sie mit der Buchhaltung über eine anständige Pension, bis sie das natürliche Rentenalter erreicht.«

»Ja, Sir«, sagte Hawthorne. »Könnte ich noch einen Blick auf die Zeichnungen werfen?«

»Die hier scheint Sie zu interessieren. Was ist das Ihrer Meinung nach?«

»Es sieht aus«, sagte Hawthorne jämmerlich, »wie eine Einrastkupplung.«

Als er an der Tür war, sagte der Chef noch etwas. »Wissen Sie, Hawthorne, einen großen Teil davon haben wir Ihnen zu verdanken. Mir ist einmal gesagt worden, Sie seien ein schlechter Menschenkenner, aber ich habe mich auf mein persönliches Urteil verlassen. Gut gemacht, Hawthorne.«

»Danke, Sir.« Er hatte die Hand am Türknauf.

»Hawthorne.«

»Ja, Sir?«

»Haben Sie das billige Notizbuch gefunden?«

»Nein, Sir.«

»Vielleicht findet es Beatrice.«

Dritter Teil

1. Kapitel

Es war unwahrscheinlich, daß Wormold jenen Abend je vergessen würde. Er hatte an Millys siebzehntem Geburtstag beschlossen, sie ins Tropicana auszuführen. Es war ein harmloseres Etablissement als das Nacional, trotz der Roulettezimmer, durch welche die Gäste gingen, ehe sie in das Varieté kamen. Die Bühne und die Tanzfläche lagen unter freiem Himmel. Die Revuetänzerinnen stolzierten in sechs Meter Höhe zwischen den riesigen Palmen, während rosa- und mauvefarbene Scheinwerfer über die Tanzfläche strichen. Ein Mann im knallblauen Abendanzug sang auf angloamerikanisch von »Pariii«. Dann wurde der Flügel in die Büsche gerollt, und die Tänzerinnen kamen wie unbeholfene Vögel aus den Zweigen hervor.

»Es ist wie der Ardenner Wald«, sagte Milly ekstatisch. Die Duenna war nicht da; sie war nach dem ersten Glas Champagner gegangen. »Ich glaube nicht, daß es im Ardenner Wald Palmen gegeben hat. Oder Tänzerinnen.«

»Du nimmst alles so wörtlich, Vater.«

»Du magst Shakespeare?« fragte Dr. Hasselbacher.

»O nein, Shakespeare nicht – viel zuviel Verse. Sie wissen, wie das geht – Ein Bote tritt auf. ›Mein Herr, der Herzog, ziehet in den Krieg.‹ – ›Mit frohen Herzen eilen wir zum Sieg.‹«

»Ist das von Shakespeare?«

»Es ist wie von Shakespeare.«

»Was redest du für Unsinn, Milly.«

»Trotzdem glaube ich, daß der Ardenner Wald bei Shakespeare auch vorkommt«, sagte Dr. Hasselbacher.

»Ja, aber ich habe von ihm nur in Lambs Shakespeare-Erzählungen gelesen. Er läßt die ganzen Boten, Lakaien und die Verse weg.«

»Das lest ihr in der Schule?«

»O nein, ich habe das Buch in Vaters Zimmer gefunden.«

»Sie lesen Shakespeare in dieser Form, Mr. Wormold?« fragte Dr. Hasselbacher ziemlich überrascht.

»O nein, nein. Natürlich nicht. Eigentlich habe ich das Buch für Milly gekauft.«

»Warum warst du dann neulich so wütend, als ich es mir ausgeliehen habe?«

»Ich war nicht wütend. Es ging bloß darum, daß ich es nicht mag, wenn du die Nase ... in Dinge steckst, die dich nichts angehen.«

»Du redest, als ob ich eine Spionin wäre«, sagte Milly.

»Liebe Milly, laß uns an deinem Geburtstag nicht streiten. Du vernachlässigst Dr. Hasselbacher.«

»Warum sind Sie so still, Dr. Hasselbacher?« fragte Milly und goß sich das zweite Glas Champagner ein.

»Eines Tages mußt du mir Lambs Erzählungen leihen, Milly. Mir ist Shakespeare auch zu schwierig.«

Ein sehr kleiner Mann in einer sehr engen Uniform winkte zu ihrem Tisch herüber.

»Sie haben doch keine Sorgen, oder, Dr. Hasselbacher?«

»Worüber sollte ich mir denn an deinem Geburtstag Sorgen machen, liebe Milly? Die Jahre natürlich ausgenommen.«

»Ist siebzehn so alt?«

»Für mich sind sie zu schnell vergangen.«

Der Mann in der engen Uniform stand neben ihrem Tisch und verbeugte sich. Sein Gesicht war pockennarbig und zerfressen wie die Säulen am Meeresufer. Er trug einen Stuhl, der fast so groß war wie er.

»Das ist Hauptmann Segura, Vater.«

»Darf ich mich setzen?« Er schob sich zwischen Milly und Dr. Hasselbacher, ohne auf Wormolds Antwort zu warten. Er sagte: »Es freut mich sehr, Millys Vater kennenzulernen.« Er war von einer lockeren, schnellen Unverschämtheit, die einem keine Zeit zum Ärgern ließ, ehe er schon einen neuen Grund zur Verärgerung geliefert hatte. »Stellen Sie mich Ihrem Freund vor, Milly.«

»Das ist Dr. Hasselbacher.«

Hauptmann Segura ignorierte Dr. Hasselbacher und füllte Millys Glas. Er rief einen Kellner. »Bringen Sie mir noch eine Flasche.«

»Wir wollten eben gehen, Hauptmann Segura«, sagte Wormold.

»Unsinn. Sie sind mein Gast. Es ist erst kurz nach Mitternacht.«

Wormolds Ärmel verfing sich an einem Glas. Es fiel hinunter und zerschellte, wie die Geburtstagsparty. »Ober, ein neues Glas.« Segura fing leise zu singen an: »Die Rose, die ich im Garten gepflückt«, beugte sich zu Milly hinüber und drehte Dr. Hasselbacher den Rücken zu.

Milly sagte: »Sie benehmen sich schlecht.«

»Schlecht? Ihnen gegenüber?«

»Uns allen gegenüber. Das ist die Feier meines siebzehnten Geburtstags, und es ist die Party meines Vaters – nicht Ihre.«

»Ihr siebzehnter Geburtstag? Dann müssen Sie unbedingt meine Gäste sein. Ich lade ein paar Tänzerinnen an unseren Tisch ein.«

»Wir wollen keine Tänzerinnen«, sagte Milly.

»Bin ich in Ungnade?«

»Ja.«

»Ah«, sagte er vergnügt, »es liegt daran, daß ich heute nicht vor der Schule gewartet und Sie abgeholt habe. Aber manchmal kommt die Polizeiarbeit an erster Stelle, Milly. Ober, sagen Sie dem Dirigenten, er soll ›Happy Birthday to You‹ spielen.«

»Lassen Sie das bleiben«, sagte Milly. »Wie können Sie nur so – so vulgär sein?«

»Ich? Vulgär?« Hauptmann Segura lachte herzlich. »Sie ist so ein kleiner Witzbold«, sagte er zu Wormold. »Ich mache auch gern Witze. Deshalb kommen wir so gut miteinander aus.«

»Sie hat mir erzählt, Sie haben ein Zigarettenetui aus Menschenhaut.«

»Wie sie mich damit aufzieht. Ich sage dann zu ihr, aus ihrer Haut könnte man ein wunderschönes ...«

Dr. Hasselbacher stand unvermittelt auf. Er sagte: »Ich schaue beim Roulette zu.«

»Er mag mich nicht?« fragte Hauptmann Segura. »Vielleicht ist er ein alter Verehrer, Milly? Ein sehr alter Verehrer, haha!«

»Er ist ein alter Freund«, sagte Wormold.

»Aber Sie und ich, Mr. Wormold, wir wissen, daß es so etwas wie Freundschaft zwischen einem Mann und einer Frau nicht gibt.«

»Milly ist noch keine Frau.«

»Sie sprechen wie ein Vater, Mr. Wormold. Kein Vater kennt seine Tochter.«

Wormold sah die Champagnerflasche und Hauptmann Seguras Kopf an. Er war heftig versucht, beides zusammenzubringen. An einem Tisch unmittelbar hinter dem Hauptmann bedachte ihn eine junge Frau, die Wormold noch nie gesehen hatte, mit einem ernsten, ermunternden Nicken. Er berührte die Champagnerflasche, und die junge Frau nickte wieder. Sie mußte, dachte er, so klug wie hübsch sein, weil sie seine Gedanken so genau gelesen hatte. Er beneidete ihre Begleiter, zwei Piloten der KLM und eine Stewardeß.

»Kommen Sie, tanzen Sie mit mir, Milly«, sagte Hauptmann Segura. »Zeigen Sie mir, daß Sie mir verziehen haben.«

»Ich will nicht tanzen.«

»Ich schwöre, daß ich morgen am Klostertor warte.«

Wormold machte eine kleine Geste, die sagen sollte: »Ich traue mich nicht. Helfen Sie mir.« Die Frau beobachtete ihn ernst; ihm kam es vor, als dächte sie über die ganze Situation nach, und jede Entscheidung, die sie träfe, wäre endgültig und erforderte sofortiges Handeln. Sie spritzte etwas Soda aus dem Siphon in ihren Whisky.

»Kommen Sie, Milly. Sie dürfen mir meine Party nicht verderben.«

»Es ist nicht Ihre Party. Es ist Vaters Party.«

»Wie lange Sie mir böse sind. Sie müssen verstehen, daß ich manchmal der Arbeit sogar vor meiner lieben kleinen Milly den Vorzug geben muß.«

Die Frau hinter Hauptmann Segura veränderte den Winkel des Siphons.

»Nein«, sagte Wormold instinktiv, »nein.« Der Hahn des Siphons zielte nach oben auf den Nacken von Hauptmann Segura. Der Finger der jungen Frau war bereit zum Zudrücken. Es tat ihm weh, daß eine so hübsche Frau ihn mit solcher Verachtung ansah. Er sagte: »Ja. Bitte. Ja«, und sie drückte ab. Der Sodastrom zischte gegen Hauptmann Seguras Nacken und lief ihm in den Kragen. Zwischen den Tischen rief Dr. Hasselbachers Stimme »Bravo!« Hauptmann Segura schrie: »*Coño*!«

»Tut mir furchtbar leid«, sagte die junge Frau. »Das war für meinen Whisky bestimmt.«

»Ihren Whisky!«

»Dimple von Haig«, sagte die Frau. Milly kicherte.

Hauptmann Segura verbeugte sich steif. Wie gefährlich er war, ließ sich aus seiner Größe ebensowenig wie bei harten Getränken schließen.

Dr. Hasselbacher sagte: »Ihr Siphon ist leer, Madam, ich besorge Ihnen einen neuen.« Die Holländer am Tisch flüsterten unbehaglich miteinander.

»Ich glaube nicht, daß man mir einen neuen anvertrauen sollte«, sagte die Frau.

Hauptmann Segura rang sich ein Lächeln ab. Es schien aus der falschen Stelle zu kommen wie Zahnpasta, wenn die Tube ein Leck hat. Er sagte: »Zum ersten Mal bin ich in den Rücken geschossen worden. Ich bin froh, daß es eine Frau war.« Er hatte sich erstaunlich erholt; das Wasser tropfte ihm immer noch aus dem Haar, und sein Kragen war naß. Er sagte: »Ein anderes Mal hätte ich Ihnen Revanche angeboten, aber ich komme zu spät in die Kaserne. Ich hoffe, ich sehe Sie wieder?«

»Ich wohne hier«, sagte sie.

»Urlaub?«

»Nein. Arbeit.«

»Falls Sie Ärger wegen der Arbeitserlaubnis haben sollten«, sagte er zweideutig, »müssen Sie zu mir kommen. Gute Nacht, Milly. Gute Nacht, Mr. Wormold. Ich sage dem Kellner, daß Sie meine Gäste sind. Bestellen Sie, was Sie möchten.«

»Ein rühmlicher Abgang«, sagte die junge Frau.

»Ein rühmlicher Schuß.«

»Es wäre vielleicht ein bißchen übertrieben gewesen, ihm die Champagnerflasche über den Kopf zu schlagen. Wer ist er?«

»Eine Menge Leute nennt ihn den Roten Aasgeier.«

»Er foltert Häftlinge«, sagte Milly.

»Ich scheine mich recht gut mit ihm angefreundet zu haben.«

»Da wäre ich mir nicht so sicher«, sagte Dr. Hasselbacher.

Sie rückten die Tische zusammen. Die beiden Piloten verbeugten sich und nannten unaussprechbare Namen. Dr. Hasselbacher sagte entsetzt zu den Holländern: »Sie trinken Coca-Cola.«

»Das ist Vorschrift. Wir starten 3 Uhr 30 nach Montreal.«

Wormold sagte: »Da Hauptmann Segura bezahlt, bestellen wir noch eine Flasche Champagner. Und Coca-Cola.«

»Ich glaube nicht, daß ich noch mehr Coca-Cola trinken kann. Und du, Hans?«

»Ich könnte einen Bols trinken«, sagte der jüngere Pilot.

»Vor Amsterdam«, sagte die Stewardeß streng, »gibt es keinen Bols.«

Der junge Pilot flüsterte Wormold zu: »Ich möchte sie heiraten.«

»Wen?«

»Miss Pfunk«, so klang es jedenfalls.

»Sie will nicht?«

»Nein.«

Der ältere Holländer sagte: »Ich habe eine Frau und drei Kinder.« Er knöpfte die Brusttasche auf. »Ich habe Fotos von ihnen dabei.«

Er reichte Wormold eine kolorierte Karte, die ein Mädchen in einem engen gelben Pullover und einer Badehose beim Anschnallen von Schlittschuhen zeigte. Auf dem Pullover stand Mamba Club, und unter dem Bild las Wormold: »Wir garantieren jede Menge Spaß. Fünfzig schöne Frauen. Sie bleiben nicht allein.«

»Ich glaube, das ist nicht das richtige Bild«, sagte Wormold.

Die junge Frau, die kastanienbraunes Haar und, soweit er das im irritierenden Licht des Tropicana feststellen konnte, haselnußbraune Augen hatte, sagte: »Tanzen wir.«

»Ich bin kein besonders guter Tänzer.«

»Das ist doch unwichtig, oder?«

Er schob sie herum. Sie sagte: »Ich verstehe, was Sie meinen. Das soll eine Rumba sein. Ist das Ihre Tochter?«

»Ja.«

»Sie ist sehr hübsch.«

»Sind Sie eben erst angekommen?«

»Ja. Die Besatzung wollte die Nacht durchmachen, also habe ich mich ihr angeschlossen. Ich kenne hier niemanden.« Ihr Kopf reichte ihm bis zum Kinn, und er konnte ihr Haar riechen; es berührte beim Tanzen seinen Mund. Es enttäuschte ihn vage, daß sie einen Ehering trug. Sie sagte: »Ich heiße Severn. Beatrice Severn.«

»Ich heiße Wormold.«

»Dann bin ich Ihre Sekretärin«, sagte sie.

»Was soll das heißen? Ich habe keine Sekretärin.«

»O doch, Sie haben eine. Haben sie Ihnen denn nicht gesagt, daß ich komme?«

»Nein.« Er brauchte nicht zu fragen, wer »sie« waren.

»Aber ich habe das Telegramm selbst abgeschickt.«

»Letzte Woche ist eines gekommen – aber ich bin nicht schlau daraus geworden.«

»Was haben Sie für eine Ausgabe von Lambs Erzählungen?« »Everyman.«

»Verdammt. Sie haben mir die falsche Ausgabe gegeben. Das Telegramm muß ein furchtbares Kuddelmuddel gewesen sein. Wie auch immer, ich bin froh, daß ich Sie gefunden habe.«

»Ich bin auch froh. Natürlich ein bißchen verblüfft. Wo wohnen Sie?«

»Heute nacht im Inglaterra, und dann ziehe ich ein, habe ich gedacht.«

»Ziehen wo ein?«

»Natürlich in Ihr Büro. Es ist mir gleich, wo ich schlafe. Ich lege mich einfach in einem Mitarbeiterzimmer aufs Ohr.«

»Es gibt keine Mitarbeiterzimmer. Es ist ein sehr kleines Büro.«

»Wenigstens haben Sie ein Vorzimmer für Ihre Sekretärin.«

»Aber ich habe noch nie eine Sekretärin gehabt, Mrs. Severn.«

»Nennen Sie mich Beatrice. Das ist angeblich gut für die Sicherheit.«

»Die Sicherheit?«

»Es ist tatsächlich ein Problem, wenn Sie nicht einmal ein Vorzimmer haben. Setzen wir uns.«

Ein Mann in einem konventionellen schwarzen Smokingjackett wie ein englischer Verwaltungsbeamter sang unter den Dschungelbäumen:

»Alte Freunde und alle Normalen
sagen zu mir, die Erde ist rund,
sagen, eine Orange hat Schalen,
nennen mich einen verrückten Hund.
Ich aber sage, die Nacht ist der Tag,
und ein Apfel hat keine Kerne,
mir ist gleich, was da kommen mag.
Bitte, glauben Sie, daß ich gerne ...«

Sie setzten sich an einen Tisch hinten im Roulettezimmer. Sie konnten das Hicksen der kleinen Kugeln hören. Sie hatte wieder die ernste Miene aufgesetzt – ein bißchen befangen wie ein junges Mädchen im ersten langen Kleid. Sie sagte: »Wenn ich gewußt hätte, daß ich Ihre Sekretärin bin, hätte ich diesen Polizisten nicht naßgespritzt – wenn Sie mir es nicht ausdrücklich gesagt hätten.«

»Sie brauchen sich keine Sorgen zu machen.«

»Eigentlich bin ich hergeschickt worden, um Ihnen das Leben leichter zu machen. Nicht schwieriger.«

»Hauptmann Segura ist unwichtig.«

»Sehen Sie, ich bin voll ausgebildet. Ich habe Kurse im Codieren und in Mikrofotografie belegt. Ich kann den Kontakt mit Ihren Agenten übernehmen.«

»Oh.«

»Sie haben so gute Arbeit geleistet, daß sie jetzt Angst davor haben, Sie könnten Risiken eingehen und auffliegen. Wenn ich verduften muß, ist das nicht so wichtig.«

»Ich würde ungern erleben, daß Sie verduften. Der volle Duft wäre mir lieber.«

»Ich verstehe nicht.«

»Ich habe an Rosen gedacht.«

Sie sagte: »Weil das Telegramm verstümmelt war, wissen Sie natürlich auch nichts über den Funker.«

»Nein.«

»Er ist auch im Inglaterra. Ihm ist übel vom Fliegen. Wir müssen auch für ihn einen Platz finden.«

»Wenn ihm übel vom Fliegen ist, sollte er vielleicht …«

»Sie können ihn zum Assistenten des Chefbuchhalters machen. Er ist dafür ausgebildet.«

»Aber ich brauche keinen. Ich habe nicht einmal einen Chefbuchhalter.«

»Keine Sorge. Ich bringe am Morgen alles in Ordnung. Deshalb bin ich hier.«

»Sie haben etwas an sich«, sagte Wormold, »das mich an meine Tochter erinnert. Halten Sie Novenen?«

»Was ist das?«

»Das wissen Sie nicht? Gott sei Dank.«

Der Mann im Smokingjackett beendete sein Lied.

»Ich aber sage, im Winter ist Mai,
und mir ist alles ganz einerlei.«

Das Licht wechselte von Blau zu Rosa, und die Tänzerinnen schritten zurück zwischen die Palmen. Die Würfel klapperten auf den Crap-Tischen, und Milly und Dr. Hasselbacher gingen glücklich zur Tanzfläche. Es war, als wäre ihr Geburtstag aus den Scherben wieder zusammengesetzt worden.

2. Kapitel

I

Am nächsten Morgen stand Wormold früh auf. Er hatte einen leichten Kater vom Champagner, und die Unwirklichkeit der Nacht im Tropicana erstreckte sich auf den Bürotag. Beatrice hatte ihm gesagt, er leiste gute Arbeit – sie war das Sprachrohr Hawthornes und »dieser Leute«. Er empfand Enttäuschung bei dem Gedanken, daß sie wie Hawthorne zur Scheinwelt seiner Agenten gehörte. Seine Agenten ...

Er setzte sich vor seine Kartei. Er mußte dafür sorgen, daß seine Karten so glaubwürdig wie möglich aussahen, ehe sie kam. Etliche Agenten schienen sich jetzt am Rand des Unwahrscheinlichen zu bewegen. Professor Sanchez und Ingenieur Cifuentes waren fest verpflichtet, er konnte sie nicht loswerden; sie hatten fast zweihundert Pesos Spesen bezogen. Lopez gehörte ebenfalls zum Inventar. Der betrunkene Pilot bei der Fluglinie Cubana hatte für die Geschichte über die Bauarbeiten in den Bergen einen hübschen Bonus von fünfhundert Pesos bekommen, aber vielleicht konnte er als Sicherheitsrisiko gestrichen werden. Da war außerdem der Erste Maschinist der »Juan Belmonte«, den er in Cienfuegos beim Trinken gesehen hatte – er wirkte einigermaßen überzeugend und bezog nur fünfundsiebzig Pesos im Monat. Aber es gab andere Akteure, von denen er befürchtete, sie könnten einer näheren Überprüfung nicht standhalten: zum Beispiel Rodriguez, den er auf der Karteikarte einen Nachtclubkönig nannte, und Teresa, eine Tänzerin im Shanghai Theatre, die er als gleichzeitige Geliebte des Verteidigungsministers und des Direktors des Post- und Fernmeldewesens führte (es war nicht überraschend, daß London bei der Überprüfung von Rodriguez und Teresa nichts gefunden hatte). Er war bereit, Rodriguez zu streichen, denn jeder, der Havanna näher kennenlernte, würde früher oder später an seiner Existenz zweifeln. Aber er brachte es nicht über sich, auf Teresa zu verzichten. Sie war seine einzige Spionin, seine Mata Hari. Es war unwahrscheinlich, daß seine neue Sekretärin das Shanghai besuchte, wo allnächtlich zwischen Nackttänzen pornographische Filme gezeigt wurden.

Milly setzte sich neben ihn. »Was sind denn das für Karten?« fragte sie.

»Kunden.«

»Wer war die Frau von gestern abend?«

»Sie wird meine Sekretärin.«

»Du bringst es ja weit.«

»Magst du sie?«

»Ich weiß nicht. Du hast mir keine Gelegenheit gegeben, mit ihr zu reden. Ihr wart zu beschäftigt mit Tanzen und Schmusen.«

»Ich habe nicht geschmust.«

»Will sie dich heiraten?«

»Gütiger Himmel, nein.«

»Willst du sie heiraten?«

»Milly, sei vernünftig. Ich habe sie erst gestern abend kennengelernt.«

»Marie, eine Französin im Kloster, sagt, wahre Liebe ist immer ein *coup de foudre*.«

»Über solche Dinge redet ihr im Kloster?«

»Natürlich. Das ist doch die Zukunft, nicht wahr? Wir haben keine Vergangenheit, über die wir reden können, obwohl Schwester Agnes eine hat.«

»Wer ist Schwester Agnes?«

»Ich habe dir von ihr erzählt. Das ist die Traurige, Schöne. Marie sagt, als sie jung war, hatte sie einen unglücklichen *coup de foudre*.«

»Hat sie das zu Marie gesagt?«

»Nein, natürlich nicht. Aber Marie weiß es. Sie hatte selbst zwei unglückliche *coups de foudre*. Sie kamen ganz plötzlich, aus heiterem Himmel.«

»In meinem Alter ist man davor sicher.«

»O nein. Ein alter Mann – er war fast fünfzig – hatte einen *coup de foudre* für Maries Mutter. Er war verheiratet, wie du.«

»Meine Sekretärin ist auch verheiratet, also kann nichts passieren.«

»Ist sie wirklich verheiratet oder eine hübsche Witwe?«

»Ich weiß es nicht. Ich habe sie nicht danach gefragt. Findest du sie hübsch?«

»Ziemlich hübsch. Auf eine gewisse Art.«

Lopez rief die Treppe herauf: »Hier ist eine Dame. Sie sagt, Sie erwarten sie.«

»Sagen Sie ihr, sie möchte heraufkommen.«

»Ich bleibe«, warnte Milly ihn.

»Beatrice, das ist Milly.«

Ihm fiel auf, daß ihre Augen dieselbe Farbe hatten wie in der Nacht davor, genau wie ihr Haar; es hatte also doch nicht am Champagner und an den Palmen gelegen. Er dachte: Sie sieht real aus.

»Guten Morgen. Ich hoffe, Sie haben gut geschlafen«, sagte Milly mit der Stimme der Duenna.

»Ich hatte schreckliche Träume.« Sie sah Wormold an, die Kartei und Milly. Sie sagte: »Ich habe die letzte Nacht genossen.«

»Das mit dem Siphon war wunderbar«, sagte Milly großmütig. »Miss ...«

»Mrs. Severn. Aber nennen Sie mich bitte Beatrice.«

»Oh, Sie sind verheiratet?« fragte Milly mit gespielter Neugier.

»Ich *war* verheiratet.«

»Ist er tot?«

»Nicht daß ich wüßte. Er ist irgendwie dahingeschwunden.«

»Oh.«

»Bei diesem Typ kommt das vor.«

»Was war er für ein Typ?«

»Milly, es wird Zeit, daß du gehst. Du hast kein Recht, Mrs. Severn – Beatrice solche Fragen ...«

»In meinem Alter«, sagte Milly, »muß man aus den Erfahrungen anderer lernen.«

»Sie haben ganz recht. Ich glaube, seinen Typ nennt man intellektuell und sensibel. Ich hielt ihn für sehr schön; er hatte ein Gesicht wie ein Vögelchen, das in einem dieser Naturfilme aus dem Nest schaut, und lauter Flaum um den Adamsapfel herum, einen ziemlich großen Adamsapfel. Das Problem war, daß er, als er auf die Vierzig zuging, immer noch wie ein Vögelchen aussah. Junge Mädchen schwärmten für ihn. Er reiste ständig zu UNESCO-Konferenzen in Venedig, Wien und ähnlichen Städten. Haben Sie einen Safe, Mr. Wormold?«

»Nein.«

»Was ist passiert?« fragte Milly.

»Oh, ich habe ihn schließlich durchschaut. Ich meine das wörtlich, nicht gehässig. Er war sehr dünn und konkav und wurde irgendwie durchsichtig. Wenn ich ihn anschaute, sah ich zwischen seinen Rippen die ganzen Delegierten sitzen und den Redner, der sich erhob und sagte: ›Für schöpferische Schriftsteller ist Freiheit unabdingbar.‹ Beim Frühstück war das sehr unheimlich.«

»Und Sie wissen nicht, ob er am Leben ist?«

»Letztes Jahr war er noch am Leben, denn ich habe in der Zeitung gelesen, daß er in Taormina ein Referat gehalten hat, ›Der Intellektuelle und die Wasserstoffbombe‹. Sie sollten einen Safe haben, Mr. Wormold.«

»Warum?«

»Sie können die Sachen nicht einfach so herumliegen lassen. Außerdem wird das von einem altmodischen Handelsherrn wie Ihnen erwartet.«

»Wer hat mich einen altmodischen Handelsherrn genannt?«

»Das ist der Eindruck, den sie in London haben. Ich besorge Ihnen sofort einen Safe.«

»Ich mache mich auf den Weg«, sagte Milly. »Du bist doch vernünftig, nicht wahr, Vater? Du weißt, was ich meine.«

2

Der Tag erwies sich als anstrengend. Als erstes ging Beatrice aus und beschaffte einen großen Kombinationssafe, dessen Transport einen Lastwagen und sechs Männer erforderlich machte. Während sie den Safe die Treppe hinaufschafften, beschädigten sie das Geländer, und ein Bild ging zu Bruch. Draußen sammelte sich eine Menschenmenge, darunter etliche Kinder, die die Schule nebenan schwänzten, zwei Negerinnen und ein Polizist. Als Wormold sich beschwerte, das Aufsehen mache ihn verdächtig, gab Beatrice zurück, wirklich verdächtig mache man sich, indem man versuche, unauffällig zu bleiben.

»Das mit dem Siphon zum Beispiel«, sagte sie. »Alle werden mich als die Frau in Erinnerung behalten, die den Polizisten naßgespritzt hat. Niemand wird Fragen stellen, wer ich bin. Sie kennen die Antwort.«

Während sie immer noch mit dem Safe kämpften, kam ein Taxi, ein junger Mann stieg aus und lud den größten Koffer aus, den Wormold je gesehen hatte. »Das ist Rudy«, sagte Beatrice.

»Wer ist Rudy?«

»Ihr Buchhaltungsassistent. Ich habe es Ihnen gestern nacht gesagt.«

»Gott sei Dank«, sagte Wormold, »scheint es gestern nacht etwas gegeben zu haben, was ich vergessen habe.«

»Kommen Sie herein, Rudy, entspannen Sie sich.«

»Es ist völlig zwecklos, ihm zu sagen, daß er hereinkommen soll«, sagte Wormold. »Wohin soll er kommen? Es gibt keinen Platz für ihn.«

»Er kann im Büro schlafen«, sagte Beatrice.

»Dort ist nicht genug Platz für ein Bett, diesen Safe und meinen Schreibtisch.«

»Ich besorge Ihnen einen kleineren Schreibtisch. Was macht die Übelkeit vom Fliegen, Rudy? Das ist Mr. Wormold, der Chef.«

Rudy war sehr jung, sehr bleich, und seine Finger waren gelb von Nikotin oder Säure. Er sagte: »Ich habe mich in der Nacht zweimal übergeben, Beatrice. Die haben eine Röntgenröhre zerbrochen.«

»Das ist jetzt nicht so wichtig. Wir erledigen erst einmal die Präliminarien. Ziehen Sie los und kaufen Sie ein Feldbett.«

»Gemacht«, sagte Rudy und verschwand. Eine der Negerinnen schob sich neben Beatrice und sagte: »Ich Britin.«

»Ich auch«, sagte Beatrice, »freut mich, Sie kennenzulernen.«

»Sie sein Mädchen, wo geschüttet hat Wasser auf Hauptmann Segura?«

»Mehr oder weniger. Genau gesagt, habe ich ihn naßgespritzt.«

Die Negerin drehte sich um und erklärte es der Menge auf spanisch. Mehrere Leute klatschten. Der Polizist ging weiter, mit verlegenem Gesicht. Die Negerin sagte: »Sie hübsches Mädchen sein, Miss.«

»Sie sind auch recht hübsch«, sagte Beatrice. »Helfen Sie mir mit dem Koffer.« Sie kämpften mit Rudys Koffer, schoben und zogen.

»Entschuldigung«, sagte ein Mann, der sich durch die Menge drängte, »entschuldigen Sie bitte.«

»Was wollen Sie?« fragte Beatrice. »Sehen Sie denn nicht, daß wir zu tun haben? Lassen Sie sich einen Termin geben.«

»Ich will nur einen Staubsauger kaufen.«

»Oh, einen Staubsauger. Ich glaube, dann sollten Sie hineingehen. Können Sie über den Koffer steigen?«

Wormold rief Lopez zu: »Kümmern Sie sich um ihn. Versuchen Sie um Himmels willen, ihm den Atomgiganten zu verkaufen. Wir haben noch keinen einzigen verkauft.«

»Sie hier wohnen wollen?«

»Ich werde hier arbeiten. Vielen Dank für die Hilfe.«

»Wir britisch, müssen halten zusammen«, sagte die Negerin.

Die Männer, die den Safe aufgestellt hatten, kamen herunter, spuckten sich in die Hände und rieben sie an ihren Jeans ab, um zu zeigen, wie anstrengend das alles gewesen war. Wormold gab ihnen ein Trinkgeld. Er ging hinauf und sah sich finster in seinem Büro um. Das Hauptproblem war, daß der Platz gerade für ein Feldbett reichte, was ihn aller Ausreden beraubte. Er sagte: »Hier kann Rudy nirgends seine Kleider unterbringen.«

»Rudy ist das einfache Leben gewöhnt. Außerdem ist ja Ihr Schreibtisch da. Sie können in den Safe räumen, was in den Schubladen ist, und Rudy kann seine Sachen darin aufbewahren.«

»Ich habe noch nie eine Kombination benutzt.«

»Das ist ganz einfach. Sie suchen sich drei Zahlengruppen aus, die Sie behalten können. Was haben Sie für eine Hausnummer?«

»Das weiß ich nicht.«

»Dann Ihre Telefonnummer – nein, das ist zu unsicher. So etwas könnte ein Einbrecher ausprobieren. Wann sind Sie geboren?«

»1914.«

»Und wann haben Sie Geburtstag?«

»Am 6. Dezember.«

»Gut, dann nehmen wir 19-6-14.«

»Das kann ich mir nicht merken.«

»O doch, das können Sie. Sie können den eigenen Geburtstag nicht vergessen. Jetzt schauen Sie mir zu. Sie drehen den Knopf viermal gegen die Uhrzeigerrichtung, dann vorwärts auf 19, dreimal in Uhrzeigerrichtung, dann auf 6, zweimal gegen die Uhrzeigerrichtung, vorwärts auf 14, eine Umdrehung, und er ist abgeschlossen. Jetzt schließen Sie ihn genauso wieder auf – 19-6-14, und presto, offen ist er.« Im Safe lag eine tote Maus. Beatrice sagte: »Gebraucht, ich hätte einen Preisnachlaß verlangen sollen.«

Sie öffnete Rudys Koffer, holte Einzelteile eines Funkgeräts heraus, Batterien, Kamerazubehör und rätselhafte, in Rudys Socken gewickelte Röhren. Wormold sagte: »Wie in aller Welt haben Sie dieses ganze Zeug durch den Zoll gebracht?«

»Haben wir gar nicht. 59200 Strich 4 Strich 5 hat es für uns aus Kingston gebracht.«

»Wer ist das?«

»Ein kreolischer Schmuggler. Er schmuggelt Kokain, Opium und Marihuana. Natürlich hat er den ganzen Zoll bestochen. Dieses Mal haben sie angenommen, es sei seine übliche Fracht.«

»Um diesen Koffer zu füllen, würde man eine Menge Drogen brauchen.«

»Ja. Es kam uns ganz schön teuer zu stehen.«

Sie verstaute alles schnell und ordentlich, nachdem sie den Inhalt seiner Schubladen in den Safe geräumt hatte. Sie sagte: »Rudys Hemden werden ein bißchen zerknittern, aber das macht nichts.«

»Mir nicht.«

»Was ist das hier?« fragte sie und griff nach den Karten, die er überprüft hatte.

»Meine Agenten.«

»Sie meinen, die lassen Sie auf dem Schreibtisch herumliegen?«

»Oh, nachts schließe ich sie weg.«

»Sie haben nicht viel Ahnung von Sicherheit, nicht wahr?« Sie sah eine Karte an. »Wer ist Teresa?«

»Sie tanzt nackt.«

»Ganz nackt?«

»Ja.«

»Wie interessant für Sie. London möchte, daß ich den Kontakt zu Ihren Agenten übernehme. Könnten Sie mich Teresa einmal vorstellen, wenn sie etwas anhat?«

Wormold sagte: »Ich glaube nicht, daß sie für eine Frau arbeitet. Sie wissen doch, wie diese Mädchen sind.«

»Ich weiß es nicht. Sie wissen es. Ah, Ingenieur Cifuentes. London hält viel von ihm. Sie können nicht behaupten, daß es ihm etwas ausmachen würde, für eine Frau zu arbeiten.«

»Er spricht kein Englisch.«

»Vielleicht könnte ich Spanisch lernen. Spanischstunden wären keine schlechte Tarnung. Sieht er so gut aus wie Teresa?«

»Er hat eine sehr eifersüchtige Frau.«

»Oh, ich glaube, ich käme mit ihr zurecht.«

»In seinem Alter ist das natürlich absurd.«

»Wie alt ist er?«

»Fünfundsechzig. Außerdem würde ihn wegen seiner Wamme sowieso keine andere Frau anschauen. Wenn Sie wollen, frage ich ihn wegen der Spanischstunden.«

»Das eilt nicht. Lassen wir es für den Augenblick dabei bewenden. Ich könnte mit dem anderen anfangen. Professor Sanchez. Durch meinen Mann bin ich an Intellektuelle gewöhnt.«

»Er spricht auch kein Englisch.«

»Ich nehme an, er spricht Französisch. Meine Mutter war Französin. Ich bin zweisprachig.«

»Ich weiß nicht, ob er Französisch spricht. Ich finde es heraus.«

»Wissen Sie, Sie sollten diese ganzen Namen nicht so *en clair* auf die Karten schreiben. Nehmen wir einmal an, Hauptmann Segura ermittelt gegen Sie. Ich stelle mir ungern vor, wie die Wamme von Ingenieur Cifuentes für ein Zigarettenetui gehäutet wird. Tragen Sie unter dem Symbol nur die Einzelheiten ein, an denen Sie sie sich merken können – 59200 Strich 5 Strich 3 – eifersüchtige Frau und Wamme. Ich schreibe die Karten für Sie und verbrenne die alten. Verdammt. Wo sind die Zelluloidfolien?«

»Zelluloidfolien?«

»Damit man Papiere schneller verbrennen kann. Oh, ich nehme an, Rudy hat sie in seine Hemden gesteckt.«

»Was für einen Krempel Sie mit sich herumschleppen.«

»Jetzt müssen wir die Dunkelkammer einrichten.«

»Ich habe keine Dunkelkammer.«

»Heutzutage hat niemand eine Dunkelkammer. Ich bin darauf vorbereitet. Verdunkelungsvorhänge und eine rote Lampe. Und natürlich ein Mikroskop.«

»Wozu brauchen wir ein Mikroskop?«

»Für Mikrofotografie. Sehen Sie, wenn etwas wirklich Dringendes sein sollte, das Sie nicht telegrafieren können, will London, daß wir direkt Kontakt aufnehmen und die ganze Zeit sparen, die es via Kingston dauert. Wir können eine Mikrofotografie in einem normalen Brief verschicken. Sie kleben sie als Punkt auf, und Sie lassen den Brief im Wasser schwimmen, bis der Punkt sich löst. Ich nehme an, Sie schreiben manchmal Briefe nach Hause. Geschäftsbriefe ...?«

»Die schicke ich nach New York.«

»Freunde und Verwandte?«

»In den letzten zehn Jahren sind die Verbindungen eingeschlafen. Bis auf meine Schwester. Natürlich schicke ich Weihnachtskarten.«

»Vielleicht können wir nicht bis Weihnachten warten.«

»Manchmal schicke ich einem kleinen Neffen Briefmarken.«

»Genau das Richtige. Wir könnten ein Mikrofoto auf die Rückseite einer Briefmarke kleben.«

Rudy kam schwerfällig mit dem Feldbett die Treppe herauf, und der Bilderrahmen ging wieder zu Bruch. Beatrice und Wormold zogen sich ins Nebenzimmer zurück, damit Rudy Platz hatte, und setzten sich auf Wormolds Bett. Im Büro knallte und schepperte es, und etwas zerbrach.

»Rudy hat keine besonders geschickten Hände«, sagte Beatrice. Ihr Blick schweifte. Sie sagte: »Kein einziges Foto. Haben Sie kein Privatleben?«

»Ich glaube, nicht viel. Bis auf Milly. Und Dr. Hasselbacher.«

»London gefällt Dr. Hasselbacher nicht.«

»London soll sich zum Teufel scheren«, sagte Wormold. Er wollte ihr plötzlich die Verwüstung von Dr. Hasselbachers Wohnung schildern und die Zerstörung seiner sinnlosen Experimente. Er sagte: »Es liegt an Menschen wie

Ihren Leuten in London ... Es tut mir leid. Sie gehören zu ihnen.«

»Sie auch.«

»Ja, natürlich. Ich auch.«

Rudy rief aus dem Nebenzimmer: »Ich habe es aufgebaut.«

»Ich wollte, Sie gehörten nicht dazu«, sagte Wormold.

»Man kann davon leben«, sagte sie.

»Das ist nichts Reales. Diese ganze Spioniererei. Und was wird ausspioniert? Geheimagenten finden heraus, was alle anderen schon wissen ...«

»Oder erfinden es einfach«, sagte sie. Es verschlug ihm die Sprache, aber sie fuhr in unverändertem Ton fort: »Jede Menge anderer Berufe sind nicht real. Das Entwerfen einer neuen Seifenschale aus Plastik, das Erfinden von Brandmalereisprüchen für Kneipen, das Schreiben von Werbeslogans, ein Abgeordnetenmandat, das Redenhalten bei UNESCO-Konferenzen. Aber das Geld ist real. Was nach der Arbeit geschieht, ist real. Ich meine, Ihre Tochter ist real und ihr siebzehnter Geburtstag ist real.«

»Was machen Sie nach der Arbeit?«

»Jetzt nicht viel, aber als ich verliebt war ... wir sind ins Kino gegangen, haben in Cafés Espresso getrunken und saßen an Sommerabenden im Park.«

»Was ist passiert?«

»Es gehören zwei dazu, damit etwas real bleibt. Er hat die ganze Zeit Theater gespielt. Er hat sich für einen großen Liebhaber gehalten. Manchmal hätte ich mir fast gewünscht, daß er eine Zeitlang impotent wird, damit er sein Selbstbewußtsein verliert. Man kann nicht lieben und so selbstbewußt sein, wie er es war. Wer liebt, hat Angst, die Liebe zu verlieren, nicht wahr?« Sie sagte: »Ach, zum Teufel, warum erzähle ich Ihnen das alles? Machen wir Mikrofotos, verschlüsseln wir Telegramme.« Sie schaute ins Büro. »Rudy liegt auf dem Bett. Ich nehme an, ihm ist wieder übel. Kann einem so lange übel vom Fliegen sein? Haben Sie denn kein Zimmer ohne Bett? Betten bringen einen immer zum Reden.« Sie machte eine andere Tür auf. »Tisch gedeckt für das Mittagessen. Kalter Braten und Salat. Zwei Gedecke. Wer macht das alles? Eine gute Fee?«

»Eine Zugehfrau kommt jeden Morgen für zwei Stunden.«

»Und das Zimmer nebenan?«

»Das ist Millys Zimmer. Darin steht auch ein Bett.«

3. Kapitel

I

Die Lage, wie er sie auch betrachtete, war unbehaglich. Wormold hatte es sich jetzt angewöhnt, gelegentlich Spesen für Ingenieur Cifuentes und den Professor zu beziehen und Monatszahlungen für sich, den Ersten Maschinisten der »Juan Belmonte« und Teresa, die Nackttänzerin. Der betrunkene Pilot wurde meistens mit Whisky bezahlt. Das Geld, das Wormold anhäufte, kam auf sein Sparkonto – eines Tages würde es Millys Mitgift werden. Natürlich mußte er regelmäßig Berichte liefern, um diese Zahlungen zu rechtfertigen. Mit Hilfe einer großen Karte, der wöchentlichen Ausgabe von ›Time‹, die Kuba in der Rubrik über die Westliche Hemisphäre viel Platz einräumte, verschiedenen, von der Regierung herausgegebenen Wirtschaftspublikationen und vor allem mit Hilfe seiner Phantasie war ihm mindestens ein Bericht pro Woche gelungen, und vor Beatrices Ankunft hatte er sich die Samstagabende für seine Hausaufgaben freigehalten. Der Professor war die wirtschaftliche Autorität, und Ingenieur Cifuentes befaßte sich mit den rätselhaften Bauten in den Bergen von Oriente (manchmal bestätigte der Pilot der Cubana seine Berichte, manchmal widersprach er ihnen – ein Widerspruch hatte den Beigeschmack von Authentizität). Der Erste Maschinist lieferte Schilderungen der Arbeitsbedingungen in Santiago, Matanzas und Cienfuegos und berichtete über die wachsende Unruhe bei der Marine. Von der Nackttänzerin stammten pikante Einzelheiten über das Privatleben und die sexuellen Vorlieben des Verteidigungsministers und des Direktors des Post- und Fernmeldewesens. Ihre Berichte hatten eine starke Ähnlichkeit mit Artikeln über Filmstars in ›Confidential‹, denn auf diesem Gebiet war Wormolds Phantasie nicht sehr lebhaft.

Jetzt, wo Beatrice da war, mußte sich Wormold über wesentlich mehr Gedanken machen als über seine samstagabendlichen Pflichten. Es ging nicht nur um die Grundausbildung in Mikrofotografie, auf der Beatrice bestand, es ging auch um die Telegramme, die er sich ausdenken mußte, um Rudy bei Laune zu halten, und je mehr Telegramme Wormold verschickte, desto mehr erhielt er. Jetzt belästigte ihn London wöchentlich wegen Fotos von den Anlagen in Oriente, und jede Woche wurde Beatrice ungeduldiger, weil sie den Kontakt mit seinen Agenten übernehmen wollte. Es sei gegen alle Vorschriften, erklärte sie ihm, daß der Stationschef sich selbst mit seinen Informanten treffe. Einmal ging er mit ihr zum Essen in den Country Club, und wie das Pech es wollte, wurde Ingenieur Cifuentes ausgerufen. An einem Tisch in der Nähe stand ein sehr großer, hagerer, schielender Mann auf.

»Ist das Cifuentes?« fragte Beatrice scharf.

»Ja.«

»Aber Sie haben mir gesagt, er ist fünfundsechzig.«

»Er sieht für sein Alter jung aus.«

»Und Sie haben gesagt, er hat eine Wamme.«

»Ich habe Wammel gemeint, nicht Wamme – das ist der hiesige Ausdruck für Silberblick.« Das war knapp gewesen.

Danach interessierte sie sich für eine romantischere Gestalt aus Wormolds Phantasie – den Piloten der Cubana. Sie arbeitete begeistert an der Vervollständigung seines Karteieintrags und wollte die persönlichsten Einzelheiten wissen. Raul Dominguez verfügte eindeutig über Pathos. Er hatte seine Frau bei einem Massaker im Spanischen Bürgerkrieg verloren und war desillusioniert, was beide Seiten, vor allem aber seine kommunistischen Freunde anlangte. Je mehr Fragen Beatrice Wormold nach ihm stellte, desto stärker entwickelte sich seine Figur, und desto erpichter wurde Beatrice darauf, mit ihm Kontakt aufzunehmen. Manchmal empfand Wormold einen Stich der Eifersucht auf Raul und versuchte, ihn anzuschwärzen. »Er leert eine Flasche Whisky pro Tag«, sagte er.

»Das ist seine Flucht vor der Einsamkeit und den Erinnerungen«, sagte Beatrice. »Wollen *Sie* denn niemals fliehen?«

»Ich glaube, manchmal wollen wir das alle.«

»Ich kenne diese Art von Einsamkeit«, sagte sie voll Mitgefühl. »Trinkt er den ganzen Tag?«

»Nein. Am schlimmsten ist es um zwei Uhr morgens. Wenn er dann aufwacht, kommen die Gedanken und er kann nicht schlafen, also trinkt er statt dessen.« Es verblüffte Wormold, wie schnell er jede Frage nach seinen Figuren beantworten konnte; sie schienen an der Schwelle des Bewußtseins zu leben – er mußte nur Licht machen, und da waren sie, erstarrt in einer typischen Bewegung. Kurz nach Beatrices Ankunft hatte Raul Geburtstag, und sie schlug vor, ihm eine Kiste Champagner zu schenken.

»Er würde ihn nicht anrühren«, sagte Wormold, ohne zu wissen, warum. »Er leidet unter Magensäure. Wenn er Champagner trinkt, bekommt er Pickel. Der Professor hingegen trinkt nichts anderes.«

»Ein teurer Geschmack.«

»Ein perverser Geschmack«, sagte Wormold, ohne nachzudenken. »Er bevorzugt spanischen Champagner.« Manchmal erschreckte es ihn, wie diese Leute ohne sein Wissen im Dunkeln wuchsen. Was machte Teresa dort, den Blicken entzogen? Er wollte gar nicht daran denken. Ihre schamlose Schilderung ihres Lebens mit ihren beiden Liebhabern schockierte ihn manchmal. Aber das unmittelbare Problem war Raul. Es gab Augenblicke, in denen Wormold dachte, es wäre vielleicht einfacher gewesen, wenn er echte Agenten angeworben hätte.

Am besten konnte Wormold immer beim Baden denken. Als er sich eines Morgens heftig konzentrierte, waren ihm entrüstete Laute bewußt, mehrmals schlug eine Faust gegen die Tür, jemand trampelte auf der Treppe, aber ein schöpferischer Augenblick war gekommen, und er schenkte der Welt jenseits des Dampfes keinerlei Beachtung. Raul war wegen Trunkenheit von der Fluglinie Cubana entlassen worden. Er war verzweifelt; er war arbeitslos; es war zu einem unerfreulichen Verhör durch Hauptmann Segura gekommen, der gedroht hatte ... »Fehlt Ihnen etwas?« rief Beatrice von draußen. »Liegen Sie im Sterben? Soll ich die Tür aufbrechen?«

Er wickelte sich ein Handtuch um die Mitte und trat in sein Schlafzimmer, das jetzt sein Büro war.

»Milly ist wütend weggegangen«, sagte Beatrice. »Ihr Bad hat ihr gefehlt.«

»Das ist einer der Augenblicke«, sagte Wormold, »die den Lauf der Geschichte ändern könnten. Wo ist Rudy?«

»Sie wissen doch, daß Sie ihm Wochenendurlaub gegeben haben.«

»Macht nichts. Dann müssen wir das Telegramm vom Konsulat aus schicken. Holen Sie das Codebuch heraus.«

»Es ist im Safe. Wie ist die Kombination? Ihr Geburtstag – das war es doch, nicht wahr? 6. Dezember?«

»Das habe ich geändert.«

»Ihren Geburtstag?«

»Nein, nein. Natürlich die Kombination.« Er fügte salbungsvoll hinzu: »Je weniger Leute die Kombination kennen, desto besser für uns alle. Rudy und ich reichen. Es kommt auf den Drill an, wissen Sie.« Er ging in Rudys Zimmer und drehte am Knopf – viermal nach links, dreimal nachdenklich nach rechts. Das Handtuch rutschte. »Außerdem kann jeder meinen Geburtstag beim Einwohnermeldeamt herausfinden. Äußerst unsicher. Die Art von Zahl, mit der man es sofort versucht.«

»Machen Sie weiter«, sagte Beatrice, »noch eine Drehung.«

»Das ist etwas, was niemand herausfinden kann. Absolut sicher.«

»Worauf warten Sie?«

»Ich muß einen Fehler gemacht haben. Ich muß von vorn anfangen.«

»Die Kombination scheint wirklich sicher zu sein.«

»Bitte schauen Sie nicht zu. Sie machen mich nervös.« Beatrice ging weg und stellte sich mit dem Gesicht zur Wand.

»Sagen Sie mir, wann ich mich umdrehen darf«, sagte sie.

»Es ist merkwürdig. Das verdammte Ding muß kaputt sein. Rufen Sie Rudy an.«

»Das geht nicht. Ich weiß nicht, wo er wohnt. Er ist zum Strand von Varadero gefahren.«

»Verdammt!«

»Wenn Sie mir sagen, wie Sie sich die Zahl eingeprägt haben, falls man das Einprägen nennen kann …«

»Es war die Telefonnummer meiner Großtante.«

»Wo wohnt sie?«

»Woodstock Road 95, Oxford.«

»Warum Ihre Großtante?«

»Warum nicht meine Großtante?«

»Ich nehme an, wir könnten die Auskunft in Oxford anrufen.«

»Ich bezweifle, ob die uns helfen könnte.«

»Wie heißt die Großtante?«

»Das habe ich auch vergessen.«

»Es ist tatsächlich eine sichere Kombination, nicht wahr?«

»Wir haben sie immer nur als Großtante Kate gekannt. Jedenfalls ist sie seit fünfzehn Jahren tot, und die Nummer könnte sich geändert haben.«

»Ich begreife nicht, warum Sie ihre Nummer ausgewählt haben.«

»Gibt es nicht auch ein paar Nummern, die Sie ohne jeden Grund Ihr Leben lang im Kopf behalten?«

»Die hier scheinen Sie nicht besonders gut behalten zu haben.«

»Ich werde mich gleich daran erinnern. So ähnlich wie 7, 7, 5, 3, 9.«

»Du meine Güte, es mußte ja so kommen, daß sie in Oxford fünfstellige Nummern haben.«

»Wir könnten alle Kombinationen aus 77539 durchprobieren.«

»Wissen Sie, wie viele das sind? Um die sechshundert, vermute ich. Ich hoffe, Ihr Telegramm ist nicht eilig.«

»Ich bin mir völlig sicher bis auf die Sieben.«

»Wie schön. Welche Sieben? Ich nehme an, jetzt müssen wir uns durch etwa sechstausend Gruppierungen hindurcharbeiten. Ich bin keine Mathematikerin.«

»Rudy muß sie irgendwo aufgeschrieben haben.«

»Vermutlich auf wasserfestem Papier, damit er sie

beim Baden mitnehmen kann. Wir sind ein tüchtiges Büro.«

»Vielleicht«, sagte Wormold, »sollten wir lieber den alten Code benützen.«

»Er ist nicht sehr sicher. Jedoch ...« Schließlich fanden sie Charles Lamb neben Millys Bett; eine umgeknickte Seite zeigte, daß sie mitten in ›Die beiden Veroneser‹ war.

Wormold sagte: »Schreiben Sie. Nummer ... bitte ergänzen ... vom ... bitte ergänzen ... März.«

»Wissen Sie nicht einmal, der wievielte Tag des Monats heute ist?«

»Von 59200 Strich 5 Anfang Absatz A 59200 Strich 5 Strich 4 wegen Trunkenheit im Dienst hinausgeworfen stop befürchtet Abschiebung nach Spanien wo sein Leben in Gefahr ist stop.«

»Armer alter Raul.«

»Anfang Absatz B 59200 Strich 5 Strich 4 ...«

»Kann ich nicht einfach schreiben ›er‹?«

»Na gut. Er. Er könnte unter diesen Umständen und für einen anständigen Bonus mit zugesichertem Asyl auf Jamaika bereit sein, sein Privatflugzeug über Geheimanlagen zu steuern um Fotos zu machen stop Anfang Absatz C würde von Santiago aus fliegen und in Kingston landen falls 59200 Vorkehrungen für Empfang treffen kann stop.«

»Endlich tun wir etwas Richtiges, nicht wahr?« sagte Beatrice.

»Anfang Absatz D genehmigen Sie fünfhundert Dollar für Mietflugzeug für 59200 Strich 5 Strich 4 stop weitere zweihundert Dollar vielleicht benötigt um Flughafenpersonal in Havanna zu bestechen stop Anfang Absatz E Bonus für 59200 Strich 5 Strich 4 sollte großzügig bemessen sein wegen beträchtlichen Risikos über Oriente-Bergen von Patrouilleflugzeugen abgefangen zu werden stop schlage eintausend Dollar vor stop.«

»Was für ein hübscher Batzen Geld«, sagte Beatrice.

»Ende der Nachricht. Machen Sie weiter. Worauf warten Sie?«

»Ich versuche nur, eine passende Stelle zu finden. Ich mache mir nicht viel aus Lambs Erzählungen, und Sie?«

»Siebzehnhundert Dollar«, sagte Wormold nachdenklich.

»Sie hätten zweitausend verlangen sollen. Die Buchhaltung mag runde Zahlen.«

»Ich wollte nicht verschwenderisch wirken«, sagte Wormold. Siebzehnhundert Dollar würden sicherlich für ein Jahr in einem Schweizer Mädchenpensionat reichen.

»Sie sehen selbstgefällig aus«, sagte Beatrice. »Ist Ihnen denn gar nicht durch den Kopf gegangen, daß Sie vielleicht einen Mann in den Tod schicken?« Er dachte: Genau das habe ich vor.

Er sagte: »Richten Sie denen im Konsulat aus, daß das Telegramm die höchste Dringlichkeitsstufe hat.«

»Es ist ein langes Telegramm«, sagte Beatrice. »Meinen Sie, es geht mit diesem Satz? ›Er brachte Polydor und Cadwal zum König und sagte ihm, sie seien seine beiden verlorenen Söhne Guiderius und Arviragus.‹ Es gibt Zeiten, nicht wahr, in denen Shakespeare ein wenig langweilig ist.«

2

Eine Woche später führte er Beatrice zum Abendessen in ein Fischrestaurant in der Nähe des Hafens aus. Die Genehmigung war gekommen, sie hatten ihm jedoch zweihundert Dollar abgeknapst, so daß die Buchhaltung doch noch ihre runde Summe bekam. Wormold dachte an Raul, wie er zum Flughafen fuhr, um seinen gefährlichen Flug anzutreten. Die Geschichte war noch nicht fertig. Genau wie im richtigen Leben konnten Unfälle geschehen; eine Figur konnte das Kommando übernehmen. Vielleicht wurde Raul aufgehalten, ehe er an Bord ging, vielleicht wurde er unterwegs von einem Polizeiauto angehalten. Er konnte in Hauptmann Seguras Folterkammern verschwinden. In der Presse würde keine Meldung erscheinen. Wormold würde London mitteilen, er löse sich in Luft auf, für den Fall, daß Raul zum Reden gezwungen werde. Wenn die letzte Nachricht verschickt war, würde das Funkgerät abgebaut und versteckt werden, die Zelluloidfolien würden für den abschließenden Großbrand bereitgehalten werden … Oder vielleicht würde Raul sicher abheben, und sie würden nie erfahren, was genau ihm über den Bergen von Oriente zugestoßen war. In der Geschichte war nur eines gewiß: er würde nicht auf Jamaika ankommen, und es würde keine Fotos geben.

»Was denken Sie?« fragte Beatrice. Er hatte die gefüllte Languste nicht angerührt.

»Ich habe an Raul gedacht.« Vom Atlantik her wehte der Wind. Das Castillo del Moro lag wie ein vom Sturm festgehaltener Dampfer auf der anderen Seite des Hafens.

»Besorgt?«

»Natürlich bin ich besorgt.« Wenn Raul um Mitternacht gestartet war, würde er kurz vor der Morgendämmerung in Santiago nachtanken, wo das Bodenpersonal freundlich war, weil in der Provinz Oriente alle insgeheim Rebellen waren. Dann, wenn das Licht gerade hell genug zum Fotografieren und es zu früh für die Patrouillenflugzeuge war, würde er zum Aufklärungsflug über die Berge und den Wald starten.

»Er hat doch nicht getrunken?«

»Er hat mir versprochen, daß er es bleiben läßt. Schwer zu sagen.«

»Armer Raul.«

»Armer Raul.«

»Er hat nie viel Spaß gehabt, nicht wahr? Sie hätten ihn mit Teresa bekannt machen sollen.«

Er sah sie scharf an, aber sie schien völlig mit der Languste beschäftigt zu sein.

»Das wäre nicht sehr sicher gewesen, oder?«

»Ach, zum Teufel mit der Sicherheit«, sagte sie.

Nach dem Essen gingen sie auf der Landseite der Avenida de Maceo zurück. In der feuchten, windigen Nacht waren nur wenige Leute unterwegs, und der Verkehr war gering. Die Brecher kamen vom Atlantik und ergossen sich über die Mole. Der Gischt trieb über die Straße, über die vier Fahrspuren, und trommelte wie Regen gegen die pockennarbigen Säulen, unter denen sie hindurchgingen. Die Wolken rasten vom Osten her heran, und Wormold hatte das Gefühl, ein Teil der langsamen Erosion von Havanna zu sein. Fünfzehn Jahre waren eine lange Zeit. Er sagte: »Eines der Lichter da oben könnte seines sein. Wie einsam er sich fühlen muß.«

»Sie reden wie ein Romanautor.«

Er blieb unter einer Säule stehen und musterte Beatrice mit Sorge und Mißtrauen.

»Was meinen Sie damit?«

»Ach, nichts Besonderes. Manchmal glaube ich, Sie behandeln Ihre Agenten wie Figuren, wie Gestalten in einem Buch. Das da oben ist ein realer Mann – oder?«

»Es ist nicht gerade nett, so etwas über mich zu sagen.«

»Ach, vergessen Sie's. Erzählen Sie mir von jemandem, an dem Ihnen wirklich etwas liegt. Ihre Frau. Erzählen Sie mir von ihr.«

»Sie war hübsch.«

»Fehlt Sie Ihnen?«

»Selbstverständlich. Wenn ich an sie denke.«

»Peter fehlt mir nicht.«

»Peter?«

»Mein Mann. Der von der UNESCO.«

»Dann haben Sie Glück. Sie sind frei.« Er schaute auf die Uhr und zum Himmel hinauf. »Jetzt müßte er über Matanzas sein. Wenn er nicht aufgehalten worden ist.«

»Haben Sie ihn in diese Richtung geschickt?«

»Oh, über seine Route entscheidet er natürlich selbst.«

»Und über sein Ende?«

Etwas in ihrer Stimme – eine Art Feindseligkeit – erschreckte ihn wieder. War es möglich, daß sie ihn jetzt schon verdächtigte? Er ging schnell weiter. Sie kamen an der Carmen Bar und am Cha Cha Club vorbei – knallige Schilder, auf die alten Läden der Fassade aus dem achtzehnten

Jahrhundert gemalt. Schöne Gesichter schauten aus trüben Innenräumen heraus, braune Augen, dunkles Haar, spanisch und gelb; schöne Hinterteile lehnten an den Tresen, warteten auf Leben auf der meeresfeuchten Straße. In Havanna zu leben war wie das Leben in einer Fabrik, die menschliche Schönheit auf dem Fließband produzierte. Er wollte keine Schönheit. Er blieb unter einer Lampe stehen und sah direkt in den direkten Blick. Er wollte Aufrichtigkeit. »Wohin gehen wir?«

»Wissen Sie das nicht? Ist das nicht genauso geplant wie Rauls Flug?«

»Ich bin einfach gegangen.«

»Wollen Sie nicht neben dem Funkgerät sitzen? Rudy hat Dienst.«

»Vor dem frühen Morgen werden wir gar nichts hören.«

»Dann haben Sie also keine späte Nachricht geplant – über den Absturz in Santiago?«

Seine Lippen waren trocken vom Salz und von den Befürchtungen. Es kam ihm vor, als hätte sie alles erraten. Würde sie Hawthorne über ihn informieren? Was würden »sie« als nächstes tun? Sie hatten keine legale Handhabe, aber er nahm an, sie könnten ihn daran hindern, je wieder nach England zurückzukehren. Er dachte: Sie wird das nächste Flugzeug zurück nehmen, das Leben wird wieder sein wie früher, und natürlich war es besser so; sein Leben gehörte Milly. Er sagte: »Ich verstehe nicht, was Sie meinen.« Eine große Welle hatte sich an der Mole der Avenida gebrochen, und jetzt hob sich die Welle wie ein Christbaum mit Kunststoffreif. Dann sank sie, verschwand außer Sicht, und ein zweiter Baum ragte weiter unten Richtung Nacional auf. Er sagte: »Sie waren den ganzen Abend lang seltsam.« Es hatte keinen Sinn, es hinauszuzögern; falls das Spiel zu Ende ging, war es besser, es schnell abzuschließen. Er sagte: »Was wollen Sie andeuten?«

»Sie meinen, es kommt nicht zu einem Absturz auf dem Flughafen – oder unterwegs?«

»Weshalb erwarten Sie von mir, daß ich das weiß?«

»Sie haben sich den ganzen Abend benommen, als ob Sie es wüßten. Sie haben nicht so über ihn gesprochen, als ob er am Leben wäre. Sie haben eine Elegie auf ihn geschrieben, als wären Sie ein schlechter Romanautor, der auf Wirkung bedacht ist.«

Der Wind stieß sie gegeneinander. Sie sagte: »Sind Sie es denn niemals leid, daß andere Leute Risiken eingehen? Wozu? Für ein Spiel wie in der Pfadfinderzeitschrift?«

»Sie spielen auch mit.«

»Ich glaube nicht so daran wie Hawthorne.« Sie sagte wütend: »Ich wäre lieber ein Gangster als ein Einfaltspinsel oder jemand in der Pubertät. Verdienen Sie denn mit Ihren Staubsaugern nicht genug, daß Sie sich aus dem allen heraushalten können?«

»Nein. Da ist Milly.«

»Und wenn Hawthorne nicht zu Ihnen gekommen wäre?«

Er witzelte jämmerlich: »Vielleicht hätte ich dann wieder des Geldes wegen geheiratet.«

»Würden Sie je wieder heiraten?« Sie schien entschlossen, ernsthaft zu sein.

»Das weiß ich nicht so genau«, sagte er. »Milly würde es nicht für eine Ehe halten, und man darf sein Kind nicht schockieren. Wollen wir nach Hause gehen und das Funkgerät abhören?«

»Aber Sie erwarten keine Nachricht, oder? Sie haben gesagt, Sie erwarten keine.«

Er sagte ausweichend: »Nicht in den nächsten drei Stunden. Aber ich rechne damit, daß er funkt, ehe er landet.« Das Seltsame war, daß er die Anspannung zu spüren begann. Fast hätte er gehofft, daß ihn aus dem stürmischen Himmel eine Nachricht erreichte.

Sie sagte: »Versprechen Sie mir, daß Sie – nichts arrangiert haben?«

Er vermied die Antwort, wandte sich um in Richtung Präsidentenpalast mit den dunklen Fenstern, wo der Präsident seit dem letzten Anschlag auf sein Leben nie mehr geschlafen hatte, und da kam Dr. Hasselbacher das Pflaster entlang, mit gesenktem Kopf, um dem Gischt auszuweichen. Er war vermutlich auf dem Heimweg von der Wonder Bar.

»Dr. Hasselbacher«, rief Wormold ihm zu.

Der alte Mann schaute auf. Einen Augenblick lang glaubte Wormold, er werde wortlos die Flucht ergreifen. »Was ist denn, Hasselbacher?«

»Ach, Sie sind's, Mr. Wormold. Ich habe eben an Sie gedacht. Wenn man vom Teufel spricht«, sagte er, machte einen Scherz daraus, aber Wormold hätte schwören können, daß ihm der Teufel Angst eingejagt hatte.

»Sie erinnern sich an Mrs. Severn, meine Sekretärin?«

»Die Geburtstagsfeier, ja, und der Siphon. Warum sind Sie denn so spät noch auf, Mr. Wormold?«

»Wir waren zum Abendessen aus ... ein Spaziergang ... und Sie?«

»Dasselbe.« Aus dem weiten, tosenden Himmel kam schubweise ein Motorengeräusch, wurde lauter, leiser, erstarb im Lärm von Wind und Meer. Dr. Hasselbacher sagte: »Das Flugzeug aus Santiago, aber mit großer Verspätung. In Oriente muß schlechtes Wetter sein.«

»Erwarten Sie jemanden?« fragte Wormold.

»Nein. Nein. Nicht eigentlich. Hätten Sie und Mrs. Severn Lust, in meiner Wohnung etwas zu trinken?«

Die Gewalt war gekommen und wieder verschwunden. Die Bilder hingen wieder, die Stahlrohrstühle standen herum wie linkische Gäste. Die Wohnung war wieder hergerichtet worden wie ein Mensch für die Beerdigung. Dr. Hasselbacher schenkte Whisky ein.

»Wie schön, daß Mr. Wormold eine Sekretärin hat«, sagte er. »Noch vor kurzem haben Sie sich Sorgen gemacht, erinnere ich mich. Der neue Staubsauger ...«

»Die Dinge ändern sich ohne jeden Grund.«

Ihm fiel zum erstenmal das Foto eines jungen Dr. Hasselbacher in der altmodischen Uniform eines Offiziers im Ersten Weltkrieg auf; vielleicht hatte es zu den Bildern gehört, die von den Eindringlingen abgenommen worden waren. »Ich habe gar nicht gewußt, daß Sie bei der Armee waren, Hasselbacher.«

»Als der Krieg kam, war ich noch nicht mit dem Medizinstudium fertig, Mr. Wormold. Es kam mir so töricht vor – Männer zu heilen, damit sie früher getötet werden konnten. Man wollte Menschen heilen, damit sie länger leben konnten.«

»Wann haben Sie Deutschland verlassen, Dr. Hasselbacher?« fragte Beatrice.

»1934. In dem Punkt, auf den Sie anspielen, junge Frau, kann ich also auf unschuldig plädieren.«

»Das habe ich nicht gemeint.«

»Dann müssen Sie mir verzeihen. Fragen Sie Mr. Wormold – es gab eine Zeit, wo ich nicht so mißtrauisch war. Wollen wir Musik hören?«

Er legte eine ›Tristan‹-Platte auf. Wormold dachte an seine Frau; sie war sogar noch weniger real als Raul. Sie hatte nichts zu tun mit Liebe und Tod, nur mit dem ›Woman's Home Journal‹, einem Verlobungsring mit einem Diamanten und Dämmerschlaf. Er sah zu Beatrice Severn hinüber, und sie schien derselben Welt anzugehören wie der verhängnisvolle Trank, die hoffnungslose Fahrt von Irland nach Cornwall, die Verwundung in Markes Garten. Unvermittelt stand Dr. Hasselbacher auf und zog den Stecker aus der Wand. Er sagte: »Verzeihen Sie mir. Ich erwarte einen Anruf. Die Musik ist zu laut.«

»Einen Anruf von einem Patienten?«

»Nicht ganz.« Er schenkte Whisky nach.

»Haben Sie wieder mit Ihren Experimenten angefangen, Hasselbacher?«

»Nein.« Er sah sich verzweifelt um. »Leider habe ich kein Soda mehr.«

»Ich mag ihn pur«, sagte Beatrice. Sie ging zum Bücherregal. »Lesen Sie überhaupt etwas außer medizinischer Fachliteratur, Dr. Hasselbacher?«

»Sehr wenig. Heine, Goethe. Alles auf deutsch. Können Sie deutsch lesen, Mrs. Severn?«

»Nein. Aber Sie haben ein paar englische Bücher.«

»Ich habe sie anstelle von Honorar von einem Patienten

geschenkt bekommen. Leider habe ich sie nicht gelesen. Hier ist Ihr Whisky, Mrs. Severn.«

Sie trat vom Bücherregal weg und nahm den Whisky. »Ist das Ihre Heimatstadt, Dr. Hasselbacher?« Sie betrachtete eine kolorierte Lithographie aus dem 19. Jahrhundert, die neben dem Porträt des jungen Hauptmanns Hasselbacher hing.

»Ich bin dort geboren. Ja. Es ist eine Kleinstadt mit alten Mauern, einer Burgruine ...«

»Ich bin dort gewesen«, sagte Beatrice, »vor dem Krieg. Mein Vater hat uns hingebracht. Es ist in der Nähe von Leipzig, nicht wahr?«

»Ja, Mrs. Severn«, sagte Dr. Hasselbacher und musterte sie trübe, »es ist in der Nähe von Leipzig.«

»Ich hoffe, die Russen haben dort nichts zerstört.«

Das Telefon in Dr. Hasselbachers Diele klingelte. Er zögerte einen Augenblick. »Entschuldigen Sie mich, Mrs. Severn«, sagte er. Als er in die Diele ging, machte er die Tür hinter sich zu. »Ob Osten, ob Westen«, sagte Beatrice, »zu Hause ist's am besten.«

»Ich nehme an, das wollen Sie nach London melden? Aber ich kenne ihn seit fünfzehn Jahren, er lebt seit über zwanzig Jahren hier. Er ist ein guter alter Mann, der beste Freund ...« Die Tür ging auf, und Dr. Hasselbacher kam zurück. Er sagte: »Es tut mir leid. Ich fühle mich nicht besonders wohl. Vielleicht kommen Sie ein andermal abends zu mir und hören Musik.« Er setzte sich schwerfällig, griff nach seinem Whisky, stellte ihn wieder ab. Er hatte Schweiß auf der Stirn, aber schließlich war es eine feuchte Nacht.

»Schlechte Nachrichten?« fragte Wormold.

»Ja.«

»Kann ich helfen?«

»Sie!« sagte Dr. Hasselbacher. »Nein. *Sie* können nicht helfen. Mrs. Severn auch nicht.«

»Ein Patient?«

Dr. Hasselbacher schüttelte den Kopf. Er holte sein Taschentuch heraus und trocknete sich die Stirn ab. Er sagte: »Wer ist denn kein Patient?«

»Wir sollten gehen.«

»Ja, gehen Sie. Es ist, wie ich gesagt habe. Man müßte in der Lage sein, Menschen zu heilen, damit sie länger leben können.«

»Das verstehe ich nicht.«

»Hat es denn nie so etwas wie Frieden gegeben?« fragte Dr. Hasselbacher. »Entschuldigen Sie. Von einem Arzt wird immer erwartet, daß er an den Tod gewöhnt ist. Aber ich bin kein guter Arzt.«

»Wer ist gestorben?«

»Es war ein Unfall«, sagte Dr. Hasselbacher. »Nur ein Unfall. Natürlich ein Unfall. Auf der Straße zum Flughafen ist ein Auto verunglückt. Ein junger Mann ...« Er sagte wütend: »Es gibt immer Unfälle, nicht wahr, überall. Und das muß ein Unfall gewesen sein. Er hat zu gern ins Glas geschaut.«

Beatrice sagte: »Hieß er zufällig Raul?«

»Ja«, sagte Dr. Hasselbacher. »So hieß er.«

Vierter Teil

1. Kapitel

I

Wormold schloß die Tür auf. Die Lampe auf der anderen Straßenseite warf ein vages Licht auf die Staubsauger, die wie Grabsteine herumstanden. Er ging zur Treppe. Beatrice flüsterte: »Halt, halt. Ich glaube, ich habe etwas gehört …« Das waren die ersten Worte, die einer von beiden gesagt hatte, seit er die Tür von Dr. Hasselbachers Wohnung hinter sich zugemacht hatte.

»Was ist denn?«

Sie streckte die Hand aus und packte ein Metallteil auf dem Ladentisch; sie hielt es wie einen Schläger und sagte: »Ich habe Angst.«

Nicht halb soviel wie ich, dachte er. Können wir schreibend menschliche Wesen zum Leben erwecken? Und zu welcher Art von Leben? Hatte Shakespeare in einer Schenke die Nachricht von Duncans Tod erfahren oder das Klopfen an der eigenen Schlafzimmertür gehört, nachdem er ›Macbeth‹ abgeschlossen hatte? Er stand im Laden und summte eine Melodie, um sich Mut zu machen.

»… sagen, eine Orange hat Schalen,
nennen mich einen verrückten Hund.«

»Still«, sagte Beatrice. »Oben bewegt sich jemand.«

Er dachte, er fürchte sich nur vor seinen erfundenen Figuren, nicht vor einem lebenden Menschen, der ein Brett zum Knarren bringen konnte. Er lief nach oben und blieb jäh vor einem Schatten stehen. Er war versucht, allen seinen Geschöpfen etwas zuzurufen und sie allesamt zunichte zu machen – Teresa, den Ersten Maschinisten, den Professor, den Ingenieur.

»Wie spät du kommst«, sagte Milly. Es war nur Milly, die im Flur zwischen dem Klo und ihrem Zimmer stand.

»Wir haben einen Spaziergang gemacht.«

»Du hast sie nach Hause mitgebracht?« fragte Milly. »Warum?«

Beatrice kam vorsichtig die Treppe herauf, hielt den improvisierten Schläger in Bereitschaft.

»Ist Rudy wach?«

»Ich glaube nicht.«

Beatrice sagte: »Wenn eine Nachricht gekommen wäre, hätte er auf Sie gewartet.«

Wenn erfundene Figuren so lebendig waren, daß sie sterben konnten, waren sie bestimmt auch so real, daß sie Nachrichten schicken konnten. Er machte die Tür zum Büro auf. Rudy regte sich.

»Irgendwelche Nachrichten, Rudy?«

»Nein.«

Milly sagte: »Du hast die ganze Aufregung verpaßt.«

»Was für eine Aufregung?«

»Die Polizei ist in alle Richtungen gerast. Du hättest die Sirenen hören sollen. Ich habe gedacht, es ist eine Revolution, deshalb habe ich Hauptmann Segura angerufen.«

»Ja?«

»Jemand hat versucht, einen Mann zu ermorden, als er aus dem Innenministerium kam. Der Täter muß geglaubt haben, das wäre der Innenminister, aber er war es nicht. Er hat aus einem Autofenster geschossen und ist unbehelligt davongekommen.«

»Wer war das?«

»Sie haben ihn noch nicht gefaßt.«

»Ich meine den – das Opfer.«

»Niemand Wichtiges. Aber er sah wie der Minister aus. Wo habt ihr zu Abend gegessen?«

»Im Victoria.«

»Hast du gefüllte Languste gegessen?«

»Ja.«

»Ich bin so froh, daß du nicht wie der Präsident aussiehst. Hauptmann Segura hat gesagt, der arme Dr. Cifuentes war so erschrocken, daß er sich in die Hose gemacht und danach im Country Club betrunken hat.«

»Dr. Cifuentes?«

»Du weißt schon – der Ingenieur.«

»Auf ihn ist geschossen worden?«

»Ich habe dir doch gesagt, es war ein Irrtum.«

»Setzen wir uns«, sagte Beatrice. Sie sprach für sie beide.

Er sagte: »Das Eßzimmer …«

»Ich will keinen harten Stuhl. Ich will etwas Weiches. Vielleicht will ich weinen.«

»Wenn Ihnen das Schlafzimmer nichts ausmacht«, sagte er skeptisch und sah Milly an.

»Haben Sie Dr. Cifuentes gekannt?« fragte Milly mitfühlend.

»Nein. Ich weiß nur, daß er einen Wammel hat.«

»Was ist ein Wammel?«

»Ihr Vater hat gesagt, das ist ein Dialektwort für einen Silberblick.«

»Das hat er Ihnen erzählt? Armer Vater«, sagte Milly. »Dir muß das Wasser ja bis zum Hals stehen.«

»Hör mal, Milly, könntest du bitte zu Bett gehen? Beatrice und ich müssen arbeiten.«

»Arbeiten?«

»Ja, arbeiten.«

»Es ist furchtbar spät zum Arbeiten.«

»Er bezahlt mir die Überstunden«, sagte Beatrice.

»Lernen Sie alles über Staubsauger?« fragte Milly. »Was Sie da in der Hand haben, ist ein Sprühkopf.«

»Ach ja? Ich habe bloß für den Fall, daß ich jemand schlagen muß, danach gegriffen.«

»Dafür ist er nicht besonders gut geeignet«, sagte Milly. »Er hat ein ausfahrbares Rohr.« »Na und?«

»Es könnte im falschen Augenblick ausfahren.«

»Milly, bitte ...«, sagte Wormold. »Es ist fast zwei.«

»Keine Sorge. Ich bin schon weg. Und ich werde für Dr. Cifuentes beten. Es ist kein Witz, wenn auf einen geschossen wird. Die Kugel ist durch eine Backsteinmauer hindurchgegangen. Stellen Sie sich nur vor, was sie aus Dr. Cifuentes hätte machen können.«

»Beten Sie auch für jemanden namens Raul«, sagte Beatrice. »Bei *ihm* haben sie es geschafft.«

Wormold streckte sich auf dem Bett aus und schloß die Augen. »Ich verstehe gar nichts«, sagte er. »Überhaupt nichts. Es ist ein Zufall. Es muß ein Zufall sein.«

»Sie schlagen zu – wer auch immer sie sind.«

»Aber warum?«

»Spionage ist ein gefährlicher Beruf.«

»Aber Cifuentes hat doch gar nicht … Ich meine, er war nicht wichtig.«

»Diese Anlagen in Oriente sind wichtig. Ihre Agenten scheinen aus dem Auffliegen eine Gewohnheit zu machen. Ich frage mich, wie das kommt. Ich glaube, Sie müssen Professor Sanchez und das Mädchen warnen.«

»Das Mädchen?«

»Die Nackttänzerin.«

»Aber wie?« Er konnte ihr nicht erklären, daß er keine Agenten hatte, sich nie mit Cifuentes oder Professor Sanchez getroffen hatte, daß weder Teresa noch Raul auch nur existierten: Raul war nur lebendig geworden, damit er ums Leben kam.

»Wie hat Milly das genannt?«

»Einen Sprühkopf.«

»Irgendwo habe ich schon mal was Ähnliches gesehen.«

»Anzunehmen. Es gehört zu den meisten Staubsaugern.« Er nahm ihr den Sprühkopf weg. Er konnte sich nicht daran erinnern, ob der Sprühkopf zu den Zeichnungen gehörte, die er Hawthorne geschickt hatte.

»Was mache ich jetzt, Beatrice?«

»Ich glaube, Ihre Leute sollten eine Zeitlang untertauchen. Natürlich nicht hier. Es würde zu eng und wäre außerdem nicht sicher. Was ist mit diesem Ersten Maschinisten – könnte er sie an Bord schmuggeln?«

»Er ist auf See, unterwegs nach Cienfuegos.«

»Vermutlich ist er ohnehin auch aufgeflogen«, sagte sie

nachdenklich. »Ich frage mich, warum man uns hierher zurückkommen ließ.«

»Was meinen Sie damit?«

»Sie hätten uns ohne weiteres an der Küste erschießen können. Oder vielleicht benützen sie uns als Köder. Natürlich wirft man den Köder weg, wenn er nichts taugt.«

»Was sind Sie doch für eine makabre Frau.«

»O nein. Wir sind wieder in der Welt der Pfadfinderzeitschriften, das ist alles. Sie können sich glücklich schätzen.«

»Warum?«

»Es hätte der ›Sunday Mirror‹ sein können. Heutzutage wird die Welt den populären Zeitschriften nachgebildet. Mein Mann stammte aus dem ›Encounter‹. Die Frage ist, zu welchem Blatt *sie* gehören.«

»Sie?«

»Nehmen wir einmal an, sie gehören auch zu der Pfadfinderzeitschrift. Sind es russische Agenten, deutsche Agenten, amerikanische, was? Höchstwahrscheinlich kubanische. Diese Betonplattformen müssen staatlich sein, nicht wahr? Armer Raul. Ich hoffe, er ist schnell gestorben.«

Er war versucht, ihr alles zu sagen, aber was war »alles«? Er wußte es nicht mehr. Raul war ums Leben gekommen. Hasselbacher hatte es gesagt.

»Erst das Shanghai Theatre«, sagte sie. »Hat es offen?«

»Die zweite Vorstellung muß noch laufen.«

»Falls die Polizei nicht vor uns dort ist. Natürlich sind sie gegen Cifuentes nicht mit der Polizei vorgegangen. Er war vermutlich zu wichtig. Bei einem Mord muß ein Skandal vermieden werden.«

»In diesem Licht hatte ich es noch gar nicht gesehen.«

Beatrice schaltete die Nachttischlampe aus und ging ans Fenster. Sie sagte: »Haben Sie keine Hintertür?«

»Nein.«

»Das werden wir alles ändern müssen«, sagte sie blasiert, als wäre sie auch Architektin. »Kennen Sie einen hinkenden Nigger?«

»Das muß Joe sein.«

»Er geht langsam vorbei.«

»Er verkauft obszöne Postkarten. Er geht nach Hause, das ist alles.«

»Mit diesem Hinken könnte man natürlich nicht von ihm erwarten, daß er Ihnen folgt. Aber er könnte denen ein Zeichen geben. Wie auch immer, wir müssen es riskieren. Sie scheinen heute nacht gründlich aufräumen zu wollen. Frauen und Kinder zuerst. Der Professor kann warten.«

»Aber ich habe Teresa nie in der Revue gesehen. Vermutlich hat sie dort einen anderen Namen.«

»Sie können sie doch von den anderen unterscheiden, oder, auch wenn sie nichts anhat? Obwohl ich vermute, nackt sehen wir uns alle ein bißchen ähnlich, wie die Japaner.«

»Ich glaube nicht, daß Sie mitkommen sollten.«

»Ich muß. Wenn einer aufgehalten wird, kann der andere weglaufen.«

»Ich habe das Shanghai gemeint. Es hat wenig Ähnlichkeit mit der Pfadfinderzeitschrift.«

»Die Ehe auch nicht«, sagte sie, »nicht einmal bei der UNESCO.«

2

Das Shanghai lag von zwielichtigen Bars umgeben in einer engen Straße, die von der Zanja abging. Eine Tafel warb für *Posiciones*, und die Karten wurden auf dem Gehsteig verkauft, vielleicht, weil kein Platz für eine Kasse war, denn das Foyer nahm eine Pornobuchhandlung ein, zum Nutzen derjenigen, die während der Pause Unterhaltung wünschten. Die schwarzen Zuhälter auf der Straße musterten Beatrice und Wormold neugierig. Hier waren sie nicht an europäische Frauen gewöhnt.

»Ich habe das Gefühl, weit weg von zu Hause zu sein«, sagte Beatrice.

Alle Plätze kosteten einen Peso fünfundzwanzig, und in dem großen Saal waren nur noch wenige leer. Der Mann, der ihnen den Weg zeigte, bot Wormold für einen Peso ein Päckchen pornographische Postkarten an. Als Wormold ablehnte, zog er eine zweite Auswahl aus der Tasche.

»Kaufen Sie nur, wenn Sie wollen«, sagte Beatrice. »Falls es Ihnen peinlich ist, konzentriere ich mich ganz auf die Revue.«

»Zwischen der Revue und den Postkarten«, sagte Wormold, »ist kein großer Unterschied.«

Der Platzanweiser fragte, ob die Dame eine Marihuanazigarette wolle.

Beatrice brachte ihre Sprachen durcheinander und sagte auf deutsch: »Nein, danke.«

Zu beiden Seiten der Bühne warben Plakate für Clubs in der Nachbarschaft, wo die Mädchen angeblich schön waren. Ein Hinweis auf spanisch und in schlechtem Englisch verbot dem Publikum, die Tänzerinnen zu belästigen.

»Welche ist Teresa?« fragte Beatrice.

»Ich glaube, es muß die Dicke mit der Maske sein«, sagte Wormold wahllos.

Sie verließ eben mit einem Wackeln der üppigen nackten Gesäßbacken die Bühne, und das Publikum klatschte und pfiff. Dann gingen die Lichter aus, und eine Leinwand wurde heruntergelassen. Ein Film fing an, zunächst ganz harmlos: eine Radfahrerin wurde gezeigt, eine Waldlandschaft, ein platter Reifen, eine zufällige Begegnung, ein Herr, der einen Strohhut lüpfte; jede Menge Geflacker und Nebel.

Beatrice saß schweigend da. Zwischen ihnen entstand eine seltsame Intimität, während sie sich gemeinsam diese Blaupause der Liebe anschauten. Ähnliche Körperbewegungen hatten ihnen einmal mehr bedeutet als alles andere, was die Welt zu bieten hatte. Der Akt der Lust und der Akt der Liebe sind dasselbe; er läßt sich nicht vortäuschen wie ein Gefühl.

Die Lichter gingen an. Sie saßen stumm da. »Ich habe trockene Lippen«, sagte Wormold.

»Ich habe keinen Speichel mehr im Mund. Können wir jetzt zu Teresa hinter die Bühne gehen?«

»Jetzt läuft noch ein Film, und dann kommen die Tänzerinnen wieder auf die Bühne.«

»Ich bin keinem zweiten Film gewachsen«, sagte Beatrice.

»Sie lassen uns nicht hinter die Bühne, ehe die Revue zu Ende ist.«

»Wir können auf der Straße warten, oder? Wenigstens wissen wir dann, ob uns jemand gefolgt ist.«

Sie gingen, als der zweite Film anfing. Sie waren die einzigen, die aufstanden; falls sie jemand beschattet hatte, mußte er also auf der Straße auf sie warten, aber zwischen den Taxifahrern und den Zuhältern war kein offensichtlicher Kandidat. Ein Mann schlief gegen den Laternenpfahl gelehnt, eine Lotteriezahl schief um den Hals gehängt. Wormold dachte an die Nacht mit Dr. Hasselbacher. Damals hatte er den neuen Verwendungszweck für Lambs Erzählungen gelernt. Der arme Hasselbacher war schwer betrunken gewesen. Wormold erinnerte sich daran, wie zusammengesackt er in der Halle gesessen hatte, als er aus Hawthornes Zimmer heruntergekommen war. Er sagte zu Beatrice: »Wie schwierig ist es, den Buchcode zu knacken, wenn man das richtige Buch hat?«

»Für einen Fachmann ist es nicht schwer«, sagte sie, »nur eine Frage der Geduld.« Sie ging zu dem Lotterieverkäufer hinüber und rückte die Zahl gerade. Der Mann wachte nicht auf. Sie sagte: »Von der Seite her war sie schwer zu lesen.«

Hatte er den Lamb unter dem Arm getragen, in der Tasche oder in der Aktenmappe? Hatte er das Buch weggelegt, als er Dr. Hasselbacher beim Aufstehen geholfen hatte? Er konnte sich an nichts erinnern, und solche Verdächtigungen waren kleinlich.

»Ich habe an einen seltsamen Zufall gedacht«, sagte Beatrice. »Dr. Hasselbacher liest Lambs Erzählungen in der richtigen Ausgabe.« Es war, als hätte zu ihrer Grundausbildung auch Telepathie gehört.

»Sie haben das Buch in seiner Wohnung gesehen?«

»Ja.«

»Aber er hätte es versteckt«, protestierte er, »wenn das irgend etwas zu bedeuten hätte.«

»Oder er wollte Sie warnen. Denken Sie daran, er hat uns in die Wohnung mitgenommen. Er hat uns das mit Raul gesagt.«

»Er konnte nicht wissen, daß er uns begegnen würde.«

»Woher wissen Sie das?«

Er wollte einwenden, nichts ergebe einen Sinn, Raul existiere nicht, Teresa existiere nicht, und dann dachte er daran, daß sie packen und abreisen würde, und dann wäre alles wie eine Geschichte ohne Sinn gewesen.

»Die Leute kommen heraus«, sagte Beatrice.

Sie fanden einen Seiteneingang, der in die einzige, große Garderobe führte. Den Flur beleuchtete eine nackte Glühbirne, die schon viel zu viele Tage und Nächte dort hing. Mülleimer verstopften so gut wie den ganzen Korridor, und ein Neger mit einem Besen kehrte Wattebäusche zusammen, die mit Puder, Lippenstift und anderen dubiosen Dingen befleckt waren; es roch überall nach Fruchtbonbons. Vielleicht gab es dort niemand namens Teresa, aber er wünschte sich, er hätte eine weniger populäre Heilige ausgesucht. Er stieß eine Tür auf, und es war wie ein mittelalterliches Inferno, voller Rauch und nackter Frauen.

Er sagte zu Beatrice: »Meinen Sie nicht, es wäre besser, wenn Sie nach Hause gingen?«

»Hier sind Sie derjenige, der Schutz braucht«, sagte sie.

Niemand bemerkte sie auch nur. Die Maske der Dicken baumelte an einem Ohr, und sie trank ein Glas Wein, ein Bein auf einen Stuhl gelegt. Ein sehr mageres Mädchen mit

Rippen wie Klaviertasten zog sich die Strümpfe an. Brüste schwangen, Hinterteile bückten sich, halbgerauchte Zigaretten qualmten in Untertassen; in der Luft hing der beißende Geruch von brennendem Papier. Auf einer Trittleiter stand ein Mann mit einem Schraubenzieher, der irgend etwas reparierte.

»Wo ist sie?« fragte Beatrice.

»Ich glaube nicht, daß sie hier ist. Vielleicht ist sie krank oder bei ihrem Liebhaber.«

Eine Welle warmer Luft schlug ihnen entgegen, als eine der Frauen sich ihr Kleid überzog. Puderstaub blieb liegen wie Asche.

»Versuchen Sie, ihren Namen zu rufen.«

Er rief halbherzig: »Teresa.« Niemand reagierte. Er versuchte es noch einmal, und der Mann mit dem Schraubenzieher sah auf ihn herunter.

»Paso algo?« fragte er.

Wormold sagte auf spanisch, er suche nach einer Frau namens Teresa. Der Mann meinte, Maria sei genauso gut. Er zeigte mit dem Schraubenzieher auf die Dicke.

»Was sagt er?«

»Er scheint Teresa nicht zu kennen.«

Der Mann mit dem Schraubenzieher setzte sich auf die oberste Sprosse der Leiter und hielt einen Vortrag. Er sagte, Maria sei die beste Frau, die man in Havanna finden könne. Sie wiege mit nichts an hundert Kilo.

»Offenbar ist Teresa nicht hier«, erklärte Wormold erleichtert.

»Teresa. Teresa. Was wollen Sie von Teresa?«

»Ja. Was wollen Sie von mir?« wollte das Mädchen wissen. Sie kam nach vorn, den Strumpf in der Hand. Ihre kleinen Brüste hatten die Größe von Birnen.

»Wer sind Sie?«

»*Soy* Teresa.«

Beatrice sagte: »Ist das Teresa? Sie haben gesagt, sie ist dick – wie die Frau mit der Maske.«

»Nein, nein«, sagte Wormold. »Das ist nicht Teresa. Sie ist Teresas Schwester. *Soy* heißt Schwester.« Er sagte: »Ich gebe ihr eine Nachricht mit.«

Er nahm den Arm des mageren Mädchens und führte sie ein Stück beiseite. Er versuchte, ihr auf spanisch zu erklären, sie müsse vorsichtig sein.

»Wer sind Sie? Ich verstehe nicht.«

»Es handelt sich um einen Irrtum. Es ist eine zu lange Geschichte. Es gibt Leute, die Ihnen vielleicht etwas antun wollen. Bitte, bleiben Sie ein paar Tage lang zu Hause. Kommen Sie nicht hierher.«

»Aber das muß ich. Hier treffe ich meine Kunden.«

Wormold holte ein Bündel Geld heraus. Er sagte: »Haben Sie Verwandte?«

»Meine Mutter.«

»Gehen Sie zu ihr.«

»Aber sie ist in Cienfuegos.«

»Hier ist jede Menge Geld, mit dem Sie nach Cienfuegos kommen.« Alle hörten jetzt zu. Sie drängten sich nahe heran. Der Mann mit dem Schraubenzieher war von der Leiter gestiegen. Wormold sah Beatrice außerhalb des Kreises; sie schob sich näher heran, versuchte, mitzubekommen, was er sagte.

Der Mann mit dem Schraubenzieher sagte: »Dieses Mädchen gehört Pedro. Sie können sie nicht einfach mitnehmen. Sie müssen erst mit Pedro reden.«

»Ich will nicht nach Cienfuegos«, sagte das Mädchen.

»Dort sind Sie in Sicherheit.«

Sie wandte sich an den Mann. »Er macht mir angst. Ich kann nicht verstehen, was er will.« Sie zeigte die Pesos. »Das ist zuviel Geld.« Sie wandte sich an alle. »Ich bin ein gutes Mädchen.«

»Wenn der Weizen gut steht, ist das Jahr nicht schlecht«, sagte die Dicke feierlich.

»Wo ist dein Pedro?« fragte der Mann.

»Er ist krank. Warum gibt mir der Mann soviel Geld? Ich bin ein gutes Mädchen. Ihr wißt, daß ich fünfzehn Pesos verlange. Ich bin kein Straßenmädchen.«

»Ein dürrer Hund hat viele Flöhe«, sagte die Dicke. Sie schien für jede Gelegenheit ein Sprichwort parat zu haben.

»Was ist los?« fragte Beatrice.

Eine Stimme zischte: »Pst, pst!« Es war der Neger, der den Flur gefegt hatte. Er sagte: *»Policia!«*

»Hol's der Teufel«, sagte Wormold, »jetzt ist alles im Eimer. Ich muß Sie hier rausbringen.« Niemand wirkte übermäßig beunruhigt. Die Dicke leerte ihr Weinglas und zog einen Schlüpfer an; das Mädchen namens Teresa rollte den zweiten Strumpf hoch.

»Es geht nicht um mich«, sagte Beatrice. »Sie müssen *sie* wegbringen.«

»Was will die Polizei?« fragte Wormold den Mann auf der Leiter.

»Eine Frau«, sagte er zynisch.

»Ich will diese junge Frau hinausbringen«, sagte Wormold. »Gibt es einen Hinterausgang?«

»Bei der Polizei gibt es immer einen Hinterausgang.«

»Wo?«

»Haben Sie fünfzig Pesos übrig?«

»Ja.«

»Geben Sie sie ihm. He, Miguel«, rief er dem Neger zu. »Sag ihnen, sie sollen drei Minuten schlafen. So, wer möchte die Freiheit spendiert haben?«

»Mir ist das Polizeirevier lieber«, sagte die Dicke. »Aber man muß ordentlich gekleidet sein.« Sie rückte sich den BH zurecht.

»Kommen Sie mit«, sagte Wormold zu Teresa.

»Warum?«

»Sie begreifen nicht – die Polizei sucht Sie.«

»Das bezweifle ich«, sagte der Mann mit dem Schraubenzieher. »Sie ist zu dünn. Beeilen Sie sich lieber. Fünfzig Pesos reichen nicht ewig.«

»Hier, nehmen Sie meinen Mantel«, sagte Beatrice. Sie legte ihn um die Schultern der jungen Frau, die jetzt Strümpfe anhatte und sonst nichts. Die junge Frau sagte: »Aber ich will bleiben.«

Der Mann gab ihr einen Klaps auf den Hintern und einen Schubs. »Du hast sein Geld«, sagte er. »Geh mit ihm.« Er dirigierte sie in ein kleines, übles Klo und dann durch ein Fenster. Sie standen auf der Straße. Ein Polizist, der vor dem Theater Wache stand, sah ostentativ weg. Ein Zuhälter pfiff und zeigte auf Wormolds Auto. Die junge Frau sagte wieder: »Ich will bleiben«, aber Beatrice stieß sie auf den Rücksitz und stieg neben ihr ein. »Ich schreie«, erklärte die junge Frau und lehnte sich aus dem Fenster. »Seien Sie nicht dumm«, sagte Beatrice und zog sie hinein. Wormold startete den Wagen.

Die junge Frau schrie, aber nur zaghaft. Der Polizist drehte sich um und schaute in die entgegengesetzte Richtung. Die fünfzig Pesos schienen noch zu wirken. Sie bogen rechts ab und fuhren Richtung Küste. Kein Auto folgte ihnen. Es war ganz einfach. Die junge Frau, die jetzt keine andere Wahl mehr hatte, zog der Schicklichkeit halber den Mantel zurecht und lehnte sich bequem zurück. Sie sagte: *»Hay mucha corriente.«*

»Was hat sie gesagt?«

»Sie hat sich beschwert, weil es zieht«, sagte Wormold.

»Sie scheint nicht besonders dankbar zu sein. Wo ist ihre Schwester?«

»Beim Direktor des Post- und Fernmeldewesens, in Cienfuegos. Natürlich könnte ich sie dorthin fahren. Wir würden zur Frühstückszeit ankommen. Aber ich muß an Milly denken.«

»Sie müssen an mehr als an Milly denken. Sie haben Professor Sanchez vergessen.«

»Professor Sanchez kann doch bestimmt warten.«

»Sie scheinen schnell zu handeln, wer sie auch sind.«

»Ich weiß nicht, wo er wohnt.«

»Aber ich. Ich habe ihn vorhin in der Liste des Country Clubs nachgeschlagen, ehe wir losgefahren sind.«

»Nehmen Sie das Mädchen mit und warten Sie bei mir auf mich.«

Sie kamen an die Küste. »Biegen Sie hier links ab«, sagte Beatrice.

»Ich bringe Sie nach Hause.«
»Es ist besser, wenn wir zusammenbleiben.«
»Milly ...«
»Sie wollen *sie* doch nicht in Gefahr bringen, oder?«
Widerstrebend bog Wormold links ab. »Wohin?«
»Vedado«, sagte Beatrice.

3

Die Wolkenkratzer der neuen Stadt ragten im Mondlicht vor ihnen auf wie Eiszapfen. Am Himmel prangte ein riesiges H. H., wie das Monogramm auf Hawthornes Brusttasche, aber es hatte ebenfalls nichts Königliches an sich – es war nur Werbung für Mr. Hilton. Der Wind schaukelte das Auto, und der Gischt sprühte über die Fahrspuren und beschlug die Fenster auf der Meerseite. Die warme Nacht schmeckte nach Salz. Das Mädchen sagte: *»Hace demasiado calor.«*

»Was hat sie jetzt gesagt?«

»Sie hat gesagt, es ist zu heiß.«

»Sie ist schwierig«, sagte Beatrice. »Machen Sie das Fenster lieber wieder auf.«

»Und wenn sie schreit?«

»Dann schlage ich sie.«

Sie waren im neuen Viertel von Vedado: kleine cremefarbene und weiße Häuser, die reichen Männern gehörten. Wie reich ein Mann war, ließ sich daraus schließen, wie wenig Stockwerke das Haus hatte. Nur ein Millionär konnte sich einen Bungalow auf einem Grundstück leisten, auf dem ein

Wolkenkratzer hätte stehen können. Als Wormold das Fenster herunterließ, konnten sie die Blumen riechen. Beatrice ließ ihn vor einem Tor in einer hohen weißen Mauer halten. Sie sagte: »Ich sehe Licht im Patio. Es scheint alles in Ordnung zu sein. Ich bewache Ihr kostbares Stück Fleisch, während Sie hineingehen.«

»Für einen Professor scheint er sehr wohlhabend zu sein.«

»Nach Ihren Abrechnungen ist er nicht zu reich, Spesen zu verlangen.«

Wormold sagte: »Lassen Sie mir Zeit. Fahren Sie nicht weg.«

»Sieht mir das ähnlich? Sie sollten sich lieber beeilen. Bis jetzt haben sie nur einen von dreien eliminiert und einen knapp verfehlt.«

Er versuchte das Gittertor zu öffnen. Es war nicht abgeschlossen. Die Lage war absurd. Wie sollte er sein Kommen erklären? »Sie sind einer meiner Agenten, ohne es zu wissen. Sie sind in Gefahr. Sie müssen sich verstecken.« Er wußte nicht einmal, in welchem Fach Sanchez Professor war.

Ein kurzer Weg zwischen zwei Palmen führte zu einem zweiten Gittertor, und dahinter lag ein kleiner Patio, auf dem die Lichter brannten. Ein Grammophon spielte leise, und zwei große Gestalten drehten sich schweigend Wange an Wange. Als er den Weg entlanghumpelte, ging eine versteckte Alarmglocke los. Die Tänzer hielten inne, und einer von beiden kam ihm auf dem Pfad entgegen.

»Wer ist da?«

»Professor Sanchez?«

»Ja.«

Beide traten ins Licht. Der Professor trug ein weißes Smokingjackett, sein Haar war weiß, er hatte weiße Bartstoppeln am Kinn, und er hielt einen Revolver in der Hand, mit dem er auf Wormold zielte. Wormold sah, daß die Frau hinter ihm sehr jung und sehr schön war. Sie bückte sich und schaltete das Grammophon aus.

»Verzeihen Sie, daß ich Sie um diese Zeit besuche«, sagte Wormold. Er hatte keine Ahnung, wie er anfangen sollte, und der Revolver beunruhigte ihn. Professoren sollten keine Revolver tragen.

»Leider kann ich mich nicht an Ihr Gesicht erinnern.« Der Professor sprach höflich und hielt den Revolver auf Wormolds Magen gerichtet.

»Es gibt auch keinen Grund, warum Sie sich daran erinnern sollten. Es sei denn, Sie haben einen Staubsauger.«

»Staubsauger? Ich nehme an, ich habe einen. Warum? Meine Frau müßte das wissen.« Die junge Frau kam über den Patio zu ihnen. Sie trug keine Schuhe. Die abgestreiften Schuhe standen wie Mausefallen neben dem Grammophon. »Was will er?« fragte sie unfreundlich.

»Es tut mir leid, Sie zu stören, Señora Sanchez.«

»Sag ihm, daß ich nicht Señora Sanchez bin«, sagte die junge Frau.

»Er sagt, er hat irgend etwas mit Staubsaugern zu tun«, sagte der Professor. »Glaubst du, daß Maria, ehe sie ausgezogen ist …?«

»Warum kommt er um ein Uhr morgens hierher?«

»Sie müssen mir verzeihen«, sagte der Professor mit verlegener Miene, »aber die Zeit ist tatsächlich etwas ungewöhnlich. In der Regel rechnet man nicht mit Besuchern …«

»Sie scheinen damit zu rechnen.«

»Ach, das hier – man muß Vorsichtsmaßnahmen ergreifen. Wissen Sie, ich habe ein paar sehr schöne Renoirs.«

»Er hat es nicht auf die Bilder abgesehen. Maria hat ihn geschickt. Sie sind ein Spion, nicht wahr?« fragte die junge Frau grimmig.

»In gewisser Weise.«

Die junge Frau begann zu weinen, trommelte gegen ihre langen, schlanken Seiten. Ihre Armbänder klirrten und glitzerten.

»Nicht, Liebes, nicht. Ich bin mir sicher, es gibt eine Erklärung.«

»Sie neidet uns unser Glück«, sagte die junge Frau. »Erst hat sie den Kardinal geschickt, nicht wahr, und jetzt diesen Mann … Sind Sie Priester?« fragte sie.

»Meine Liebe, natürlich ist er kein Priester. Sieh dir seine Kleidung an.«

»Professor für Komparatistik magst du ja sein«, sagte die junge Frau, »aber dich kann jeder täuschen. Sind Sie Priester?« wiederholte sie.

»Nein.«

»Was sind Sie?«

»Ich verkaufe Staubsauger.«

»Sie haben gesagt, Sie sind ein Spion.«

»Ja, ich nehme an, in einem gewissen Sinn …«

»Weshalb sind Sie hergekommen?«

»Um Sie zu warnen.«

Die junge Frau stieß ein seltsames, hundeähnliches Jaulen aus. »Siehst du«, sagte sie zu dem Professor, »jetzt droht sie uns. Erst der Kardinal und dann …«

»Der Kardinal hat nur seine Pflicht getan. Schließlich ist er Marias Vetter.«

»Du hast Angst vor ihm. Du willst mich verlassen.«

»Meine Liebe, du weißt, daß das nicht stimmt.« Er sagte zu Wormold: »Wo ist Maria jetzt?«

»Ich weiß es nicht.«

»Wann haben Sie sie zum letztenmal gesehen?«

»Aber ich habe sie noch nie gesehen.«

»Sie widersprechen sich ziemlich, nicht wahr?«

»Er ist ein verlogener Hund«, sagte die junge Frau.

»Nicht unbedingt, Liebes. Vielleicht ist er bei irgendeiner Agentur beschäftigt. Wir sollten uns besser in aller Ruhe setzen und hören, was er zu sagen hat. Wut ist immer ein Fehler. Er tut seine Pflicht – und das ist mehr, als man von uns sagen kann.« Der Professor ging voraus zum Patio. Er hatte den Revolver wieder eingesteckt. Die junge Frau wartete, bis Wormold folgte, und bildete dann die Nachhut wie ein Wachhund. Wormold rechnete halb damit, daß sie ihn in den Knöchel biß. Er dachte: Wenn ich nicht bald den Mund aufmache, tue ich es nie.

»Setzen Sie sich«, sagte der Professor. *War* das Komparatistik?

»Darf ich Ihnen etwas zu trinken anbieten?«

»Bitte keine Umstände.«

»Sie trinken nicht im Dienst?«

»Dienst!« sagte die junge Frau. »Du behandelst ihn wie ein menschliches Wesen. Wem erweist er schon einen Dienst außer seinen ekelhaften Auftraggebern?«

»Ich bin hier, um Sie davor zu warnen, daß die Polizei ...«

»Oh, kommen Sie, Ehebruch ist kein Verbrechen«, sagte der Professor. »Ich glaube, er ist selten so gesehen worden außer in den amerikanischen Kolonien im siebzehnten Jahrhundert. Und natürlich im mosaischen Gesetz.«

»Ehebruch hat nichts damit zu tun«, sagte die junge Frau. »Sie hatte nichts dagegen, daß wir miteinander schlafen, es hat ihr nur etwas ausgemacht, daß wir zusammen sind.«

»Man kann kaum das eine ohne das andere haben, falls man nicht an das Neue Testament denkt«, sagte der Professor. »Sündigen mit dem Herzen.«

»Du hast kein Herz, wenn du diesen Mann nicht hinauswirfst. Wir sitzen hier und reden, als ob wir seit Jahren verheiratet wären. Wenn du bloß die ganze Nacht herumsitzen und reden willst, warum bist du dann nicht bei Maria geblieben?« »Meine Liebe, es war deine Idee, vor dem Zubettgehen zu tanzen.«

»Du nennst das, was du gemacht hast, tanzen?«

»Ich habe dir doch gesagt, ich will Stunden nehmen.«

»O ja, damit du in der Tanzschule mit den Mädchen zusammensein kannst.«

Das Gespräch schien Wormold zu entgleiten. Er sagte verzweifelt: »Auf Ingenieur Cifuentes ist geschossen worden. Sie sind in derselben Gefahr.«

»Wenn ich Mädchen wollte, Liebes, gäbe es sie reichlich in der Universität. Sie besuchen meine Vorlesungen. Zweifellos weißt du das, weil auch du meine Vorlesungen besucht hast.«

»Das wirfst du mir vor?«

»Du kommst vom Thema ab, Liebes. Unser Thema ist, was Maria möglicherweise als nächstes unternimmt.«

»Sie hätte schon vor zwei Jahren auf stärkehaltiges Essen verzichten sollen«, sagte das junge Mädchen gehässig, »weil sie dich ja kannte. Dir liegt nur etwas am Körper. In deinem Alter solltest du dich schämen.«

»Wenn du nicht willst, daß ich dich liebe ...«

»Liebe. Liebe.« Die junge Frau lief jetzt auf dem Patio hin und her. Sie beschrieb in der Luft Gesten, als wollte sie die Liebe zerstückeln. Wormold sagte: »Der Grund, aus dem Sie sich Sorgen machen sollten, hat nichts mit Maria zu tun.«

»Sie verlogener Hund«, schrie sie ihn an. »Sie haben gesagt, Sie hätten sie noch nie gesehen.«

»Habe ich auch nicht.«

»Warum nennen Sie sie dann Maria?« rief sie und vollführte triumphierende Tanzschritte mit einem imaginären Partner.

»Sie haben etwas über Cifuentes gesagt, junger Mann?«

»Auf ihn ist heute abend geschossen worden.«

»Von wem?«

»Das weiß ich nicht genau, aber es gehört alles zum selben Rundumschlag. Es ist ein bißchen schwierig, das zu erklären, aber Sie scheinen wirklich in großer Gefahr zu sein, Professor Sanchez. Natürlich ist das alles ein Irrtum. Die Polizei war auch im Shanghai Theatre.«

»Was habe ich mit dem Shanghai Theatre zu schaffen?«

»Ja, was?« rief die junge Frau melodramatisch. »Männer«, sagte sie, »Männer! Die arme Maria. Sie muß sich nicht nur mit einer Frau herumschlagen. Sie wird ein Massaker planen müssen.«

»Ich hatte nie etwas mit jemandem vom Shanghai Theatre zu tun.«

»Maria ist besser informiert. Ich nehme an, du bist ein Schlafwandler.«

»Du hast gehört, was er gesagt hat, es ist ein Irrtum. Schließlich ist auf Cifuentes geschossen worden. Die Schuld daran kannst du ihr nicht zuschieben.«

»Cifuentes? Hat er Cifuentes gesagt? Oh, du spanischer Idiot! Bloß weil er einmal im Club mit mir gesprochen hat, während du unter der Dusche warst, gehst du hin und heuerst Desperados an, damit sie ihn umbringen.«

»Bitte, Liebes, sei vernünftig. Ich habe das eben erst von dem Herrn hier erfahren ...«

»Er ist kein Herr. Er ist ein verlogener Hund.« Das Gespräch war wieder am Ausgangspunkt angelangt.

»Falls er ein Lügner ist, hör nicht auf das, was er sagt. Vermutlich verleumdet er Maria auch.«

»Ah, natürlich ergreifst du ihre Partei.«

Wormold sagte verzweifelt – es war sein letzter Anlauf: »Das hat nichts mit Maria zu tun – mit Señora Sanchez, meine ich.«

»Was in aller Welt hat Señora Sanchez damit zu tun?« fragte der Professor.

»Ich habe gedacht, Sie hätten gedacht, daß Maria ...«

»Junger Mann, Sie wollen mir doch nicht im Ernst erzählen, daß Maria vorhat, meiner Frau etwas anzutun und nicht nur meiner – meiner Freundin hier? Das ist zu absurd.«

Bis jetzt war es Wormold so vorgekommen, als ließe sich

der Irrtum leicht aus der Welt schaffen. Aber jetzt war es, als hätte er an einem einzigen losen Faden gezogen, und ein ganzer Anzug löse sich auf. War das Komparatistik? Er sagte: »Ich habe geglaubt, ich tue Ihnen einen Gefallen, wenn ich herkomme, um Sie zu warnen, aber es sieht danach aus, als ob der Tod für Sie die beste Lösung sein könnte.«

»Sie sind ein äußerst rätselhafter junger Mann.«

»Nicht jung. Wie es aussieht, Herr Professor, sind Sie jung.« In seiner Sorge sagte er laut: »Wenn nur Beatrice hier wäre.«

Der Professor sagte schnell: »Ich versichere dir felsenfest, Liebes, daß ich niemanden namens Beatrice kenne. Niemanden.«

Die junge Frau lachte wild.

»Sie scheinen einzig und allein hierhergekommen zu sein«, sagte der Professor, »um Ärger zu machen.« Es war seine erste Beschwerde, und unter den Umständen war sie sehr milde. »Ich kann mir nicht vorstellen, was Sie davon haben«, sagte er, ging ins Haus und schloß die Tür.

»Er ist ein Ungeheuer«, sagte die junge Frau. »Ein Ungeheuer. Ein Sexungeheuer. Ein Satyr.«

»Sie haben nichts verstanden.«

»Ich kenne den abgedroschenen Spruch – alles verstehen heißt alles verzeihen. In diesem Fall ist es aber nicht so.« Sie schien die Feindseligkeit Wormold gegenüber verloren zu haben. »Maria, ich, Beatrice – seine Frau zähle ich nicht mit, die Ärmste. Ich habe nichts gegen seine Frau. Haben Sie eine Waffe?«

»Natürlich nicht. Ich bin nur hergekommen, um ihn zu retten«, sagte Wormold.

»Lassen Sie die schießen«, sagte die junge Frau, »in den Bauch – tief unten.« Und auch sie ging ins Haus, mit entschlossener Miene.

Für Wormold gab es nichts mehr zu tun, er konnte nur gehen. Die unsichtbare Alarmanlage schlug ein zweites Mal an, als er zum Tor ging, aber in dem kleinen weißen Haus rührte sich niemand. Ich habe mein Bestes getan, dachte Wormold. Der Professor schien gut gegen jede Gefahr gewappnet, und vielleicht war das Eintreffen der Polizei sogar eine Erleichterung für ihn. Mit ihr würde er leichter zurechtkommen als mit der jungen Frau.

4

Während er durch den Duft der zur Nachtzeit blühenden Pflanzen zurückging, hatte er nur einen Wunsch: Beatrice alles zu erzählen. Ich bin kein Geheimagent, ich bin ein Betrüger, niemand von diesen Leuten ist mein Agent, und ich weiß nicht, was sich abspielt. Ich bin verloren. Ich habe Angst. Bestimmt hätte sie die Lage in den Griff bekommen; schließlich war sie ein Profi. Aber er wußte, daß er sich nicht an sie wenden würde. Das hätte bedeutet, daß er die Sicherheit für Milly aufgab. Lieber hätte er sich eliminieren lassen wie Raul. Zahlte sein Geheimdienst Nachkommen eine Rente? Aber wer war Raul?

Ehe er das zweite Tor erreicht hatte, rief Beatrice ihm zu: »Jim. Passen Sie auf. Bleiben Sie weg.« Selbst in diesem brisanten Augenblick ging ihm der Gedanke durch den Kopf: Ich heiße Wormold, Mr. Wormold, Señor Vomel, niemand nennt mich Jim. Dann lief er hüpfend und humpelnd auf die Stimme zu und kam auf die Straße, zu einem Funkstreifenwagen, drei Polizisten und einem weiteren auf seinen Magen gerichteten Revolver. Beatrice stand auf dem Trottoir, und das Mädchen war neben ihr, versuchte, einen Mantel, der dazu nicht entworfen war, geschlossen zu halten.

»Was ist denn los?«

»Ich verstehe kein Wort von dem, was sie sagen.«

Einer der Polizisten forderte ihn auf, in den Streifenwagen zu steigen.

»Was ist mit meinem Auto?«

»Es wird zum Revier gebracht.« Ehe er gehorchte, tasteten sie seine Brust und seine Seiten nach Waffen ab. Er sagte zu Beatrice: »Ich weiß nicht, worum es geht, aber es sieht nach dem Ende einer glanzvollen Karriere aus.« Der Polizist sagte wieder etwas. »Er will, daß Sie ebenfalls einsteigen.«

»Sagen Sie ihm«, sagte Beatrice, »daß ich bei Teresas Schwester bleibe. Ich traue denen nicht.«

Die beiden Autos fuhren leise an den kleinen Häusern der Millionäre vorbei, um niemanden zu stören, als wären sie auf einer Straße zwischen Krankenhäusern; die Reichen brauchen Schlaf. Sie mußten nicht weit fahren: ein Hof, ein Tor, das sich hinter ihnen schloß, und dann der Geruch eines Polizeireviers, der wie der Ammoniakgestank von Zoos überall auf der Welt gleich ist. Im getünchten Korridor hingen die Bilder von Männern, nach denen gefahndet wurde, mit dem unechten Aussehen bärtiger alter Lehrer. Im Zimmer am Ende des Flurs saß Hauptmann Segura und spielte Dame. »Ich schlage«, sagte er und nahm zwei Steine vom Brett. Dann schaute er auf. »Mr. Wormold«, sagte er überrascht und erhob sich wie eine kleine, schmucke grüne Schlange vom Stuhl, als er Beatrice sah. Er sah an ihr vorbei Teresa an; der Mantel war wieder aufgegangen, vielleicht mit Absicht. Er sagte: »Wer in Gottes Namen ...?« und dann zu dem Polizisten, mit dem er gespielt hatte: *»Anda!«*

»Was hat das alles zu bedeuten, Hauptmann Segura?«

»Das fragen Sie mich, Mr. Wormold?«

»Ja.«

»Ich wünschte, Sie würden mir sagen, was es zu bedeuten hat. Ich hatte keine Ahnung, daß ich Sie zu sehen bekomme – Millys Vater. Mr. Wormold, wir haben einen Anruf von einem Professor Sanchez bekommen wegen eines Mannes, der mit vagen Drohungen in sein Haus eingedrungen ist. Er glaubt, es hätte vielleicht etwas mit seinen Bildern zu tun; er hat sehr wertvolle Bilder. Ich habe sofort einen Funkstreifenwagen hingeschickt, und Sie werden aufgelesen, mit der Señorita (wir kennen uns) und einer nackten Nutte.« Wie der Polizeisergeant in Santiago fügte er hinzu: »Das ist gar nicht schön, Mr. Wormold.«

»Wir waren im Shanghai.«

»Das ist auch nicht schön.«

»Ich habe es satt, von der Polizei zu hören, was ich mache, sei nicht schön.«

»Warum haben Sie Professor Sanchez besucht?«

»Das war alles ein Irrtum.«

»Warum haben Sie eine nackte Nutte im Auto?«

»Wir haben sie ein Stück mitgenommen.«

»Sie hat kein Recht, nackt auf der Straße herumzulaufen.« Der Polizist lehnte sich über den Schreibtisch und flüsterte. »Ah«, sagte Hauptmann Segura. »Allmählich verstehe ich. Heute nacht war eine Polizeirazzia im Shanghai. Ich nehme an, das Mädchen hatte seine Papiere vergessen und wollte einer Nacht in der Zelle entgehen. Sie hat Sie angefleht …«

»So war es ganz und gar nicht.«

»Es wäre besser, wenn es so gewesen wäre, Mr. Wormold.« Er sagte auf spanisch zu dem Mädchen: »Deine Papiere. Du hast keine Papiere.«

Sie sagte entrüstet: *»Si, yo tengo.«* Sie bückte sich und zog zerknüllte Papierfetzen aus ihrem Strumpf. Hauptmann Segura nahm sie und musterte sie. Er stieß einen tiefen Seufzer aus. »Mr. Wormold, Mr. Wormold, ihre Papiere sind in Ordnung. Warum fahren Sie mit einem nackten Mädchen auf der Straße herum? Warum dringen Sie in das Haus von Professor Sanchez ein, sprechen mit ihm über seine Frau und drohen ihm? Was geht Sie seine Frau an?« Er sagte scharf zu dem Mädchen: »Hau ab.« Sie zögerte und wollte den Mantel ausziehen.

»Sie soll ihn lieber anbehalten«, sagte Beatrice.

Hauptmann Segura setzte sich müde vor das Damebrett. »Mr. Wormold, zu Ihrem Besten sage ich Ihnen eines: Lassen Sie sich nicht mit der Frau von Professor Sanchez ein. Das ist keine Frau, mit der Sie so einfach umspringen können.«

»Ich habe mich nicht mit …«

»Spielen Sie Dame, Mr. Wormold?«

»Ja. Leider nicht besonders gut.«

»Besser als die Schweine hier auf dem Revier, nehme ich an. Wir müssen manchmal miteinander spielen, Sie und ich.

Aber beim Damespiel muß man sehr vorsichtig vorgehen, genau wie bei der Frau von Professor Sanchez.« Er verschob wahllos einen Stein auf dem Brett und sagte: »Sie waren heute abend bei Dr. Hasselbacher.«

»Ja.«

»War das klug, Mr. Wormold?« Er sah nicht auf, verschob die Steine hierhin und dorthin, spielte gegen sich selbst.

»Klug?«

»Dr. Hasselbacher ist in seltsame Gesellschaft geraten.«

»Darüber weiß ich nichts.«

»Warum haben Sie ihm aus Santiago eine Postkarte geschickt, auf der Sie Ihr Zimmer angekreuzt haben?«

»Wieviel unwichtiges Zeug Sie doch wissen, Hauptmann Segura.«

»Ich habe einen Grund, mich für Sie zu interessieren, Mr. Wormold. Ich möchte nicht erleben, daß Sie hineingezogen werden. Was wollte Ihnen Dr. Hasselbacher heute abend sagen? Sein Telefon ist angezapft, verstehen Sie.«

»Er wollte uns eine Plattenaufnahme von ›Tristan‹ vorspielen.«

»Und vielleicht über das hier sprechen?« Hauptmann Segura drehte ein Foto auf seinem Schreibtisch um – eine Blitzlichtaufnahme mit den typischen grellen weißen Gesichtern um einen Haufen zerquetschtes Metall herum, der einmal ein Auto gewesen war. »Und das hier?« Das Gesicht eines jungen Mannes, das vor dem Blitzlicht nicht zusammenzuckte, eine leere Zigarettenschachtel, zusammengedrückt wie sein Leben, der Fuß eines Mannes, der ihn an der Schulter berührte.

»Kennen Sie ihn?«

»Nein.«

Hauptmann Segura drückte auf einen Knopf, und aus einem Gerät auf seinem Schreibtisch sprach eine Stimme auf englisch. »Hallo. Hallo. Hier ist Hasselbacher.«

»Ist jemand bei Ihnen, H-Hasselbacher?«

»Ja. Freunde.«

»Was für Freunde?«

»Wenn Sie es unbedingt wissen müssen, Mr. Wormold ist hier.«

»Sagen Sie ihm, Raul ist tot.«

»Tot? Aber Sie haben versprochen …«

»Einen Unfall hat man nicht immer im Griff, H-Hasselbacher.« Die Stimme zögerte leicht vor dem Hauchlaut.

»Sie haben mir Ihr Wort gegeben …«

»Das Auto hat sich zu oft überschlagen.«

»Sie haben gesagt, es sei nur eine Warnung.«

»Es ist immer noch eine Warnung. Gehen Sie h-hinein und sagen Sie ihm, daß Raul tot ist.«

Das Zischen des Bandes ging noch einen Augenblick lang weiter; eine Tür wurde geschlossen.

»Behaupten Sie immer noch, daß Sie nichts von Raul wissen?« fragte Segura.

Wormold sah Beatrice an. Sie bewegte leicht verneinend den Kopf. Wormold sagte: »Ich gebe Ihnen mein Ehrenwort, daß ich bis heute abend nicht einmal von seiner Existenz gewußt habe.«

Segura verschob einen Stein. »Ihr Ehrenwort?«

»Mein Ehrenwort.«

»Sie sind Millys Vater. Ich muß es Ihnen abnehmen. Aber

halten Sie sich fern von nackten Nutten und der Frau des Professors. Gute Nacht, Mr. Wormold.«

»Gute Nacht.«

Sie waren an der Tür, als Segura noch etwas sagte. »Und unser Damespiel, Mr. Wormold. Das wollen wir nicht vergessen.«

Der alte Hillman wartete auf der Straße. Wormold sagte: »Ich lasse Sie bei Milly.«

»Wollen Sie nicht nach Hause?«

»Jetzt ist es zu spät zum Schlafen.«

»Wohin wollen Sie? Kann ich nicht mitkommen?«

»Ich möchte, daß Sie bei Milly bleiben, falls etwas passiert. Haben Sie das Foto gesehen?«

»Ja.«

Bis zur Lamparilla sprachen sie kein Wort mehr. Dann sagte Beatrice: »Ich wünschte, Sie hätten nicht Ihr Ehrenwort gegeben. So weit hätten Sie nicht zu gehen brauchen.«

»Nein?«

»Oh, es war professionell von Ihnen, das ist mir klar. Es tut mir leid. Dumm von mir. Aber Sie sind professioneller, als ich es bei Ihnen je für möglich gehalten hätte.« Er schloß ihr die Ladentür auf und beobachtete, wie sie durch die Staubsauger hindurch davonging wie eine Trauernde auf einem Friedhof.

2. Kapitel

An der Tür von Dr. Hasselbachers Wohnhaus klingelte er bei einem Fremden im zweiten Stock, bei dem Licht brannte. Ein Summer ertönte, und die Tür ging auf. Der Aufzug stand unten, und er fuhr zu Dr. Hasselbachers Wohnung hinauf. Dr. Hasselbacher hatte offenbar ebenfalls keinen Schlaf gefunden. Unter dem Türspalt schimmerte Licht hervor. War er allein oder besprach er sich mit der Stimme auf dem Band?

Allmählich lernte Wormold die Vorsicht und die Tricks in seinem unwirklichen Gewerbe. Auf dem Treppenabsatz führte eine Glastür auf einen sinnlosen, für die Benützung zu schmalen Balkon. Von diesem Balkon aus konnte er Licht in der Wohnung des Arztes sehen, und es war nur ein langer Schritt von einem Balkon zum andern. Er schaute dabei nicht nach unten. Die Vorhänge waren nicht ganz zugezogen. Er spähte durch den Spalt.

Dr. Hasselbacher saß ihm zugewandt da und trug eine alte Pickelhaube, einen Brustharnisch, Stiefel und weiße Handschuhe. Das konnte nur eine alte Ulanenuniform sein. Seine Augen waren geschlossen, und er schien zu schlafen. Er trug ein Schwert und sah aus wie ein Statist in einem Filmstudio. Wormold klopfte ans Fenster. Dr. Hasselbacher machte die Augen auf und schaute ihm direkt ins Gesicht.

»Hasselbacher.«

Der Arzt machte eine kleine Bewegung, vielleicht aus Panik. Er versuchte, die Pickelhaube abzustreifen, aber der Kinnriemen hinderte ihn daran.

»Ich bin's, Wormold.«

Der Arzt kam widerstrebend ans Fenster. Seine Reithosen waren viel zu eng. Sie waren für einen jüngeren Mann angefertigt worden.

»Was tun Sie hier, Mr. Wormold?«

»Was tun Sie hier, Hasselbacher?«

Der Arzt machte das Fenster auf und ließ Wormold ein. Er stellte fest, daß er im Schlafzimmer des Arztes war. Ein großer Schrank stand offen, und die zwei weißen Anzüge darin sahen aus wie die letzten Zähne in einem alten Mund. Hasselbacher begann, die Handschuhe auszuziehen. »Waren Sie bei einem Kostümball, Hasselbacher?«

Dr. Hasselbacher sagte mit Scham in der Stimme: »Das können Sie nicht verstehen.« Er entledigte sich Stück für Stück seiner Montur – erst die Handschuhe, dann die Pickelhaube, der Brustharnisch, der Wormold und die Möbel im Zimmer verzerrt reflektierte wie in einem Spiegelkabinett. »Warum sind Sie zurückgekommen? Warum haben Sie nicht geklingelt?«

»Ich will wissen, wer Raul ist.«

»Das wissen Sie schon.«

»Ich habe keine Ahnung.«

Dr. Hasselbacher setzte sich und zog an den Stiefeln.

»Sind Sie ein Bewunderer von Charles Lamb, Dr. Hasselbacher?«

»Milly hat ihn mir geliehen. Wissen Sie nicht mehr, wie sie darüber geredet hat …?« Er saß trostlos in den prallen Reithosen da. Wormold sah, daß ein Saum aufgetrennt worden war, um Platz für den Hasselbacher von heute zu schaffen. Ja, jetzt erinnerte er sich an den Abend im Tropicana.

»Ich nehme an«, sagte Hasselbacher, »ich muß Ihnen diese Uniform erklären.«

»Andere Erklärungen sind wichtiger.«

»Ich war Ulanenoffizier – oh, vor fünfundvierzig Jahren.«

»Ich erinnere mich an ein Foto von Ihnen im Wohnzimmer. Da waren Sie nicht so gekleidet. Sie sahen – praktischer aus.«

»Das war, als der Krieg angefangen hatte. Schauen Sie hinüber zu meiner Ankleidekommode – 1913, die Junimanöver, der Kaiser hat uns inspiziert.« Das alte braune Foto mit dem eingeprägten Siegel des Fotografen in der Ecke zeigte die langen Reihen der Kavallerie mit gezogenen Schwertern und eine kleine, kaiserliche Gestalt mit einem verkrüppelten Arm, die auf einem Schimmel vorbeiritt. »Damals«, sagte Dr. Hasselbacher, »war alles so friedlich.«

»Friedlich?«

»Bis der Krieg kam.«

»Aber ich habe geglaubt, Sie sind Arzt.«

»Das bin ich später geworden. Als der Krieg vorbei war. Nachdem ich einen Mann getötet hatte. Man tötet einen Mann – das ist so einfach«, sagte Dr. Hasselbacher, »dazu braucht man kein Können. Man ist sich dessen sicher, was man getan hat, man kann den Tod erkennen, aber einen Menschen zu retten – dazu braucht man über sechs Jahre Ausbildung, und am Ende kann man sich nie ganz sicher sein, was ihn tatsächlich gerettet hat. Keime töten andere Keime ab. Die Menschen überleben einfach. Ich kenne keinen einzigen Patienten, von dem ich sicher weiß, daß ich ihn gerettet habe, aber der Mann, den ich getötet habe – den kenne ich. Er war Russe und sehr mager. Als ich den Stahl hineinstieß, kratzte er gegen die Knochen. Es ging mir durch und durch. Ringsherum waren nur Sümpfe, und sie nannten es Tannenberg. Ich hasse den Krieg, Mr. Wormold.«

»Warum verkleiden Sie sich dann als Soldat?«

»Ich war nicht so verkleidet, als ich einen Mann getötet habe. Das hier war friedlich. Ich liebe das hier.« Er berührte den Brustharnisch neben ihm auf dem Bett. »Aber dort klebte der Schlamm der Sümpfe an uns.« Er sagte: »Haben Sie nie das Verlangen, Mr. Wormold, zum Frieden zurückzukehren? O nein, ich vergesse ja, daß Sie jung sind, Sie haben das nie erlebt. Das war für uns alle der letzte Frieden. Die Hosen passen nicht mehr.«

»Was hat Sie – heute nacht – dazu gebracht, sich so zu verkleiden, Hasselbacher?«

»Der Tod eines Mannes.«

»Raul?«

»Ja.«

»Haben Sie ihn gekannt?«

»Ja.«

»Erzählen Sie mir von ihm.«

»Ich will nicht reden.«

»Es wäre besser, darüber zu reden.«

»Wir waren beide für seinen Tod verantwortlich, Sie und ich«, sagte Dr. Hasselbacher. »Ich weiß nicht, wer Sie geködert hat oder wie, aber wenn ich mich geweigert hätte, denen zu helfen, hätten sie mich abgeschoben. Was könnte ich jetzt außerhalb Kubas anfangen? Ich habe Ihnen gesagt, daß ich Papiere verloren habe.«

»Was für Papiere?«

»Lassen wir das. Gibt es nicht in unser aller Vergangenheit etwas, was uns Sorgen macht? Ich weiß jetzt, warum in meine Wohnung eingebrochen wurde. Weil ich ein Freund von Ihnen war. Bitte, gehen Sie, Mr. Wormold. Wer weiß, was die von mir erwarten würden, wenn die wüßten, daß Sie hier sind?«

»Wer sind die?«

»Das wissen Sie besser als ich, Mr. Wormold. Sie stellen sich nicht vor.« Im Nebenzimmer bewegte sich etwas.

»Nur eine Maus, Mr. Wormold. Ich lege ihr nachts ein Stück Käse hin.«

»Milly hat Ihnen also Lambs Erzählungen geliehen.«

»Ich bin froh, daß Sie Ihren Code geändert haben«, sagte Dr. Hasselbacher. »Vielleicht lassen sie mich jetzt in Ruhe. Ich kann ihnen nicht mehr helfen. Man fängt mit Akrostichen, Kreuzworträtseln und mathematischen Spielen an, und dann, ehe man es weiß, ist man angeheuert ... Heutzutage müssen wir sogar bei unseren Hobbys vorsichtig sein.«

»Aber Raul – er hat nicht einmal existiert. Sie haben mir geraten zu lügen, und ich habe gelogen. Sie waren alle nur erfunden, Hasselbacher.«

»Und Cifuentes? Wollen Sie mir erzählen, daß er auch nicht existiert?«

»Bei ihm war es anders. Raul habe ich erfunden.«

»Dann haben Sie ihn zu gut erfunden, Mr. Wormold. Jetzt gibt es eine ganze Akte über ihn.«

»Er war nicht realer als eine Figur in einem Roman.«

»Sind Romanfiguren immer erfunden? Ich weiß nicht,

wie ein Romanautor arbeitet, Mr. Wormold. Vor Ihnen habe ich nie einen gekannt.«

»Bei der Fluglinie Cubana gab es keinen betrunkenen Piloten.«

»Oh, ich stimme Ihnen zu, dieses Detail müssen Sie erfunden haben. Ich weiß nicht, warum.«

»Wenn Sie meine Telegramme entschlüsselt haben, müssen Sie doch gemerkt haben, daß nichts Wahres darin stand, Sie kennen die Stadt. Ein wegen Trunkenheit entlassener Pilot, ein Freund mit einem Flugzeug, lauter Erfindungen.«

»Ich kenne Ihr Motiv nicht, Mr. Wormold. Vielleicht wollten Sie für den Fall, daß wir Ihren Code knackten, seine Identität verschleiern. Wenn Ihre Freunde gewußt hätten, daß er Privatvermögen und ein eigenes Flugzeug hatte, hätten sie ihm vielleicht nicht so viel bezahlt. Ich frage mich, wieviel davon in seine Tasche gewandert ist und wieviel in Ihre?«

»Ich verstehe kein Wort von dem, was Sie sagen.«

»Sie lesen Zeitung, Mr. Wormold. Sie wissen, daß ihm vor einem Monat, als er betrunken auf einem Kinderspielplatz gelandet ist, der Flugschein abgenommen wurde.«

»Ich lese die Lokalzeitungen nicht.«

»Nie? Natürlich hat er abgestritten, für Sie zu arbeiten. Sie haben ihm eine Menge Geld angeboten, damit er statt dessen für Sie arbeitete. Sie wollten auch Fotos, Mr. Wormold, von den Plattformen, die Sie in den Bergen von Oriente entdeckt haben.«

»Dort gibt es keine Plattformen.«

»Erwarten Sie nicht, daß ich zuviel glaube, Mr. Wormold. Sie haben sich in einem Telegramm auf Pläne bezogen, die

Sie nach London geschickt haben. Die brauchten auch Fotos.«

»Sie müssen wissen, wer die sind.«

»Cui bono?«

»Und was haben die für mich geplant?«

»Anfangs haben sie mir versprochen, nichts zu planen. Sie waren nützlich für die gewesen. Sie wußten von Anfang an über Sie Bescheid, Mr. Wormold, aber sie haben Sie nicht ernst genommen. Sie glaubten sogar, Ihre Berichte seien möglicherweise erfunden. Aber dann haben Sie Ihren Code geändert, und Ihr Personal wurde vergrößert. So leicht hätte sich der britische Geheimdienst nicht täuschen lassen, nicht wahr?« Eine Art Loyalität Hawthorne gegenüber ließ Wormold schweigen. »Mr. Wormold, Mr. Wormold, warum haben Sie überhaupt damit angefangen?«

»Sie wissen, warum. Ich brauchte das Geld.« Er ertappte sich dabei, daß er die Wahrheit benutzte wie ein Beruhigungsmittel.

»Ich hätte Ihnen Geld geliehen. Ich habe es angeboten.«

»Ich brauchte mehr, als Sie mir leihen konnten.«

»Für Milly?«

»Ja.«

»Passen Sie gut auf sie auf, Mr. Wormold. Sie sind in einem Gewerbe, wo es gefährlich ist, jemanden oder etwas zu lieben. Dort schlagen sie zu. Erinnern Sie sich an die Kultur, die ich angelegt habe?«

»Ja.«

»Wenn sie meinen Lebenswillen nicht zerstört hätten, wäre ich vielleicht nicht so leicht zu überreden gewesen.«

»Glauben Sie wirklich …?«

»Ich bitte Sie nur, vorsichtig zu sein.«

»Darf ich Ihr Telefon benützen?«

»Ja.«

Wormold rief bei sich zu Hause an. Bildete er sich das leichte Klicken nur ein, das verriet, der Anzapfer sei auf dem Posten? Beatrice meldete sich. Er sagte: »Ist alles ruhig?«

»Ja.«

»Warten Sie, bis ich komme. Was macht Milly?«

»Schläft tief.«

»Ich komme gleich.«

Dr. Hasselbacher sagte: »Sie hätten sich die Liebe in Ihrer Stimme nicht anmerken lassen dürfen. Wer weiß, wer mitgehört hat?« Der engen Reithosen wegen ging er mit Mühe zur Tür. »Gute Nacht, Mr. Wormold. Hier ist der Lamb.«

»Ich brauche ihn nicht mehr.«

»Vielleicht möchte Milly ihn. Könnten Sie bitte zu niemandem etwas über dieses – dieses – Kostüm sagen? Ich weiß, es ist absurd, aber ich habe diese Zeit geliebt. Einmal hat der Kaiser mit mir gesprochen.«

»Was hat er gesagt?«

»Er hat gesagt: ›Ich erinnere mich an Sie. Sie sind Hauptmann Müller.‹«

Zwischenspiel in London

Wenn der Chef Gäste hatte, aß er zu Hause und kochte das Abendessen selbst, denn seinen peinlich genauen, romantischen Maßstäben genügte kein Restaurant. Es wurde erzählt, einmal, als er krank gewesen sei, habe er sich geweigert, eine Einladung eines alten Freundes abzusagen, sondern das Essen vom Bett aus per Telefon gekocht. Er habe mit einer Uhr auf dem Nachttisch das Gespräch zum korrekten Zeitpunkt unterbrochen, um seinem Diener Anweisungen zu geben: »Hallo, hallo, Brewer, hallo, Sie sollten das Huhn jetzt aus dem Ofen nehmen und noch einmal begießen.«

Es hieß außerdem, er habe einmal, als er länger im Büro aufgehalten worden war, versucht, das Essen von dort aus zu kochen, und es sei ruiniert gewesen, weil er aus Gewohnheit das rote Telefon benützt habe, mit dem Zerhacker, und nur seltsame Geräusche, die schnell gesprochenem Japanisch ähnelten, ans Ohr des Dieners gedrungen seien.

Das Essen, das er dem Unterstaatssekretär servierte, war einfach und ausgezeichnet: ein Rostbraten mit einem Hauch Knoblauch. Auf der Anrichte stand ein Wensleydale-Käse, und die Ruhe von Albany umgab sie wie hoher Schnee. Nach seinen Bemühungen in der Küche roch der Chef leicht nach Bratensauce.

»Es ist wirklich vorzüglich. Vorzüglich.«

»Ein altes Rezept aus Norfolk. Granny Browns Rostbraten Ipswich.«

»Und das Fleisch ... es zergeht wirklich auf der Zunge ...«

»Ich habe Brewer das Einkaufen beigebracht, aber ein Koch wird er nie. Er braucht ständige Aufsicht.«

Sie aßen eine Weile in ehrfürchtigem Schweigen; das Klappern von Frauenabsätzen auf dem Rope Walk war die einzige Ablenkung.

»Ein guter Wein«, sagte der Unterstaatssekretär schließlich.

»Der 55er entwickelt sich prächtig. Noch ein bißchen jung?«

»Kaum.«

Beim Käse ergriff der Chef wieder das Wort. »Die russische Note – was hält das Außenministerium davon?«

»Die Bemerkung über die Basen in der Karibik hat uns etwas verblüfft.« Romary-Kekse knackten. »Sie können kaum die Bahamas meinen. Die dortigen sind etwa das wert, was uns die Yankees dafür bezahlt haben, ein paar alte Zerstörer. Wir haben jedoch immer angenommen, daß die Bauten in Kuba von den Kommunisten stammen. Meinen Sie, sie könnten vielleicht doch amerikanischer Herkunft sein?«

»Wären wir darüber nicht informiert worden?«

»Nicht unbedingt, fürchte ich. Seit dem Fall Fuchs. Sie sagen, wir behalten auch jede Menge für uns. Was sagt unser Mann in Havanna?«

»Ich werde ihn um eine volle Einschätzung der Lage bitten. Wie ist der Wensleydale?«

»Perfekt.«

»Gießen Sie sich den Port bitte selbst ein.«

»35er Cockburn, nicht wahr?«

»27er.«

»Glauben Sie, sie sind letzten Endes auf Krieg aus?«

»Darüber weiß ich auch nicht mehr als Sie.«

»Sie sind in Kuba sehr aktiv geworden – offenbar mit Hilfe der Polizei. Unser Mann in Havanna hat eine schwere Zeit durchgemacht. Wie Sie wissen, ist sein bester Agent ums Leben gekommen, durch einen Unfall natürlich, als er auf dem Weg war, um Luftaufnahmen von diesen Bauten zu machen – ein schwerer Verlust für uns. Aber für diese Fotos würde ich weit mehr als das Leben eines Mannes geben. Tatsächlich haben wir fünfzehnhundert Dollar dafür bezahlt. Auf einen anderen Agenten von uns ist auf der Straße geschossen worden, und er hat es mit der Angst zu tun bekommen. Ein dritter ist untergetaucht. Eine Frau arbeitet auch für uns, sie ist verhört worden, obwohl sie die Geliebte des Direktors des Post- und Fernmeldewesens ist. Unseren Mann haben sie bis jetzt in Ruhe gelassen, vielleicht, um ihn zu beobachten. Wie auch immer, er ist ein vorsichtiger alter Fuchs.«

»Er muß aber doch ein bißchen leichtsinnig sein, wenn er diese ganzen Agenten verloren hat?«

»Am Anfang müssen wir mit Verlusten rechnen. Sie haben seinen Buchcode geknackt. Diese Buchcodes sind mir immer ein Dorn im Auge. Dort lebt ein Deutscher, der ihr wichtigster Agent und ein Fachmann für Kryptographie zu sein scheint. Hawthorne hat unseren Mann gewarnt, aber Sie wissen ja, wie diese alten Handelsherren sind; von hartnäckiger Loyalität. Vielleicht war es ein paar Verluste wert, ihm die Augen zu öffnen. Zigarre?«

»Danke. Kann er von vorn anfangen, falls er auffliegt?«

»Er hat einen ganz besonderen Treffer gelandet. Hat direkt im feindlichen Lager zugeschlagen. Hat einen Doppelagenten im Polizeihauptquartier angeworben.«

»Sind Doppelagenten nicht immer ein bißchen – riskant? Man weiß nie, ob man die fetten oder die mageren Brocken bekommt.«

»Ich verlasse mich darauf, daß unser Mann immer einen Stein mehr im Brett hat als er«, sagte der Chef. »Ich sage Stein im Brett, weil beide begeisterte Damespieler sind. Dort nennen sie es Checkers. Übrigens ist das ihr Vorwand, sich zu treffen.«

»Ich kann gar nicht dick genug unterstreichen, wie besorgt wir wegen der Bauten sind, C. Wenn Sie nur die Fotos bekommen hätten, ehe Ihr Mann ums Leben gekommen ist. Der Premierminister drängt uns, die Yankees zu informieren und um Hilfe zu bitten.«

»Sie dürfen ihm nicht nachgeben. Auf ihre Abschirmung ist kein Verlaß.«

Fünfter Teil

1. Kapitel

»Ich schlage einen Stein«, sagte Hauptmann Segura. Sie hatten sich im Havanna Club getroffen. Im Havanna Club, der überhaupt kein Club war und dem Konkurrenten Bacardis gehörte, waren alle Rumdrinks gratis, und das ermöglichte Wormold, seine Ersparnisse zu vergrößern, denn natürlich berechnete er die Drinks weiterhin als Spesen – es wäre mühsam, wenn nicht unmöglich gewesen, London zu erklären, daß die Drinks gratis waren. Die Bar lag im ersten Stock eines Hauses aus dem siebzehnten Jahrhundert, und die Fenster gingen auf die Kathedrale hinaus, in der die Gebeine von Christoph Kolumbus einmal beigesetzt gewesen waren. Eine graue Steinstatue von Kolumbus stand vor der Kathedrale und sah aus, als wäre sie von Insekten im Lauf der Jahrhunderte geformt worden wie ein Korallenriff unter Wasser.

»Wissen Sie«, sagte Hauptmann Segura, »eine Zeitlang habe ich geglaubt, Sie mögen mich nicht.«

»Es gibt andere Motive, Dame zu spielen, als einen Mann zu mögen.«

»Ja, für mich auch«, sagte Hauptmann Segura. »Sehen Sie! Ich habe eine Dame.«

»Und ich nehme Ihnen drei Steine weg.«

»Sie glauben, das hätte ich nicht gemerkt, aber Sie werden sehen, daß der Zug zu meinen Gunsten ist. So, jetzt nehme ich Ihnen Ihre einzige Dame weg. Warum sind Sie vor zwei Wochen nach Santiago, Santa Clara und Cienfuegos gefahren?«

»Um diese Zeit besuche ich immer die Einzelhändler.«

»Es hat wirklich danach ausgesehen, als wäre das der Grund. Sie sind in dem neuen Hotel in Cienfuegos abgestiegen. Sie haben allein in einem Restaurant an der Küste zu Abend gegessen. Sie waren im Kino und sind dann nach Hause gegangen. Am nächsten Morgen ...«

»Glauben Sie wirklich, daß ich ein Geheimagent bin?«

»Ich fange an, daran zu zweifeln. Ich glaube, unsere Freunde haben sich geirrt.«

»Wer sind unsere Freunde?«

»Oh, sagen wir, die Freunde Dr. Hasselbachers.«

»Und wer sind die?«

»Es ist mein Beruf, daß ich weiß, was in Havanna vorgeht«, sagte Hauptmann Segura. »Ich darf weder Partei ergreifen noch Informationen geben.« Er schob seine Dame ungefährdet über das Brett.

»Ist denn in Kuba irgend etwas so wichtig, daß es einen Geheimdienst interessieren könnte?«

»Natürlich sind wir nur ein kleines Land, aber wir liegen sehr nah an der amerikanischen Küste. Und an ihrem Stützpunkt auf Jamaika. Wenn ein Land so umzingelt ist wie Rußland, versucht es, von innen ein Loch zu graben.«

»Was könnte ich – oder Dr. Hasselbacher – bei der globalen Strategie schon nützen? Ein Mann, der Staubsauger verkauft. Ein pensionierter Arzt.«

»In jedem Spiel gibt es unwichtige Steine«, sagte Hauptmann Segura. »Wie dieser hier. Ich nehme ihn, und es macht Ihnen nichts aus, ihn zu verlieren. Allerdings ist Dr. Hasselbacher sehr gut bei der Lösung von Kreuzworträtseln.«

»Was haben Kreuzworträtsel damit zu tun?«

»Ein solcher Mann ist ein guter Kryptograph. Jemand hat mir einmal ein Telegramm von Ihnen mit seiner Interpretation gezeigt, das heißt, sie haben dafür gesorgt, daß ich es finde. Vielleicht haben sie gedacht, ich würde Sie aus Kuba vertreiben.« Er lachte. »Millys Vater. Wie wenig die wissen.«

»Worum ging es darin?«

»Sie haben behauptet, Sie hätten Ingenieur Cifuentes angeworben. Natürlich war das absurd. Ich kenne ihn gut. Vielleicht haben sie auf ihn geschossen, damit das Telegramm überzeugender klang. Vielleicht haben die es verfaßt, weil sie Sie loswerden wollten. Oder vielleicht sind die leichtgläubiger als ich.«

»Was für eine unglaubliche Geschichte.« Er verschob einen Stein. »Warum sind Sie so sicher, daß Cifuentes nicht mein Agent ist?«

»Das merke ich daran, wie Sie Dame spielen, Mr. Wormold, und außerdem habe ich Cifuentes verhört.«

»Haben Sie ihn gefoltert?«

Hauptmann Segura lachte. »Nein. Er gehört nicht zur folterbaren Klasse.«

»Ich habe nicht gewußt, daß es bei der Folter Klassenunterschiede gibt.«

»Lieber Mr. Wormold, Ihnen ist doch sicher klar, daß es Menschen gibt, die damit rechnen, gefoltert zu werden, und andere, die bei dem Gedanken empört wären. Man foltert immer nur mit einer Art von gegenseitigem Einverständnis.«

»Es gibt verschiedene Arten von Folter. Als Dr. Hasselbachers Labor zerstört wurde, war das nicht auch Folter ...?«

»Man weiß nie, was Amateuren einfällt. Die Polizei hatte nichts damit zu tun. Dr. Hasselbacher gehört nicht zur folterbaren Klasse.«

»Wer gehört dazu?«

»Die Armen in meinem Land, in allen lateinamerikanischen Ländern. Die Armen in Mitteleuropa und Asien. In Ihren Wohlfahrtsstaaten gibt es natürlich keine Armen, deshalb sind sie nicht folterbar. In Kuba kann die Polizei mit den Emigranten aus Lateinamerika und den baltischen Staaten so grob umspringen, wie sie will, aber nicht mit Besuchern aus Ihrem Land oder Skandinavien. Das ist auf beiden Seiten eine Frage des Instinkts. Katholiken sind folterbarer als Protestanten, genau wie sie krimineller sind. Sehen Sie, ich hatte recht mit dieser Dame, und jetzt schlage ich Sie zum letztenmal.«

»Sie gewinnen immer, nicht wahr? Ihre Theorie ist interessant.«

»Ein Grund, aus dem der Westen die großen kommunistischen Staaten haßt, ist der, daß dort keine Klassenunterschiede respektiert werden. Manchmal werden die falschen Leute gefoltert. Das hat Hitler natürlich auch getan und die Welt damit schockiert. Niemand kümmert sich darum, was sich in unseren Gefängnissen abspielt oder in den Gefängnissen von Lissabon oder Caracas, aber Hitler wußte nicht zu unterscheiden. Es war etwa so, als wenn in Ihrem Land ein Chauffeur mit einer Dame des Hochadels geschlafen hätte.«

»Das schockiert uns inzwischen nicht mehr.«

»Es ist eine große Gefahr für alle, wenn sich das, was schockiert, ändert.«

Sie bestellten noch einen kostenlosen Daiquiri, so eiskalt, daß die Nebenhöhlen weh taten, wenn man ihn nicht in winzigen Tropfen trank. »Und wie geht es Milly?« fragte Hauptmann Segura.

»Gut.«

»Ich habe die Kleine sehr gern. Sie ist gut erzogen.«

»Es freut mich, daß Sie das meinen.«

»Das ist noch ein Grund, Mr. Wormold, warum ich nicht möchte, daß Sie Ärger bekommen, der zum Entzug Ihrer Aufenthaltserlaubnis führen könnte. Havanna wäre ärmer ohne Ihre Tochter.«

»Ich nehme an, Sie glauben es mir nicht ganz, aber Cifuentes war kein Agent von mir, Hauptmann Segura.«

»Ich glaube Ihnen. Ich meine, jemand wollte Sie als Strohmann benutzen oder vielleicht als eine dieser angemalten Enten, von denen die echten Wildenten angelockt werden sollen.« Er trank seinen Daiquiri aus. »Das paßt mir natürlich ins Konzept. Ich sehe es auch gern, daß die Wildenten kommen, aus Rußland, Amerika, England, manchmal sogar aus Deutschland. Sie verachten den armen einheimischen Latinoschützen, aber eines Tages, wenn sie alle versammelt sind, werde ich bei der Jagd eine prächtige Ausbeute haben.«

»Es ist eine komplizierte Welt. Ich finde es einfacher, Staubsauger zu verkaufen.«

»Ich hoffe, das Geschäft geht gut?«

»O ja, ja.«

»Ich habe mit Interesse gesehen, daß Sie Ihr Personal erweitert haben. Die reizende Sekretärin mit dem Siphon und dem Mantel, der sich nicht schließen ließ. Und der junge Mann.«

»Ich brauche jemanden, der die Buchhaltung überwacht. Lopez ist nicht zuverlässig.«

»Ah, Lopez. Noch einer Ihrer Agenten.« Hauptmann Segura lachte. »Das ist mir jedenfalls gemeldet worden.«

»Ja. Er versorgt mich mit Geheiminformationen über die Polizei.«

»Seien Sie vorsichtig, Mr. Wormold. Er gehört zu den Folterbaren.« Sie lachten beide, tranken Daiquiris. Es ist leicht, an einem sonnigen Tag über den Gedanken an Folter zu lachen. »Ich muß gehen, Mr. Wormold.«

»Ich nehme an, die Zellen sind voll mit meinen Spionen.«

»Wir können mit ein paar Hinrichtungen jederzeit Platz für weitere schaffen.«

»Eines Tages, Herr Hauptmann, besiege ich Sie beim Damespiel.«

»Das bezweifle ich, Mr. Wormold.«

Vom Fenster aus beobachtete er Hauptmann Segura, der auf dem Weg ins Büro an der grauen, bimssteinähnlichen Kolumbusstatue vorbeiging. Dann ließ er sich noch einen kostenlosen Daiquiri bringen. Der Havanna Club und Hauptmann Segura schienen an die Stelle der Wonder Bar und Dr. Hasselbachers getreten zu sein – es war wie ein anderes Leben, und er mußte das Beste daraus machen. Die Zeit ließ sich nicht zurückdrehen. Dr. Hasselbacher war vor ihm gedemütigt worden, und Freundschaft verkraftet Demütigung nicht. Er hatte Dr. Hasselbacher nicht wiedergesehen. Im Club kam er sich wie in der Wonder Bar als Bürger von Havanna vor; der elegante junge Mann, der ihm einen Drink brachte, unternahm keinen Versuch, ihm eine der auf dem Tresen aufgebauten Rumflaschen zu verkaufen. Ein Mann mit grauem Bart las wie immer um diese Zeit die Morgenzeitung; wie üblich hatte ein Briefträger seine tägliche Runde für einen kostenlosen Drink unterbrochen; sie alle waren ebenfalls Bürger. Vier Touristen verließen die Bar mit geflochtenen Körben, die Rumflaschen enthielten; sie waren rot im Gesicht und fröhlich und hegten die Illusion, ihre Drinks hätten sie nichts gekostet. Er dachte: Das sind die Ausländer, natürlich nicht folterbar.

Wormold trank seinen Daiquiri zu schnell und verließ den Havanna Club mit schmerzenden Augen. Die Touristen beugten sich über den Brunnen aus dem siebzehnten Jahrhundert; sie hatten so viele Münzen hineingeworfen, daß sie ihre Drinks doppelt hätten bezahlen können: sie wollten sich eine glückliche Rückkehr sichern. Eine Frauenstimme rief nach ihm, und er sah Beatrice, die zwischen den Säulen der Kolonnade stand, inmitten der Kürbisflaschen, Rasseln und Negerpuppen des Souvenirladens.

»Was machen Sie denn hier?«

Sie erklärte: »Mir ist nie wohl, wenn Sie sich mit Segura treffen. Dieses Mal wollte ich mich vergewissern ...«

»Worüber?« Er fragte sich, ob sie schließlich doch den Verdacht geschöpft habe, er habe keine Agenten. Vielleicht hatte sie Anweisungen bekommen, ihn zu beobachten, aus

London oder von 59200 in Kingston. Sie machten sich auf den Heimweg.

»Daß es keine Falle ist, daß die Polizei nicht auf Sie wartet. Der Umgang mit einem Doppelagenten ist riskant.«

»Sie machen sich zu viele Sorgen.«

»Und Sie haben so wenig Erfahrung. Denken Sie daran, was Raul und Cifuentes passiert ist.«

»Cifuentes ist von der Polizei verhört worden.« Er fügte erleichtert hinzu: »Er ist aufgeflogen, also ist er jetzt nutzlos für uns.«

»Sind Sie dann nicht auch aufgeflogen?«

»Er hat nichts verraten. Die Fragen wurden ihm von Hauptmann Segura gestellt, und Segura ist einer von uns. Vielleicht wird es Zeit, daß wir ihm einen Bonus geben. Er versucht, für uns eine vollständige Liste aller hiesigen ausländischen Agenten zusammenzustellen – amerikanische wie russische. Wildenten – so nennt er sie.«

»Das wäre ein toller Coup. Und die Bauten?«

»Die müssen wir eine Weile ruhen lassen. Ich kann ihn nicht dazu bringen, seinem Land zu schaden.«

Als sie an der Kathedrale vorübergingen, gab er dem blinden Bettler, der auf der Treppe davor saß, wie üblich eine Münze. Beatrice sagte: »In dieser Sonne scheint Blindheit fast ein Segen zu sein.« In Wormold regte sich der schöpferische Instinkt. Er sagte: »Wissen Sie, er ist gar nicht blind. Er sieht alles, was sich tut.«

»Er muß ein guter Schauspieler sein. Ich habe ihn die ganze Zeit beobachtet, in der Sie mit Segura zusammen waren.«

»Und er hat Sie beobachtet. Er ist einer meiner besten

Spitzel. Ich stationiere ihn immer hier, wenn ich mich mit Segura treffe. Eine elementare Vorsichtsmaßnahme. Ich bin nicht so leichtsinnig, wie Sie glauben.«

»Davon haben Sie der Zentrale nichts gesagt.«

»Wozu? Sie hätten kaum etwas Belastendes über einen blinden Bettler finden können, und ich lasse mir von ihm keine Informationen geben. Trotzdem hätten Sie es innerhalb von zehn Minuten gewußt, wenn ich festgenommen worden wäre. Was hätten Sie getan?«

»Alle Aufzeichnungen verbrannt und Milly zur Botschaft gefahren.«

»Und Rudy?«

»Ich hätte ihm gesagt, er soll nach London funken, wir lösten die Station auf, und dann untertauchen.«

»Wie taucht man unter?« Er bestand nicht auf einer Antwort. Er sagte langsam, während die Geschichte von selbst wuchs: »Der Bettler heißt Miguel. Eigentlich macht er das alles aus Liebe. Wissen Sie, ich habe ihm einmal das Leben gerettet.«

»Wie?«

»Ach, nichts Besonderes. Ein Unglück mit der Fähre. Zufällig konnte ich schwimmen und er nicht.«

»Haben Sie einen Orden bekommen?« Er schaute sie schnell an, aber er sah in ihrem Gesicht nichts als unschuldiges Interesse.

»Nein. Keinerlei Ruhm. Sie haben mich sogar mit einem Bußgeld belegt, weil ich ihn in einem Sperrgebiet an Land brachte.«

»Was für eine romantische Geschichte. Und jetzt würde er natürlich sein Leben für Sie geben.«

»Oh, so weit würde ich nicht gehen.«

»Sagen Sie mir – haben Sie irgendwo ein kleines, billiges Hauptbuch in schwarzem Waschleder?«

»Ich glaube nicht. Warum?«

»In dem die ersten Radiergummis und Stahlfedern verzeichnet sind, die Sie gekauft haben?«

»Warum in aller Welt Stahlfedern?«

»Ich war bloß neugierig, das ist alles.«

»Hauptbücher sind nicht klein und billig. Und Stahlfedern – kein Mensch benutzt heute noch Stahlfedern.«

»Vergessen Sie's. Bloß etwas, was Henry zu mir gesagt hat. Ein naheliegender Irrtum.«

»Wer ist Henry?« fragte er.

»59200«, sagte sie. Er empfand eine seltsame Eifersucht, weil sie ihn trotz der Sicherheitsvorschriften nur einmal Jim genannt hatte.

Als sie zurückkamen, war das Haus wie üblich leer; ihm war bewußt, daß ihm Milly nicht mehr fehlte, und er empfand die traurige Erleichterung eines Menschen, dem klar wird, daß zumindest eine Liebe nicht mehr weh tut.

»Rudy ist unterwegs«, sagte Beatrice. »Vermutlich kauft er Süßigkeiten. Er ißt zu viele. Er muß fürchterlich viel Energie verbrauchen, weil er nicht dicker wird, aber ich begreife nicht, womit.«

»Wir machen uns besser an die Arbeit. Wir müssen ein Telegramm abschicken. Segura hat mir wertvolle Informationen über die kommunistische Infiltration der Polizei gegeben. Sie würden kaum für möglich halten ...«

»Ich halte fast alles für möglich. Schauen Sie sich das hier an. Ich habe eben etwas Faszinierendes im Codebuch gefunden. Haben Sie gewußt, daß es einen Code für ›Eunuch‹ gibt? Glauben Sie, das kommt in Telegrammen oft vor?«

»Ich kann mir vorstellen, daß sie es im Büro in Istanbul brauchen.«

»Wenn wir es nur benützen könnten. Geht das nicht?«

»Werden Sie je wieder heiraten?«

Beatrice sagte: »Ihr freies Assoziieren ist manchmal ziemlich eindeutig. Glauben Sie, daß Rudy ein Geheimleben hat? Im Büro kann er diese ganze Energie nicht verbrauchen.«

»Wie sieht der Drill für ein Geheimleben aus? Muß man London um Erlaubnis fragen, ehe man eines anfängt?«

»Natürlich müßte man für eine Überprüfung sorgen, ehe es sich richtig entwickelt. London ist es lieber, wenn Sex innerhalb der Abteilung bleibt.«

2. Kapitel

I

»Ich scheine ein wichtiger Mann zu werden«, sagte Wormold. »Man hat mich eingeladen, eine Rede zu halten.«

»Wo?« fragte Milly und schaute höflich vom ›Jahrbuch für Reiterinnen‹ auf. Es war die Abendstunde, wenn die Arbeit vorbei war, das letzte goldene Licht auf den Dächern lag und auf das honigfarbene Haar und den Whisky in seinem Glas fiel.

»Beim jährlichen Mittagessen des europäischen Handelsverbands. Dr. Braun, der Präsident, hat mich darum gebeten – als ältestes Mitglied. Der Ehrengast ist der amerikanische Generalkonsul«, fügte er stolz hinzu. Es schien so kurze Zeit her zu sein, daß er nach Havanna gekommen war und in der Floridita Bar zusammen mit ihrer Familie das Mädchen kennengelernt hatte, das Millys Mutter werden sollte; jetzt war er der älteste Händler hier. Viele waren im Ruhestand; etliche waren nach Hause zurückgekehrt, um im letzten Krieg zu kämpfen – Engländer, Deutsche, Franzosen –, aber er war wegen seines Hinkens ausgemustert worden. Keiner dieser Männer war nach Kuba zurückgekommen.

»Worüber wirst du sprechen?«

Er sagte traurig: »Ich spreche nicht. Ich wüßte nicht, was ich sagen sollte.«

»Wetten, daß du besser sprechen würdest als jeder andere.«

»O nein. Vielleicht bin ich das älteste Mitglied, Milly, aber ich bin auch das kleinste. Die Rumexporteure und die Zigarrenhändler – das sind die wirklich wichtigen Leute.«

»Du bist du.«

»Wenn du dir nur einen klügeren Vater ausgesucht hättest.«

»Hauptmann Segura sagt, du spielst richtig gut Dame.«

»Aber nicht so gut wie er.«

»Bitte, sag zu, Vater«, sagte sie. »Ich wäre so stolz auf dich.«

»Ich würde mich zum Narren machen.«

»Würdest du nicht. Mir zuliebe.«

»Dir zuliebe würde ich ein Rad schlagen. Na gut. Ich sage zu.«

Rudy klopfte an die Tür. Um diese Zeit hörte er den Funk zum letztenmal ab; in London war es Mitternacht. Er sagte: »Ein dringendes Telegramm aus Kingston. Soll ich Beatrice holen?«

»Nein, ich komme allein zurecht. Sie will ins Kino.«

»Das Geschäft scheint rege zu sein«, sagte Milly.

»Ja.«

»Aber du scheinst überhaupt keine Staubsauger mehr zu verkaufen.«

»Das ist alles Werbung auf lange Sicht«, sagte Wormold.

Er ging in sein Schlafzimmer und entschlüsselte das Telegramm. Es war von Hawthorne. Wormold sollte mit dem erstmöglichen Flugzeug nach Kingston kommen und Bericht erstatten. Er dachte: Jetzt wissen sie also Bescheid.

2

Das Treffen fand im Myrtle Bank Hotel statt. Wormold war seit vielen Jahren nicht mehr in Jamaika gewesen, und er war entsetzt über den Dreck und die Hitze. Was war verantwortlich für die Schäbigkeit britischen Besitzes? Die Spanier, die Franzosen und die Portugiesen bauten Städte, wo sie sich niederließen, aber die Engländer ließen die Städte einfach wachsen. Die ärmste Straße in Havanna hatte Würde im Vergleich mit den Slums von Kingston – aus alten Benzinfässern gebaute Hütten, gedeckt mit von Autofriedhöfen gestohlenem Schrott.

Hawthorne saß auf einem Liegestuhl auf der Veranda des Myrtle Bank und trank Planter's Punch durch einen Strohhalm. Sein Anzug war genauso makellos wie damals, als Wormold ihn kennengelernt hatte; das einzige Anzeichen der großen Hitze war ein bißchen verkrusteter Puder unter dem linken Ohr. Er sagte: »Pflanzen Sie sich hin.« Auch der Jargon war wieder da.

»Danke.«

»Gute Reise gehabt?«

»Ja, danke.«

»Ich nehme an, Sie sind froh, wieder zu Hause zu sein.«

»Zu Hause?«

»Ich meine hier – daß Sie sich mal von den Scheißausländern erholen können. Wieder auf britischem Territorium.« Wormold dachte an die Hütten, die er am Hafen gesehen hatte, an einen hoffnungslosen alten Mann, der in einem Streifen Schatten schlief, und ein zerlumptes Kind, das ein Stück Treibholz im Arm hielt. Er sagte: »Havanna ist nicht so übel.«

»Trinken Sie einen Planter's Punch. Der ist hier gut.«

»Danke.«

Hawthorne sagte: »Ich habe Sie hergebeten, weil es ein bißchen Ärger gibt.«

»Ja?« Er nahm an, die Wahrheit sei herausgekommen. Konnte er jetzt, wo er auf britischem Territorium war, festgenommen werden? Wie würde die Anklage lauten? Vielleicht unrechtmäßiger Bezug von Geld oder eine obskurere Anklage unter Ausschluß der Öffentlichkeit nach dem Gesetz zur Wahrung der Geheimhaltung von Staatsgeheimnissen.

»Es geht um diese Anlagen.«

Er wollte erklären, daß Beatrice von dem Ganzen nichts wußte; er hatte keinen Komplizen bis auf die Leichtgläubigkeit der anderen.

»Was ist damit?« fragte er.

»Wenn Sie nur Fotos hätten beschaffen können.«

»Ich habe es versucht. Sie wissen, was passiert ist.«

»Ja. Die Zeichnungen sind ein bißchen verwirrend.«

»Sie stammen nicht von einem geübten Zeichner.«

»Verstehen Sie mich nicht falsch, alter Junge. Sie haben Wunder getan, aber wissen Sie, eine Zeitlang wäre ich – fast mißtrauisch geworden.«

»Weshalb?«

»Etliche haben mich irgendwie erinnert an – ehrlich gesagt, sie haben mich an Teile eines Staubsaugers erinnert.«

»Ja, das ist mir auch aufgefallen.«

»Und dann, sehen Sie, sind mir die Dinger in Ihrem Laden eingefallen.«

»Sie haben geglaubt, ich hätte den Geheimdienst auf den Arm genommen?«

»Natürlich klingt das jetzt absurd, ich weiß. Trotzdem, irgendwie war ich erleichtert, als ich herausgefunden habe, daß die anderen beschlossen haben, Sie zu ermorden.«

»Mich zu ermorden?«

»Sehen Sie, das beweist, daß die Zeichnungen tatsächlich echt sind.«

»Welche anderen?«

»Die Gegenseite. Zum Glück hatte ich diese grotesken Verdächtigungen für mich behalten.«

»Wie wollen die mich ermorden?«

»Oh, darauf kommen wir noch – es geht um Gift. Ich will damit sagen, von Fotos einmal abgesehen, könnte es keine bessere Bestätigung Ihrer Berichte geben. Wir hatten sie zunächst ziemlich unter Verschluß gehalten, aber jetzt haben wir sie an alle Geheimdienstabteilungen verteilt. Wir haben sie auch an das Amt für Atomforschung geschickt. Die konnten uns nicht helfen. Haben gesagt, die Zeichnungen haben nichts mit Kernspaltung zu tun. Das Problem ist, wir waren ganz benebelt von diesen Atomburschen und haben vergessen, daß es andere Formen wissenschaftlicher Kriegführung geben könnte.«

»Wie soll ich vergiftet werden?«

»Das Wichtigste zuerst, alter Junge. Man darf die wirtschaftliche Seite der Kriegführung nicht vergessen. Kuba kann es sich nicht leisten, H-Bomben zu bauen, aber haben sie etwas gefunden, was auf kurze Reichweite genauso effizient und *billig* ist? Das ist das Schlüsselwort – billig.«

»Hätten Sie bitte die Güte, mir zu sagen, wie ich ermordet werden soll? Es interessiert mich persönlich, verstehen Sie.«

»Natürlich sage ich Ihnen das. Ich wollte Sie nur erst über den Hintergrund ins Bild setzen und Ihnen sagen, wie erfreut wir alle sind – über die Bestätigung Ihrer Berichte, meine ich. Sie planen, Sie bei irgendeinem Geschäftsessen zu vergiften.«

»Beim Essen des europäischen Handelsverbandes?«

»Ich glaube, so heißt der Verein.«

»Woher wissen Sie es?«

»Wir haben ihre dortige Organisation infiltriert. Es

würde Sie überraschen, wieviel wir über die Vorgänge in Ihrem Bereich wissen. Ich kann Ihnen zum Beispiel sagen, daß der Tod von Strich vier ein Unfall war. Sie wollten ihm nur Angst einjagen, wie sie Strich drei Angst eingejagt haben, als sie auf ihn schossen. Sie sind der erste, den sie wirklich ermorden wollen.«

»Das ist tröstlich.«

»In gewisser Weise, wissen Sie, ist es ein Kompliment. Sie sind jetzt gefährlich.« Mit einem langen Sauggeräusch schlürfte Hawthorne die letzte Flüssigkeit zwischen den Schichten aus Eis, Orange, Ananas und der Kirsche ganz oben.

»Ich nehme an«, sagte Wormold, »ich sollte lieber nicht hingehen.« Er empfand eine überraschende Enttäuschung. »Es wird seit zehn Jahren das erste Essen sein, das ich versäume. Ich bin sogar gebeten worden, eine Rede zu halten. Die Firma erwartet von mir, daß ich immer daran teilnehme. Daß ich Flagge zeige.«

»Aber selbstverständlich müssen Sie hingehen.«

»Und vergiftet werden?«

»Sie brauchen doch nichts zu essen, oder?«

»Haben Sie schon einmal versucht, zu einer offiziellen Einladung zu gehen und nichts zu essen? Außerdem stellt sich die Frage nach den Getränken.«

»Eine Flasche Wein läßt sich nicht gut vergiften. Sie könnten so tun, als ob Sie Alkoholiker wären, jemand, der nichts ißt, nur trinkt.«

»Danke. Das wäre bestimmt gut fürs Geschäft.«

»Die Leute haben insgeheim eine Schwäche für Alkoholiker«, sagte Hawthorne. »Außerdem, wenn Sie nicht hingehen, schöpfen die Verdacht. Das bringt meinen Informanten in Gefahr. Wir müssen unsere Informanten schützen.«

»Das ist der Drill, nehme ich an.«

»Genau, alter Junge. Noch etwas: Wir kennen die Verschwörung, kennen aber die Verschwörer nicht, bis auf ihre Kennziffern. Falls wir herausfinden, wer sie sind, können wir darauf bestehen, daß sie eingesperrt werden. Wir zerschlagen die Organisation.«

»Ja, es gibt keine perfekten Mörder, nicht wahr? Es kann gut sein, daß sich bei der Obduktion ein Hinweis ergibt, mit dem Sie Hauptmann Segura dazu bringen können, etwas zu unternehmen.«

»Sie haben doch keine Angst, oder? Der Job ist gefährlich. Sie hätten ihn nicht annehmen dürfen, wenn Sie nicht bereit sind ...«

»Sie sind wie eine spartanische Mutter, Hawthorne. Komm siegreich zurück oder bleib unter dem Tisch.«

»Das ist keine schlechte Idee. Sie könnten im richtigen Augenblick unter den Tisch schlüpfen. Die Mörder würden glauben, Sie seien tot, und die anderen würden einfach glauben, Sie seien betrunken.«

»Das ist kein Treffen der Großen Vier in Moskau. Die europäischen Händler fallen nicht unter den Tisch.«

»Nie?«

»Nie. Sie glauben, ich mache mir übertriebene Sorgen, nicht wahr?«

»Ich glaube, es ist unnötig, sich jetzt schon Sorgen zu machen. Schließlich wird nicht vorgelegt. Sie nehmen sich selbst.«

»Natürlich. Bis auf den Morrokrebs, den es im Nacional immer als Vorspeise gibt. Er wird vorher angerichtet.«

»Den dürfen Sie nicht essen. Viele Leute essen keine Krebse. Wenn die anderen Gänge aufgetragen werden, nehmen Sie nie die Portion, die Ihnen am nächsten ist. Das ist wie bei einem Zauberer, der Ihnen eine Karte aufdrängen will. Sie müssen sie einfach zurückweisen.«

»Aber meistens gelingt es dem Zauberer trotzdem, einem die Karte unterzujubeln.«

»Wissen Sie was – haben Sie gesagt, das Essen ist im Nacional?«

»Ja.«

»Warum können Sie dann nicht Strich sieben einsetzen?«

»Wer ist Strich sieben?«

»Können Sie sich die eigenen Agenten nicht merken? Das ist doch der Oberkellner im Nacional? Er kann dafür sorgen, daß sich niemand an Ihrem Teller zu schaffen macht. Es ist an der Zeit, daß er etwas tut für sein Geld. Ich kann mich nicht daran erinnern, daß Sie auch nur einen einzigen Bericht von ihm geschickt haben.«

»Können Sie mir nicht eine Vorstellung vermitteln, wer der Mann bei dem Essen sein wird? Ich meine, der Mann, der mich …«, er schreckte vor dem Wort ›umbringen‹ zurück, »… der es tun will.«

»Keinerlei Anhaltspunkte, alter Junge. Hüten Sie sich einfach vor allen. Trinken Sie noch einen Planter's Punch.«

3

Im Flugzeug zurück nach Kuba gab es nur wenige Passagiere: eine Spanierin mit einer Schar Kinder – ein paar davon schrien und ein paar davon spien, sobald sie abgehoben hatten; eine Negerin mit einem lebenden, in ihren Schal gewickelten Hahn; ein kubanischer Zigarrenexporteur, den Wormold flüchtig kannte, so daß sie einander zunickten; und ein Engländer in einem Tweedjackett, der Pfeife rauchte, bis ihm die Stewardeß sagte, er solle sie ausmachen. Danach zog er auf dem restlichen Flug ostentativ an der kalten Pfeife und schwitzte stark in den Tweed. Er hatte das übellaunige Gesicht eines Mannes, der immer im Recht ist.

Als das Mittagessen serviert wurde, kam er mehrere Reihen nach hinten und setzte sich neben Wormold. Er sagte: »Kann die schreienden Bälger nicht ertragen. Stört es Sie?« Er warf einen Blick auf die Papiere auf Wormolds Knie. »Sind Sie von Phastkleaners?« fragte er.

»Ja.«

»Ich bin bei Nucleaners. Heiße Carter.«

»Oh.«

»Das ist erst meine zweite Reise nach Kuba. Flottes Fleckchen, hab' ich gehört«, sagte er, blies in die Pfeife und legte sie weg, um zu essen.

»Das kann es sein«, sagte Wormold, »wenn Sie Roulette und Bordelle mögen.«

Carter tätschelte seinen Tabaksbeutel wie einen Hundekopf – »Mein treuer Hund wird mir Gesellschaft leisten. Ich habe eigentlich nicht vorgehabt ... Obwohl ich kein Puritaner bin, wissen Sie. Es wäre bestimmt interessant. Machen wir es den Römern nach.« Er wechselte das Thema. »Verkaufen Sie viele Geräte?«

»Das Geschäft geht nicht schlecht.«

»Wir haben ein neues Modell, das den Markt erobern wird.« Er stopfte sich den Mund mit süßem lila Kuchen voll und schnitt sich dann ein Stück Huhn ab.

»In der Tat.«

»Läuft mit einem Motor wie ein Rasenmäher. Keine Mühe für das kleine Frauchen. Keine Schläuche, die überall im Weg sind.«

»Laut?«

»Spezialschalldämpfer. Weniger Lärm als bei Ihrem Modell. Wir nennen ihn den Flüstersauger.« Nach einem kräftigen Schluck Schildkrötensuppe machte er sich über den Obstsalat her und zermalmte die Traubenkerne zwischen den Zähnen. Er sagte: »Wir eröffnen bald eine Vertretung in Kuba. Kennen Sie Dr. Braun?«

»Ich habe ihn kennengelernt. Im europäischen Handelsverband. Er ist unser Präsident. Importiert Präzisionsinstrumente aus Genf.«

»Das ist der Typ. Er hat uns sehr nützliche Ratschläge gegeben. Übrigens hat er mich zu eurem Gelage eingeladen. Kriegt man da was Anständiges zu essen?«

»Sie wissen doch, wie das Essen in Hotels ist.«

»Jedenfalls besser als das hier«, sagte er und spuckte eine Traubenschale aus. Er hatte den Spargel mit Mayonnaise übersehen und machte sich jetzt darüber her. Danach wühlte er in seiner Tasche. »Hier ist meine Karte.« Auf der Karte stand: »William Carter. Bachelor of Tech. (Nottwich)« und in der Ecke: »Nucleaners Ltd.« Er sagte: »Ich wohne eine Woche im Seville-Biltmore.«

»Leider habe ich keine Karte bei mir. Ich heiße Wormold.«

»Kennen Sie einen Jungen namens Davis?«

»Ich glaube nicht.«

»Hab im College die Bude mit ihm geteilt. Er ist zu Gripfix gegangen, und es hat ihn in diesen Teil der Welt verschlagen. Es ist komisch – überall findet man Absolventen aus Nottwich. Sie waren nicht dort, oder?«

»Nein.«

»In Reading?«

»Ich habe nicht studiert.«

»Merkt man Ihnen gar nicht an«, sagte Carter gütig. »Ich hätte nach Oxford gehen können, wissen Sie, aber die sind in der Technik so rückständig. Für Lehrer schon in Ordnung, nehme ich an.« Er saugte wieder an der Pfeife wie ein Kind an einem Schnuller, bis sie zwischen seinen Zähnen pfiff. Plötzlich ergriff er wieder das Wort, als hätte das bittere Aroma eines Tanninrückstands seine Zunge berührt. »Überholt«, sagte er, »Überbleibsel, die in der Vergangenheit leben. Ich würde sie abschaffen.«

»Was abschaffen?«

»Oxford und Cambridge.« Er griff nach dem letzten Essensrest auf dem Tablett, einem Brötchen, und zerkrümelte es, wie das Alter oder der Efeu Stein zerkrümeln.

Beim Zoll ließ Wormold ihn zurück. Er hatte Schwierigkeiten mit seinem Vorführmodell, und Wormold sah keinen Grund, daß ihm der Vertreter von Phastkleaners bei der Einreise helfen solle. Beatrice war mit dem Hillman da, um ihn abzuholen. Es war viele Jahre her, seit er von einer Frau abgeholt worden war.

»Alles in Ordnung?« fragte sie.

»Ja. O ja. Sie scheinen mit mir zufrieden zu sein.« Er beobachtete ihre Hände am Lenkrad; sie trug an dem heißen Nachmittag keine Handschuhe; es waren schöne, kompetente Hände. Er sagte: »Sie tragen Ihren Ring nicht.«

Sie sagte: »Ich habe nicht geglaubt, daß das jemandem auffällt. Milly hat es auch gemerkt. Sie sind eine aufmerksame Familie.«

»Sie haben ihn doch nicht verloren?«

»Ich habe ihn gestern beim Händewaschen abgenommen und vergessen, ihn wieder anzustecken. Es hat keinen Sinn, nicht wahr, einen Ring zu tragen, den man vergißt.«

Da erzählte er ihr von dem Mittagessen.

»Sie gehen doch nicht hin?« fragte sie.

»Hawthorne erwartet von mir, daß ich hingehe. Um seinen Informanten zu schützen.«

»Zum Teufel mit seinem Informanten.«

»Es gibt einen besseren Grund. Etwas, was Dr. Hasselbacher zu mir gesagt hat. Sie schlagen gern da zu, wo man liebt. Wenn ich nicht hingehe, denken sie sich etwas anderes aus. Etwas Schlimmeres. Und wir werden nicht wissen, was. Nächstes Mal geht es vielleicht nicht um mich – ich glaube, so sehr, wie die es gern hätten, liebe ich mich nicht –, es könnte Milly sein. Oder Sie.« Die Tragweite dessen, was er gesagt hatte, wurde ihm erst bewußt, als sie ihn an seiner Tür abgesetzt hatte und weitergefahren war.

3. Kapitel

1

Milly sagte: »Du hast eine Tasse Kaffee getrunken, und das war alles. Du hast nicht einmal eine Scheibe Toast gegessen.«

»Ich bin einfach nicht in der Stimmung.«

»Du wirst dich heute beim Bankett überfressen, und du weißt genau, daß dein Magen etwas gegen Morrokrebs hat.«

»Ich verspreche, sehr vorsichtig zu sein.«

»Es wäre viel besser, wenn du ein anständiges Frühstück gegessen hättest. Du brauchst Frühstücksflocken, damit sie den ganzen Alkohol schlucken, den du trinken wirst.« Es war einer ihrer Duennatage.

»Tut mir leid, Milly, ich kann einfach nicht. Mir geht so vieles durch den Kopf. Bitte, quäl mich nicht. Nicht heute.«

»Hast du deine Rede vorbereitet?«

»Ich habe mein Bestes getan, aber ich bin kein Redner, Milly. Ich weiß nicht, warum sie mich darum gebeten haben.« Aber ihm war beklommen bewußt, daß er es vielleicht wußte. Jemand mußte bei Dr. Braun seinen Einfluß geltend gemacht haben, jemand, der um jeden Preis identifiziert werden mußte. Er dachte: Ich bin der Preis.

»Wetten, daß du sensationell bist.«

»Ich gebe mir alle Mühe, bei diesem Bankett keine Sensation zu sein.«

Milly ging zur Schule, und er blieb am Tisch sitzen. Die Frühstücksflockenfirma, die Milly mit ihrer Kundschaft beehrte, hatte auf die Schachtel Weatbrix das neueste Abenteuer von Zwerg Doodoo gedruckt. Zwerg Doodoo stieß in einer ziemlich kurzen Folge auf eine Ratte von der Größe eines Bernhardiners, und er verscheuchte die Ratte, indem er tat, als wäre er eine Katze und miaute. Es war eine sehr schlichte Geschichte. Man konnte sie kaum eine Vorbereitung auf das Leben nennen. Außerdem bekam man von der Firma für zwölf Deckel ein Luftgewehr. Weil die Packung fast leer war, schnitt Wormold den Deckel ab, fuhr mit dem Messer vorsichtig an der punktierten Linie entlang. Er schnitt die letzte Ecke aus, als Beatrice hereinkam. Sie sagte: »Was machen Sie da?«

»Ich habe gedacht, ein Luftgewehr könnte für das Büro nützlich sein. Wir brauchen nur noch elf weitere Deckel.«

»Ich konnte heute nacht nicht schlafen.«

»Zuviel Kaffee?«

»Nein. Etwas, was Dr. Hasselbacher zu Ihnen gesagt hat. Über Milly. Bitte, gehen Sie nicht zu dem Mittagessen.«

»Das ist das mindeste, was ich tun kann.«

»Sie tun genug. In London ist man mit Ihnen zufrieden. Ich merke das daran, wie sie mit Ihnen telegrafieren. Henry mag sagen, was er will, London wäre nicht damit einverstanden, daß Sie ein törichtes Risiko eingehen.«

»Es stimmt durchaus, was er gesagt hat – wenn ich nicht hingehe, werden sie etwas anderes versuchen.«

»Machen Sie sich keine Sorgen um Milly. Ich passe auf sie auf wie ein Luchs.«

»Und wer paßt auf Sie auf?«

»Ich bin in diesem Geschäft; ich habe es mir selbst ausgesucht. Sie brauchen sich nicht für mich verantwortlich zu fühlen.«

»Waren Sie schon einmal in einer solchen Klemme?«

»Nein, aber ich habe noch nie einen Chef wie Sie gehabt. Sie scheinen die zu reizen. Wissen Sie, normalerweise gibt es in diesem Beruf nur einen Schreibtisch, Akten und langweilige Telegramme; mit Mord haben wir nichts zu tun. Und ich will nicht, daß Sie ermordet werden. Sehen Sie, Sie sind real. Sie sind nicht aus der Pfadfinderzeitschrift. Stellen Sie um Himmels willen dieses blöde Paket weg und hören Sie mir zu.«

»Ich habe das mit dem Zwerg Doodoo noch einmal gelesen.«

»Dann bleiben Sie heute vormittag mit ihm zu Hause. Ich gehe einkaufen und besorge Ihnen die ganzen früheren Schachteln, damit Sie die Geschichte zurückverfolgen können.«

»Alles, was Hawthorne gesagt hat, war vernünftig. Ich muß nur aufpassen, was ich esse. Es *ist* wichtig, herauszufinden, wer sie sind. Dann habe ich für mein Geld etwas getan.«

»Sie haben jetzt schon viel getan. Es hat keinen Sinn, zu diesem verdammten Bankett zu gehen.«

»Doch, es hat einen Sinn. Stolz.«

»Wem wollen Sie imponieren?«

»Ihnen.«

2

Er ging durch die Halle des Hotels Nacional, zwischen Vitrinen mit italienischen Schuhen, dänischen Aschenbechern, schwedischen Gläsern und britischen lila Wollpullovern. Der Salon, in dem sich die europäischen Händler immer trafen, lag direkt hinter dem Sessel, in dem Dr. Hasselbacher jetzt saß und auffällig wartete. Wormold verlangsamte im Näherkommen seinen Schritt; er sah Dr. Hasselbacher seit jener Nacht, in der er in seiner Ulanenuniform auf dem Bett gesessen und über die Vergangenheit gesprochen hatte, zum erstenmal wieder. Mitglieder des Verbands blieben auf dem Weg zum Salon stehen und sprachen Dr. Hasselbacher an; er nahm sie nicht zur Kenntnis.

Wormold erreichte den Sessel, auf dem er saß. Dr. Hasselbacher sagte: »Gehen Sie nicht hinein, Mr. Wormold.« Er sprach, ohne die Stimme zu senken; die Worte hingen zwischen den Vitrinen in der Luft und fesselten die Aufmerksamkeit.

»Wie geht es Ihnen, Hasselbacher?«

»Ich sagte, gehen Sie nicht hinein.«

»Das habe ich schon beim erstenmal verstanden.«

»Sie wollen Sie umbringen, Mr. Wormold.«

»Woher wissen Sie das, Hasselbacher?«

»Sie haben vor, Sie dort drin zu vergiften.«

Mehrere Gäste blieben stehen, gafften und lächelten. Einer, ein Amerikaner, sagte: »Ist das Essen so schlecht?«, und alle lachten.

Wormold sagte: »Bleiben Sie nicht hier, Hasselbacher. Sie fallen zu sehr auf.«

»Gehen Sie hinein?«

»Natürlich, ich bin einer der Redner.«

»Es geht auch um Milly. Vergessen Sie das nicht.«

»Machen Sie sich keine Sorgen um Milly. Ich komme lebend wieder heraus, Hasselbacher. Bitte, gehen Sie nach Hause.«

»Gut, aber ich mußte es versuchen«, sagte Dr. Hasselbacher. »Ich warte neben dem Telefon.«

»Ich rufe Sie an, wenn ich gehe.«

»Auf Wiedersehen, Jim.«

»Auf Wiedersehen, Doktor.« Die Anrede mit dem Vornamen traf Wormold unvorbereitet. Sie erinnerte ihn an das, was er im Spaß immer gedacht hatte: daß Dr. Hasselbacher den Namen nur an seinem Bett benutzen werde, wenn er die Hoffnung aufgegeben habe. Plötzlich hatte er Angst, weil er allein war, weit weg von zu Hause.

»Wormold«, sagte eine Stimme, und als er sich umdrehte, sah er, daß es Carter von Nucleaners war, aber gleichzeitig waren es für Wormold die englischen Midlands, der englische Snobismus, die englische Vulgarität, war es alles an Verbundenheit und Sicherheit, was das Wort England ihm vermittelte. »Carter!« rief er, als wäre Carter der Mann in Havanna, dem er am liebsten begegnen wollte, und in jenem Moment war er das auch.

»Bin verdammt froh, daß Sie hier sind«, sagte Carter. »Kenne bei diesem Essen keine Menschenseele. Nicht einmal meinen – nicht einmal Dr. Braun.« Seine Pfeife und sein Tabaksbeutel beulten seine Tasche aus; er tätschelte sie, als brauchte er Trost, als hätte auch er das Gefühl, weit weg von zu Hause zu sein.

»Carter, das ist Dr. Hasselbacher, ein alter Freund von mir.«

»Guten Tag, Doktor.« Er sagte zu Wormold: »Gestern nacht habe ich überall nach Ihnen gesucht. Kann offenbar die richtigen Lokale nicht finden.«

Sie gingen zusammen in den Bankettsaal. Das Vertrauen, das er zu einem Landsmann hatte, war ganz irrational, aber auf der Seite, auf der Carter ging, fühlte er sich beschützt.

3

Zu Ehren des Generalkonsuls schmückten zwei große Flaggen der Vereinigten Staaten den Saal, und Papierfähnchen wie in einem Flughafenrestaurant zeigten an, wo die einzelnen Nationalitäten saßen. Am Kopf der Tafel stand eine Schweizer Fahne für Dr. Braun, den Präsidenten; sogar die Flagge Monacos war da für den monegassischen Konsul, der einer der größten Zigarrenexporteure in Havanna war. Er sollte zur Rechten des Generalkonsuls sitzen, eine Reverenz vor dem Fürsten von Monaco und seiner amerikanischen Frau. Als Wormold und Carter eintraten, wurden Cocktails gereicht, und ein Kellner kam sofort auf sie zu. Bildete es sich Wormold ein, oder drehte der Kellner das Tablett tatsächlich so, daß der letzte Daiquiri Wormolds Hand am nächsten war?

»Nein. Nein, danke.«

Carter streckte die Hand aus, aber der Kellner war schon weitergegangen, zur Personaltür.

»Vielleicht hätten Sie lieber einen trockenen Martini, Sir?« sagte eine Stimme. Er drehte sich um. Es war der Oberkellner.

»Nein, nein, Martinis mag ich nicht.«

»Einen Scotch, Sir? Einen Sherry? Einen Old Fashioned? Was immer Sie wünschen.«

»Ich trinke nichts«, sagte Wormold, und der Oberkellner widmete sich einem anderen Gast. Vermutlich war er Strich sieben; wie seltsam, wenn er durch einen ironischen Zufall auch der potentielle Mörder war. Wormold sah sich nach Carter um, aber er war auf der Suche nach dem Gastgeber weitergegangen.

»Sie sollten lieber trinken, soviel Sie können«, sagte eine Stimme mit schottischem Akzent. »Ich heiße MacDougall. Offenbar sitzen wir nebeneinander.«

»Ich habe Sie hier noch nie gesehen, oder?«

»Ich habe den Laden von McIntyre übernommen. Sie haben McIntyre doch bestimmt gekannt?«

»O ja, ja.« Dr. Braun hatte den unwichtigen Carter an einen anderen Schweizer weitergereicht, der mit Uhren handelte, und führte jetzt den amerikanischen Generalkonsul durch den Raum, machte ihn mit den exklusiveren Mitgliedern bekannt. Die Deutschen bildeten eine Gruppe für sich, passenderweise an der Westwand; sie trugen die Überlegenheit der Deutschen Mark im Gesicht wie Schmisse: die nationale Ehre, die Bergen-Belsen überlebt hatte, hing jetzt vom Wechselkurs ab. Wormold fragte sich, ob einer von ihnen Dr. Hasselbacher das Geheimnis dieses Banketts verraten hatte. Verraten? Nicht unbedingt. Vielleicht war der Arzt erpreßt worden, das Gift zu liefern.

Jedenfalls hätte er um der alten Freundschaft willen etwas Schmerzloses ausgesucht, falls es überhaupt ein schmerzloses Gift gab.

»Ich habe eben gesagt«, fuhr Mr. MacDougall schwungvoll wie ein schottischer Rundtanz fort, »Sie sollten lieber jetzt etwas trinken. Das ist alles, was Sie bekommen.«

»Es gibt doch Wein, oder?«

»Schauen Sie sich den Tisch an.« Milchfläschchen standen bei jedem Gedeck. »Haben Sie denn die Einladung nicht gelesen? Ein amerikanisches Tellergericht zu Ehren unserer großen amerikanischen Verbündeten.«

»Tellergericht?«

»Sie wissen doch bestimmt, was ein Tellergericht ist, Mann? Sie schieben Ihnen das ganze Essen unter die Nase, schon auf Ihrem Teller angerichtet – gebratener Truthahn, Preiselbeersauce, Würstchen, Karotten und Pommes frites. Ich kann Pommes frites nicht ausstehen, aber bei einem Tellergericht darf man nicht wählerisch sein.«

»Nicht wählerisch?«

»Man ißt, was man bekommt. Das ist Demokratie, Mann.«

Dr. Braun rief sie zu Tisch. Wormold hatte gehofft, Landsleute seien zusammengesetzt worden und Carter sitze auf seiner anderen Seite, aber links von ihm war ein fremder Skandinavier, der die Milchflasche finster musterte. Wormold dachte: Jemand hat das gut geplant. Nichts ist unverdächtig, nicht einmal die Milch. Die Kellner eilten schon mit Morrokrebsen um die Tafel herum. Dann sah er erleichtert, daß Carter ihm gegenübersaß. Er fühlte sich geborgen in seiner Vulgarität. An ihn konnte man sich wenden wie an einen englischen Polizisten, weil man wußte, was er dachte.

»Nein«, sagte er zum Kellner, »für mich keinen Krebs.«

»Klug von Ihnen, die Dinger nicht anzurühren«, sagte Mr. MacDougall. »Ich lasse sie auch zurückgehen. Sie vertragen sich nicht mit Whisky. Wenn Sie jetzt einen Schluck Eiswasser trinken und das Glas unter den Tisch halten, ich habe einen Flachmann in der Tasche, der für uns beide reicht.«

Ohne etwas zu denken, streckte Wormold die Hand nach dem Glas aus, und dann kamen ihm Zweifel. Wer war MacDougall? Er hatte ihn noch nie gesehen und eben erst erfahren, daß McIntyre nicht mehr da war. War es nicht möglich, daß das Wasser vergiftet war, vielleicht sogar der Whisky im Flachmann?

»Warum hat McIntyre aufgegeben?« fragte er, die Hand am Glas.

»Oh, eine von den üblichen Geschichten«, sagte Mr. MacDougall, »Sie wissen ja, wie das ist. Los, trinken Sie das Wasser. Sie wollen den Scotch doch bestimmt nicht ersäufen. Er ist allerbester Highland Malt.«

»Es ist noch zu früh für mich. Trotzdem vielen Dank.«

»Wenn Sie dem Wasser nicht trauen, tun Sie recht daran«, sagte MacDougall mehrdeutig. »Ich trinke ihn pur. Wenn es Ihnen nichts ausmacht, mit mir aus der Flaschenkappe zu trinken ...«

»Nein, wirklich nicht. Um diese Zeit trinke ich nicht.«

»Es waren die Engländer, die Zeiten für das Trinken festgelegt haben, nicht die Schotten. Demnächst werden sie noch Zeiten für das Sterben festlegen.«

Carter sagte über den Tisch hinweg: »Ich habe nichts gegen einen Schluck. Mein Name ist Carter«, und Wormold sah erleichtert, daß Mr. MacDougall ihm Whisky einschenkte; ein Verdacht weniger, denn bestimmt wollte niemand Carter vergiften. Trotzdem, dachte er, an Mr. MacDougalls Schottentum stimmte etwas nicht. Es roch nach Fälschung wie Ossian.

»Svenson«, sagte der finstere Skandinavier scharf hinter dem schwedischen Fähnchen; jedenfalls hielt es Wormold für schwedisch: er konnte die skandinavischen Farben nie mit Gewißheit voneinander unterscheiden.

»Wormold«, sagte er.

»Was soll dieser Unsinn mit der Milch?«

»Ich glaube«, sagte Wormold, »Dr. Braun hat das mit dem amerikanischen Essen etwas zu wörtlich genommen.«

»Oder sich einen Scherz erlaubt«, sagte Carter.

»Ich glaube nicht, daß Dr. Braun viel Sinn für Humor hat.«

»Und womit handeln Sie, Mr. Wormold?« fragte der Schwede. »Ich glaube nicht, daß wir uns schon einmal begegnet sind, obwohl ich Sie vom Sehen kenne.«

»Mit Staubsaugern. Und Sie?«

»Mit Glas. Wie Sie wissen, ist schwedisches Glas das beste der Welt. Das Brot ist sehr gut. Essen Sie kein Brot?« Es war, als hätte er die Konversation im voraus mit Hilfe eines Sprachführers vorbereitet.

»Nicht mehr. Macht dick, wissen Sie.«

»Ich hätte gedacht, Sie könnten ein bißchen mehr Fett vertragen.« Mr. Svenson stieß ein tristes Lachen aus, das nach der Ausgelassenheit langer nördlicher Nächte klang. »Verzeihen Sie. Ich rede, als ob Sie eine Gans wären.«

Am Kopf der Tafel, wo der Generalkonsul saß, fingen sie damit an, die Tellergerichte zu servieren. Mr. MacDougall hatte mit dem Truthahn unrecht gehabt; das Hauptgericht war Huhn Maryland. Aber er hatte recht, was die Karotten, die Pommes frites und die Würstchen anlangte. Dr. Braun war etwas hinter den anderen zurück; er stocherte immer noch am Morrokrebs herum. Der Generalkonsul mußte ihn mit der Ernsthaftigkeit seiner Konversation und den auf ihn fixierten konvexen Brillengläsern aufgehalten haben. Zwei Kellner kamen um den Tisch herum; einer räumte die Krebsreste ab, der zweite brachte die Tellergerichte. Nur der Generalkonsul war auf die Idee gekommen, die Milchflasche zu öffnen. Das Wort »Dulles« wehte dumpf zu Wormolds Platz. Der Kellner kam mit zwei Tellern heran; einen stellte er vor den Skandinavier, der zweite war für Wormold. Ihm kam der Gedanke, die ganze Morddrohung gegen ihn könne ein absurder Streich sein. Vielleicht war Hawthorne ein Witzbold, und Dr. Hasselbacher ... Er dachte daran, wie Milly ihn gefragt hatte, ob Dr. Hasselbacher ihn nie auf den Arm nehme. Manchmal riskiert man lieber den Tod, als sich lächerlich zu machen. Er hätte sich am liebsten Carter anvertraut und seine vernünftige Antwort gehört; dann sah er auf seinen Teller und bemerkte etwas Seltsames. Die Karotten fehlten. Er sagte schnell: »Ihnen ist es lieber ohne Karotten«, und schob Mr. MacDougall den Teller zu.

»Was ich nicht mag, sind die Pommes frites«, sagte Mr. MacDougall schnell und reichte den Teller dem luxemburgischen Konsul. Der luxemburgische Konsul, mit einem Deutschen am Tisch gegenüber ins Gespräch vertieft, gab den Teller mit geistesabwesender Höflichkeit an seinen Nachbarn weiter. Die Höflichkeit steckte alle an, die noch nicht bedient worden waren, und der Teller wanderte weiter, auf Dr. Braun zu, dessen restlicher Morrokrebs eben abgetragen worden war. Der Oberkellner sah, was sich abspielte, und folgte dem Teller am Tisch entlang, aber er blieb ihm immer einen Schritt voraus. Der Kellner, der mit weiteren Tellergerichten zurückkam, wurde von Wormold abgefangen, der sich einen Teller nahm. Der Kellner machte ein verwirrtes Gesicht. Wormold fing mit Appetit zu essen an. »Die Karotten sind ausgezeichnet«, sagte er.

Der Oberkellner lungerte neben Dr. Braun herum. »Entschuldigen Sie, Dr. Braun«, sagte er, »Sie haben keine Karotten bekommen.«

»Ich mag keine Karotten«, sagte Dr. Braun und schnitt ein Stück Huhn ab.

»Ich bitte vielmals um Entschuldigung«, sagte der Oberkellner und griff nach Dr. Brauns Teller. »Ein Fehler in der Küche.« Mit dem Teller in der Hand strebte er wie ein Mesner mit der Kollekte durch den ganzen Raum zur Personaltür. Mr. MacDougall nahm einen Schluck von seinem Whisky.

»Ich glaube, jetzt könnte ich einen Schluck riskieren«, sagte Wormold. »Ich habe etwas zu feiern.«

»Guter Mann. Mit Wasser oder pur?«

»Könnte ich Ihr Wasser bekommen? In meinem ist eine Fliege.«

»Selbstverständlich.« Wormold trank zwei Drittel des

Wassers und hielt das Glas MacDougall hin. Mr. MacDougall schenkte ihm aus dem Flachmann einen großzügigen Doppelten ein. »Halten Sie mir das Glas noch einmal hin. Sie sind hinter uns beiden zurück«, sagte er, und Wormold war wieder auf dem Territorium des Vertrauens. Er empfand eine Art Zuneigung zu dem Nachbarn, den er verdächtigt hatte. Er sagte: »Wir müssen uns wieder treffen.«

»So eine Zusammenkunft wäre sinnlos, wenn sie die Menschen einander nicht näherbrächte.«

»Ohne dieses Essen hätte ich weder Sie noch Carter kennengelernt.«

Alle drei tranken noch einen Whisky. »Sie beide müssen unbedingt meine Tochter kennenlernen«, sagte Wormold, dem vom Whisky warm ums Herz wurde.

»Wie geht Ihr Geschäft?«

»Nicht übel. Wir erweitern das Büro.«

Dr. Braun klopfte auf den Tisch, damit Ruhe einkehrte.

»Bestimmt«, sagte Carter mit der lauten, unerschütterlichen Stimme aus Nottwich, »müssen sie zum Trinkspruch Drinks servieren.«

»Mein Junge«, sagte Mr. MacDougall, »es wird Reden geben, aber keine Trinksprüche. Wir müssen uns die Mistkerle ohne alkoholische Unterstützung anhören.«

»Ich bin einer der Mistkerle«, sagte Wormold.

»Sie halten eine Rede?«

»Als ältestes Mitglied.«

»Freut mich, daß Sie das noch erleben dürfen«, sagte Mr. MacDougall.

Der amerikanische Generalkonsul, aufgerufen von Dr.

Braun, begann zu reden. Er sprach von dem geistigen Band zwischen den Demokratien – er schien Kuba zu den Demokratien zu zählen. Der Handel sei wichtig, weil es ohne Handel kein geistiges Band gäbe; vielleicht war es auch andersherum. Er sprach von amerikanischer Hilfe für notleidende Länder, die es ihnen ermögliche, mehr Waren zu kaufen und durch den Kauf von mehr Waren das geistige Band zu festigen ... Irgendwo in den Nebenräumen des Hotels jaulte ein Hund, und der Oberkellner bedeutete mit einer Handbewegung, die Tür solle geschlossen werden. Die Einladung zum heutigen Mittagessen und die Begegnung mit den führenden Vertretern des europäischen Handels zur weiteren Festigung des geistigen Bandes sei dem amerikanischen Generalkonsul ein großes Vergnügen gewesen ... Wormold trank noch zwei Whiskys.

»Und jetzt«, sagte Dr. Braun, »werde ich das Wort dem ältesten Mitglied unseres Verbandes erteilen. Natürlich meine ich damit nicht sein Lebensalter, sondern die Zeitspanne, in der er der Sache des europäischen Handels in dieser schönen Stadt gedient hat, in der wir, Herr Minister« – er verbeugte sich vor seinem zweiten Nachbarn, einem dunkelhäutigen, schielenden Mann –, »das Privileg und das Glück genießen, Ihre Gäste zu sein. Ich spreche, wie Sie alle wissen, von Mr. Wormold.« Er warf einen schnellen Blick auf seine Notizen. »Mr. James Wormold, der Repräsentant von Phastkleaners in Havanna.«

Mr. MacDougall sagte: »Wir haben den Whisky ausgetrunken. Und das jetzt. Wo Sie es am nötigsten haben, sich Mut anzutrinken.«

Carter sagte: »Ich bin auch gewappnet hergekommen,

aber das meiste habe ich im Flugzeug getrunken. Ich habe nur noch ein Glas im Flachmann.«

»Das muß natürlich unser Freund hier bekommen«, sagte Mr. MacDougall. »Er ist bedürftiger als wir.«

Dr. Braun sagte: »Mr. Wormold kann uns als Symbol dienen für alles, was dieser Dienst bedeutet – Bescheidenheit, Unaufdringlichkeit, Ausdauer und Tüchtigkeit. Unsere Feinde stellen den Händler oft als großmäuligen Angeber dar, der nur darauf aus ist, ein Produkt abzusetzen, das unnütz, überflüssig oder sogar schädlich ist. Dieses Bild ist falsch ...«

Wormold sagte: »Nett von Ihnen, Carter. Ich könnte einen Schluck brauchen.«

»Nicht ans Reden gewöhnt?«

»Es liegt nicht nur an der Rede.« Er beugte sich über den Tisch, näherte sich dem ganz gewöhnlichen Gesicht aus Nottwich, von dem er das Gefühl hatte, er könne sich darauf verlassen, daß es ungläubig reagiere, beruhigend, mit dem lockeren Humor der Unerfahrenheit: bei Carter war er in Sicherheit. Er sagte: »Ich weiß, Sie werden mir kein Wort glauben«, aber er wollte nicht, daß Carter ihm glaubte. Er wollte von ihm lernen, es nicht zu glauben. Etwas stupste ihn unter dem Tisch am Bein, und als er hinunterschaute, sah er ein schwarzes Dackelgesicht, das ihn zwischen den lockigen Schlappohren um einen Happen anbettelte – der Hund mußte unbemerkt von den Kellnern durch die Personaltür hereingeschlüpft sein und war jetzt auf der Flucht, halb versteckt unter dem Tischtuch.

Carter schob Wormold einen kleinen Flachmann zu. »Es reicht nicht für zwei. Nehmen Sie alles.«

»Sehr nett von Ihnen, Carter.« Er schraubte die Kappe ab und goß den Inhalt in sein Glas.

»Nur ein Johnnie Walker. Keine Nobelmarke.«

Dr. Braun sagte: »Wenn einer hier für uns alle über die langen Jahre des geduldigen Dienstes sprechen kann, den ein Händler der Öffentlichkeit erweist, ist es, da bin ich mir sicher, Mr. Wormold, dem ich jetzt das Wort erteile ...«

Carter zwinkerte und hob ein imaginäres Glas.

»Ex und h-hopp«, sagte Carter. »Sie h-haben es eilig.«

Wormold senkte das Whiskyglas. »Was haben Sie gesagt, Carter?«

»Daß Sie schnell trinken sollen.«

»O nein, das haben Sie nicht gesagt, Carter.« Warum war ihm der gestotterte Hauchlaut bis jetzt nicht aufgefallen? War Carter das überhaupt bewußt, oder vermied er das zusätzliche H, wenn ihn Furcht oder H-Hoffnung nicht davon ablenkten?

»Was ist denn, Wormold?«

Wormold langte unter den Tisch, um den Kopf des Hundes zu tätscheln, und stieß dabei wie versehentlich das Glas vom Tisch.

»Sie haben getan, als würden Sie den Arzt nicht kennen.«

»Welchen Arzt?«

»Sie würden ihn H-Hasselbacher nennen.«

»Mr. Wormold«, rief Dr. Braun über den Tisch.

Er stand unsicher auf. In Ermangelung besseren Futters leckte der Hund den Whisky vom Boden auf.

Wormold sagte: »Ich weiß zu schätzen, daß Sie mich um eine Rede gebeten haben, was für Motive Sie auch gehabt haben mögen.« Ein höfliches Gekicher überraschte ihn – er hatte nichts Komisches sagen wollen. Er sagte: »Das ist meine erste Rede, und eine Zeitlang hat es so ausgesehen, als ob es auch mein letzter öffentlicher Auftritt wäre.« Er fing Carters Blick auf. Carter runzelte die Stirn. Wormold hatte ein schlechtes Gewissen, als wäre sein Überleben ein Fauxpas wie Trunkenheit in der Öffentlichkeit. Vielleicht war er betrunken. Er sagte: »Ich weiß nicht, ob ich hier Freunde habe. Daß ich etliche Feinde habe, steht fest.« Jemand sagte: »Eine Schande«, und mehrere Leute lachten. Wenn das so weiterging, würde er sich den Ruf eintragen, ein witziger Redner zu sein. Er sagte: »Heutzutage hören wir jede Menge über den kalten Krieg, aber jeder Händler wird Ihnen sagen, daß der Kampf zwischen zwei Herstellern derselben Waren ein ziemlich heißer Krieg sein kann. Zum Beispiel Phastkleaners und Nucleaners. Der Unterschied zwischen den beiden Geräten ist nicht viel größer als der zwischen zwei menschlichen Wesen, einem Russen – oder einem Deutschen – und einem Briten. Ohne den Ehrgeiz von ein paar Männern in beiden Firmen gäbe es keine Konkurrenz und keinen Krieg; nur ein paar Männer diktieren den Wettbewerb, erfinden Bedürfnisse und hetzen Mr. Carter und mich aufeinander.«

Jetzt lachte niemand. Dr. Braun flüsterte dem Generalkonsul etwas ins Ohr. Wormold hielt Carters Flachmann hoch und sagte: »Ich glaube nicht, daß Mr. Carter auch nur den Namen des Mannes kennt, der ihn hergeschickt hat, damit er mich zum Wohl seiner Firma vergiftet.« Wieder brach mit einer Spur Erleichterung Gelächter aus. Mr. MacDougall sagte: »Wir könnten hier durchaus etwas mehr Gift vertragen«, und plötzlich fing der Hund zu winseln an. Er kam aus der Deckung und strebte zur Personaltür. »Max«, rief der Oberkellner. »Max.« Schweigen und dann ein paar unsichere Lacher. Der Hund war wacklig auf den Beinen. Er jaulte und wollte sich in die Brust beißen. Der Oberkellner überholte ihn an der Tür und hob ihn auf, aber der Hund jaulte, als hätte er Schmerzen, und machte sich aus seinen Armen los. »Er hat einen sitzen«, sagte Mr. MacDougall beklommen.

»Sie müssen mich entschuldigen, Dr. Braun«, sagte Wormold, »die Vorstellung ist zu Ende.« Er folgte dem Oberkellner durch die Personaltür. »Halt.«

»Was wollen Sie?«

»Ich will herausfinden, was mit meinem Teller passiert ist.«

»Was meinen Sie damit, Sir? Mit Ihrem Teller?«

»Sie hatten große Angst, ein anderer könnte meinen Teller bekommen.«

»Ich verstehe nicht.«

»Haben Sie gewußt, daß mein Essen vergiftet war?«

»Sie meinen, es war nicht gut, Sir?«

»Ich meine, es war vergiftet, und Sie haben darauf geachtet, Dr. Braun das Leben zu retten – nicht mir.«

»Ich fürchte, Sir, ich verstehe Sie nicht. Ich habe zu tun. Sie müssen mich entschuldigen.« Aus dem langen Flur zur Küche kam das Geheul eines Hundes, ein leises, klägliches Winseln, unterbrochen von einem durchdringenderen Schmerzlaut. Der Oberkellner rief: »Max!« und lief wie ein menschliches Wesen den Flur entlang. Er riß die Küchentür auf. »Max!«

Der Dackel, der unter dem Tisch saß, hob schwermütig

den Kopf, dann schleppte er sich unter Schmerzen auf den Oberkellner zu. Ein Mann mit einer Kochmütze sagte: »Er hat hier nichts gefressen. Das Essen auf dem Teller ist weggeworfen worden.« Der Hund brach zu Füßen des Kellners zusammen und lag da wie ein Stück Abfall.

Der Kellner ging neben dem Hund in die Knie. Er verfiel ins Deutsche: »Max, mein Kind. Mein Kind.« Der schwarze Körper wirkte wie eine Verlängerung seines schwarzen Anzugs. Das Küchenpersonal versammelte sich um ihn herum.

Der schwarze Umriß regte sich leicht, und eine rosa Zunge kam heraus wie Zahnpasta und lag auf dem Küchenboden. Der Oberkellner legte die Hand auf den Hund und schaute dann zu Wormold auf. Die tränengefüllten Augen klagten ihn so an, weil er lebendig dastand, während der Hund tot war, daß er fast eine Entschuldigung über sich gebracht hätte, aber statt dessen drehte er sich um und ging. Am Ende des Flurs schaute er sich um: die schwarze Gestalt kniete neben dem schwarzen Hund, der Koch in Weiß stand davor, und die Küchenhilfen warteten, wie Trauernde um ein Grab herum, Gefäße, Bürsten und Geschirr wie Kränze in den Händen. Mein Tod, dachte er, wäre unauffälliger gewesen als das hier.

4

»Ich bin zurückgekommen«, sagte er zu Beatrice. »Ich liege nicht unter dem Tisch. Ich bin siegreich zurückgekommen. Es war der Hund, der gestorben ist.«

4. Kapitel

I

Hauptmann Segura sagte: »Ich bin froh, Sie allein anzutreffen. Sind Sie allein?«

»Ganz allein.«

»Ich bin mir sicher, daß es Ihnen nichts ausmacht. Ich habe zwei Männer an der Tür postiert, damit wir ungestört sind.«

»Stehe ich unter Arrest?«

»Natürlich nicht.«

»Milly und Beatrice sind im Kino. Es wird sie überraschen, wenn sie nicht hereingelassen werden.«

»Ich stehle Ihnen nicht viel Zeit. Es gibt zwei Gründe, aus denen ich Sie aufgesucht habe. Einer ist wichtig. Der zweite ist nur eine Routinesache. Darf ich mit dem wichtigen anfangen?« »Bitte.«

»Ich möchte Sie, Mr. Wormold, um die Hand Ihrer Tochter bitten.«

»Sind dazu zwei Polizisten vor der Tür nötig?«

»Es ist angenehm, ungestört reden zu können.«

»Haben Sie mit Milly gesprochen?«

»Das würde mir nicht im Traum einfallen, solange ich nicht mit Ihnen gesprochen habe.«

»Ich nehme an, sogar hier würden Sie nach dem Gesetz meine Zustimmung brauchen.«

»Das ist keine Frage des Gesetzes, sondern der Höflichkeit. Darf ich rauchen?«

»Warum nicht? Ist dieses Etui tatsächlich aus Menschenhaut?«

Hauptmann Segura lachte. »Ah, Milly, Milly! Was für ein Scherzbold sie ist!« Er fügte mehrdeutig hinzu: »Glauben Sie diese Geschichte wirklich, Mr. Wormold?« Vielleicht hatte er Vorbehalte gegen eine direkte Lüge; möglicherweise war er ein guter Katholik.

»Sie ist viel zu jung zum Heiraten, Hauptmann Segura.«

»In diesem Land nicht.«

»Ich bin mir sicher, daß sie noch nicht heiraten möchte.«

»Aber Sie könnten sie beeinflussen, Mr. Wormold.«

»Man nennt Sie den Roten Aasgeier, nicht wahr?«

»In Kuba ist das eine Art Kompliment.«

»Führen Sie nicht ein ziemlich unsicheres Leben? Sie scheinen viele Feinde zu haben.«

»Ich habe soviel gespart, daß für meine Witwe gesorgt ist. In dieser Hinsicht bin ich eine zuverlässigere Stütze als Sie, Mr. Wormold. Dieses Geschäft – es kann Ihnen nicht viel Geld einbringen und könnte jederzeit geschlossen werden.«

»Geschlossen?«

»Ich bin mir sicher, daß Sie keinen Ärger verursachen wollen, aber um Sie herum hat es viel Ärger gegeben. Falls Sie dieses Land verlassen müßten, wäre es Ihnen dann nicht wohler, wenn Ihre Tochter gut versorgt hier zurückbliebe?«

»Welchen Ärger, Hauptmann Segura?«

»Es hat einen Autounfall gegeben – fragen Sie mich nicht, warum. Es hat einen Anschlag auf den armen Ingenieur Cifuentes gegeben – einen Freund des Innenministers. Professor Sanchez hat sich beschwert, weil Sie in sein Haus eingedrungen sind und ihm gedroht haben. Es kursiert sogar eine Geschichte, daß Sie einen Hund vergiftet haben sollen.«

»Ich soll einen Hund vergiftet haben?«

»Das klingt natürlich absurd. Aber der Oberkellner im Hotel Nacional sagt, Sie hätten seinem Hund vergifteten Whisky eingeflößt. Warum sollten Sie einem Hund überhaupt Whisky einflößen? Ich verstehe das nicht. So wenig wie er. Er glaubt, vielleicht, weil es ein deutscher Hund war. Sie sagen ja gar nichts, Mr. Wormold.«

»Mir fehlen die Worte.«

»Er war in einem schrecklichen Zustand, der arme Mann. Sonst hätte ich ihn aus dem Büro hinauswerfen lassen, weil er Unsinn geredet hat. Er hat gesagt, Sie seien in die Küche gekommen, um sich an dem zu weiden, was Sie getan hatten. Das sieht Ihnen gar nicht ähnlich, Mr. Wormold. Ich habe Sie immer für einen humanen Mann gehalten. Versichern Sie mir einfach, daß an dieser Geschichte nichts Wahres ist ...«

»Der Hund *ist* vergiftet worden. Der Whisky stammte aus meinem Glas. Aber er war für mich bestimmt, nicht für den Hund.«

»Warum sollte jemand versuchen, Sie zu vergiften?«

»Das weiß ich nicht.«

»Zwei seltsame Geschichten – sie widersprechen einander. Vermutlich gab es gar kein Gift, und der Hund ist einfach so gestorben. Ich nehme an, es war ein alter Hund. Aber Sie müssen zugeben, Mr. Wormold, daß Sie jede Menge Ärger zu haben scheinen. Vielleicht sind Sie wie die unschuldigen Kinder in Ihrem Land, die Poltergeister in Aktion bringen können, wie ich gelesen habe.«

»Vielleicht. Kennen Sie die Namen der Poltergeister?«

»Die meisten. Ich glaube, es ist an der Zeit, sie auszutreiben. Ich schreibe einen Bericht für den Präsidenten.«

»Komme ich darin vor?«

»Das muß nicht sein. Ich sollte Ihnen sagen, Mr. Wormold, daß ich Geld gespart habe, soviel Geld, daß Milly behaglich leben könnte, falls mir etwas zustoßen sollte. Und natürlich soviel, daß wir nach Miami ziehen könnten, falls es hier zu einer Revolution kommt.«

»Es ist nicht nötig, daß Sie mir das alles erzählen. Ich habe nicht an Ihrer Finanzkraft gezweifelt.«

»Das ist so üblich, Mr. Wormold. Was meine Gesundheit anlangt – sie ist bestens. Ich kann Ihnen die Atteste zeigen. Schwierigkeiten mit dem Kinderkriegen wird es auch nicht geben. Das ist reichlich bewiesen.«

»Ich verstehe.«

»Nichts daran braucht Ihrer Tochter Sorgen zu machen. Für die Kinder ist gesorgt. Meine gegenwärtige Belastung ist unerheblich. Ich weiß, daß es Protestanten in diesen Dingen besonders genau nehmen.«

»Ich bin eigentlich gar kein Protestant.«

»Und zum Glück ist Ihre Tochter katholisch. Es wäre wirklich eine äußerst passende Heirat, Mr. Wormold.«

»Milly ist erst siebzehn.«

»Das beste und einfachste Alter, ein Kind zur Welt zu bringen, Mr. Wormold. Erlauben Sie mir, mit ihr zu sprechen?«

»Ist das nötig?«

»Es ist korrekter.«

»Und wenn ich nein sage ...«

»Dann würde ich natürlich versuchen, Sie zu überreden.«

»Sie haben einmal gesagt, ich gehöre nicht der folterbaren Klasse an.«

Hauptmann Segura legte Wormold liebevoll die Hand auf die Schulter. »Sie haben Millys Sinn für Humor. Aber im Ernst gesprochen, man muß immer an Ihre Aufenthaltserlaubnis denken.«

»Sie scheinen fest entschlossen zu sein. Gut. Reden Sie ruhig mit ihr. Sie haben auf dem Heimweg von ihrer Schule jede Menge Gelegenheit dazu. Aber Milly ist vernünftig. Ich glaube nicht, daß Sie eine Chance haben.«

»In diesem Fall könnte ich Sie später bitten, vom Einfluß eines Vaters Gebrauch zu machen.«

»Wie viktorianisch Sie doch sind, Hauptmann Segura. Heutzutage hat ein Vater keinerlei Einfluß. Sie haben gesagt, es gehe um etwas Wichtiges ...«

Hauptmann Segura sagte vorwurfsvoll: »Das war das Wichtige. Das zweite ist wirklich eine reine Routinesache. Würden Sie mit mir in die Wonder Bar kommen?«

»Warum?«

»Eine Polizeiangelegenheit. Nichts, worüber Sie sich Sorgen machen müßten. Ich bitte Sie um einen Gefallen, das ist alles, Mr. Wormold.«

Sie fuhren in Hauptmann Seguras scharlachrotem Sportwagen hin, geleitet und gefolgt von einem Polizisten auf einem Motorrad. Alle Schuhputzer vom Paseo schienen sich auf dem Virdudes versammelt zu haben. Auf beiden Seiten der Schwingtür zur Wonder Bar waren Polizisten postiert, und die Sonne stand heiß am Himmel.

Die Polizisten auf den Motorrädern sprangen von den Maschinen und verscheuchten die Schuhputzer. Polizisten rannten aus der Bar und bildeten eine Eskorte für Hauptmann Segura. Wormold folgte ihm. Wie immer um diese Tageszeit knarrten die Jalousien über der Kolonnade in der leichten Brise vom Meer. Der Barmann stand auf der falschen Seite des Tresens, auf der Gästeseite. Er sah aus, als wäre ihm übel und als ob er Angst hätte. Aus mehreren kaputten Flaschen hinter ihm liefen immer noch einzelne Tropfen, aber der eigentliche Inhalt war schon vor einer Weile ausgelaufen. Die Körper der Polizisten verdeckten jemanden am Boden, aber die Schuhe waren zu sehen – die schweren, zu oft geflickten Schuhe eines alten Mannes, der nicht reich gewesen war. »Es handelt sich nur um eine formelle Identifizierung«, sagte Hauptmann Segura. Wormold brauchte sich das Gesicht eigentlich gar nicht anzusehen, aber sie machten ihm den Weg frei, damit er auf Dr. Hasselbacher hinunterschauen konnte.

»Es ist Dr. Hasselbacher«, sagte er. »Sie haben ihn so gut gekannt wie ich.«

»In solchen Angelegenheiten muß man die Form wahren«, sagte Segura. »Eine unabhängige Identifizierung.«

»Wer war es?«

Segura sagte: »Wer weiß? Trinken Sie lieber ein Glas Whisky. Barmann!«

»Nein. Geben Sie mir einen Daiquiri. Mit ihm habe ich immer Daiquiri getrunken.«

»Jemand ist mit einer Schußwaffe hereingekommen. Zwei Schüsse haben ihn verfehlt. Natürlich werden wir behaupten, es seien die Rebellen aus Oriente gewesen. Das ist nützlich beim Einfluß auf die Meinung des Auslands. Vielleicht waren es die Rebellen.«

Das Gesicht starrte sie vom Boden aus ausdruckslos an. Man konnte diese Gelassenheit nicht mit Begriffen wie Frieden oder Qual schildern. Es war, als wäre dem Gesicht nie etwas widerfahren: ein ungeborenes Gesicht.

»Wenn Sie ihn beerdigen, legen Sie ihm seinen Helm ins Grab.«

»Helm?«

»Sie werden in seiner Wohnung eine alte Uniform finden. Er war sentimental.« Es war seltsam, daß Dr. Hasselbacher zwei Weltkriege überlebt hatte und schließlich im sogenannten Frieden fast denselben Tod gestorben war, den er an der Somme hätte sterben können.

»Sie wissen genau, daß es nichts mit den Rebellen zu tun hatte«, sagte Wormold.

»Es kommt uns gelegen, das zu behaupten.«

»Wieder die Poltergeister.«

»Sie machen sich zuviele Vorwürfe.«

»Er hat mich davor gewarnt, zu dem Essen zu gehen. Carter hat ihn gehört, alle haben ihn gehört, also haben sie ihn umgebracht.«

»Wer sind sie?«

»Sie haben die Liste.«

»Der Name Carter stand nicht darauf.«

»Dann fragen Sie den Kellner mit dem Hund. *Ihn* können Sie doch bestimmt foltern. Ich habe nichts dagegen.«

»Er ist Deutscher und hat hochrangige Freunde in der Politik. Warum hätte er Sie vergiften wollen?«

»Weil sie mich für gefährlich halten. Mich! Sie wissen

wenig. Bestellen Sie mir noch einen Daiquiri. Ich habe immer zwei getrunken, ehe ich in den Laden zurückgegangen bin. Zeigen Sie mir Ihre Liste, Segura?«

»Vielleicht würde ich sie meinem Schwiegervater zeigen, weil ich ihm vertrauen könnte.«

Man kann Statistiken drucken und die Bevölkerung nach Hunderttausenden zählen, aber für jeden Menschen besteht eine Stadt aus nicht mehr als ein paar Straßen, ein paar Häusern, ein paar Menschen. Wenn dieses Wenige entfernt wird, existiert eine Stadt nur noch als ein Schmerz in der Erinnerung wie der Phantomschmerz in einem amputierten Bein. Es war an der Zeit, dachte Wormold, seine Sachen zu packen und die Ruinen von Havanna zu verlassen.

»Wissen Sie«, sagte Hauptmann Segura, »das unterstreicht nur, was ich gemeint habe. Milly sollte vor solchen Vorfällen sicher sein.«

»Ja«, sagte Wormold. »Dafür werde ich sorgen müssen.«

2

Die Polizisten waren aus dem Laden verschwunden, als er zurückkam. Lopez war unterwegs, er hatte keine Ahnung, wohin. Er konnte hören, wie Rudy mit seinen Röhren hantierte, und gelegentlich ertönte in der Wohnung ein statisches Knacken. Er setzte sich auf das Bett. Drei Tote: ein unbekannter Mann namens Raul, ein schwarzer Dackel namens Max und ein alter Arzt namens Hasselbacher; er war die Ursache – und Carter. Carter hatte weder den Tod Rauls noch den des Hundes geplant, aber Dr. Hasselbacher hatte keine Chance bekommen. Es war eine Vergeltungsmaßnahme gewesen: einen Tod für ein Leben, eine Umkehrung des mosaischen Gesetzes. Er hörte Milly und Beatrice im Nebenzimmer reden. Obwohl die Tür nur angelehnt war, nahm er nur die Hälfte dessen auf, was sie sagten. Er stand an der Grenze zur Gewalt, ein fremdes Land, in dem er noch nie gewesen war; er hatte seinen Paß in der Hand. »Beruf: Spion. Besondere Kennzeichen: Freundlichkeit. Zweck der Einreise: Mord.« Ein Visum war nicht erforderlich. Seine Papiere waren in Ordnung.

Und auf der anderen Seite der Grenze hörte er Stimmen in der Sprache sprechen, die er kannte.

Beatrice sagte: »Nein, zu Dunkelrot würde ich nicht raten. Nicht in Ihrem Alter.«

Milly sagte: »Sie sollten im letzten Schuljahr Unterricht im Schminken geben. Ich kann förmlich hören, wie Schwester Agnes sagt: ›Einen Tropfen *Nuit d'Amour* hinter die Ohren.‹«

»Versuchen Sie es mit diesem Rosa. Nein, nicht die Ränder verschmieren. Ich zeige es Ihnen.«

Wormold dachte: Ich habe weder Arsen noch Zyankali. Außerdem werde ich keine Gelegenheit haben, mit ihm zu trinken. Ich hätte ihn zwingen sollen, den Whisky zu schlucken. Leichter gesagt als getan, wenn man nicht auf der elisabethanischen Bühne stand, und selbst dort hätte er zusätzlich ein vergiftetes Rapier gebraucht.

»So. Sie sehen, was ich meine.«

»Was ist mit Rouge?«

»Sie brauchen kein Rouge.«

»Was für ein Parfum benutzen Sie, Beatrice?«

»Sous Le Vent.«

Sie haben Hasselbacher erschossen, aber ich habe keine Waffe, dachte Wormold. Eine Schußwaffe hätte unbedingt zur Büroausstattung gehören müssen, wie der Safe, die Zelluloidfolien, das Mikroskop und der elektrische Wasserkessel. Er hatte noch nie im Leben eine Schußwaffe auch nur in der Hand gehabt, aber das war kein unbezwingbarer Einwand. Er mußte Carter nur so nahe kommen wie der Tür, durch die die Stimmen drangen.

»Wir gehen gemeinsam einkaufen. Ich glaube, *Indiscret* würde Ihnen gefallen. Das ist von Lelong.«

»Es klingt nicht sehr leidenschaftlich«, sagte Milly.

»Sie sind jung. Sie brauchen sich keine Leidenschaft hinter die Ohren zu tupfen.«

»Man muß einem Mann Mut machen«, sagte Milly.

»Schauen Sie ihn einfach an.«

»So?« Wormold hörte Beatrice lachen. Er schaute staunend die Tür an. Er war in Gedanken so weit über die Grenze gegangen, daß er vergessen hatte, noch hier zu sein, auf der Seite der beiden.

»Soviel Mut müssen Sie ihnen auch wieder nicht machen«, sagte Beatrice.

»Habe ich geschmachtet?«

»Ich würde es glühen nennen.«

»Fehlt Ihnen etwas, seit Sie nicht mehr verheiratet sind?« fragte Milly.

»Falls Sie meinen, ob mir Peter fehlt, nein.«

»Falls er stirbt, würden Sie dann wieder heiraten?«

»Ich glaube nicht, daß ich darauf warten würde. Er ist erst vierzig.«

»O ja. Ich nehme an, *Sie* könnten wieder heiraten, falls man das eine Ehe nennen könnte.«

»Für mich wäre es eine.«

»Aber es ist schrecklich, nicht wahr. *Ich* muß für immer heiraten.«

»Die meisten von uns glauben, daß wir genau das tun – wenn wir heiraten.«

»Als Geliebte wäre ich viel besser dran.«

»Ich glaube nicht, daß das Ihrem Vater sehr gefallen würde.«

»Ich sehe nicht ein, warum. Falls er wieder heiraten würde, wäre das auch nichts anderes. Sie wäre im Grunde seine Geliebte, nicht wahr? Er hat immer bei Mutter bleiben wollen. Das weiß ich. Er hat es mir gesagt. Es war eine richtige Ehe. Darum kommt nicht einmal ein guter Heide herum.«

»Ich habe von Peter dasselbe geglaubt. Milly, Milly, lassen Sie nicht zu, daß sie Sie hart machen.«

»Sie?«

»Die Nonnen.«

»Oh. So reden sie nicht mit mir. Überhaupt nicht.«

Natürlich bestand immer die Möglichkeit, ein Messer zu benutzen. Aber mit einem Messer hätte er Carter näher sein müssen, als er je erhoffen konnte.

Milly sagte: »Lieben Sie meinen Vater?«

Er dachte: Eines Tages kann ich zurückkommen und mich um diese Frage kümmern. Aber jetzt gibt es wichtigere Probleme; ich muß herausfinden, wie man einen Menschen tötet. Es wurden doch sicher Handbücher hergestellt, aus denen man das erfuhr? Es mußte Abhandlungen über unbewaffneten Kampf geben. Er sah seine Hände an, aber er traute ihnen nicht.

Beatrice sagte: »Warum fragen Sie das?«

»Sie haben ihn so angeschaut.«

»Wann?«

»Als er von diesem Mittagessen zurückgekommen ist. Vielleicht haben Sie sich nur darüber gefreut, daß er eine Rede gehalten hat?«

»Ja.«

»Es würde nicht gehen«, sagte Milly. »Ich meine, daß Sie ihn lieben.«

Wormold sagte zu sich: Wenn ich ihn töten könnte, würde ich ihn wenigstens aus einem sauberen Grund töten. Ich würde töten, um zu zeigen, daß man nicht töten kann, ohne selbst getötet zu werden. Ich würde nicht für den Kapitalismus töten, den Kommunismus, die Sozialdemokratie oder den Wohlfahrtsstaat – für wessen Wohlfahrt? Ich würde Carter töten, weil er Hasselbacher getötet hat. Eine Familienfehde war ein besserer Grund für einen Mord gewesen als Patriotismus oder die Vorliebe für das eine oder das andere Wirtschaftssystem. Wenn ich liebe oder hasse, will ich als Individuum lieben oder hassen. Ich werde nicht in irgend jemandes Weltkrieg 59200/5 sein.

»Wenn ich ihn lieben würde, warum dürfte ich es dann nicht?«

»Er ist verheiratet.«

»Milly, liebe Milly. Hüten Sie sich vor Engstirnigkeit. Falls es einen Gott gibt, ist er nicht engstirnig.«

»Lieben Sie ihn?«

»Das habe ich nicht gesagt.«

Eine Schußwaffe ist die einzige Möglichkeit; wo bekomme ich eine Waffe her?

Jemand kam herein; er schaute nicht einmal auf. Rudys Röhren gaben im Nebenzimmer ein hohes Kreischen von sich. Millys Stimme sagte: »Wir haben dich gar nicht ins Haus kommen hören.«

Er sagte: »Ich möchte, daß du etwas für mich tust, Milly.«

»Hast du gehorcht?«

Er hörte Beatrice sagen: »Was ist? Was ist passiert?«

»Ein Unfall, eine Art Unfall.«

»Wer?«

»Dr. Hasselbacher.«

»Ernst?«

»Ja.«

»Du versuchst, es uns schonend beizubringen, nicht wahr?« sagte Milly.

»Ja.«

»Armer Dr. Hasselbacher.«

»Ja.«

»Ich werde den Kaplan bitten, Messen zu lesen; für jedes Jahr unserer Bekanntschaft eine.« Er begriff, daß es, was Milly anlangte, überhaupt nicht nötig war, ihr eine Todesnachricht schonend beizubringen. Für sie war jeder Tod ein glücklicher Tod. Rache war überflüssig, wenn man an einen Himmel glaubte. Doch ihm fehlte diese Art von Glauben. Gnade und Vergebung waren bei Christen kaum Tugenden; sie fielen ihnen zu leicht.

Er sagte: »Hauptmann Segura war hier. Er will, daß du ihn heiratest.«

»Dieser alte Mann. Ich steige nie wieder in sein Auto.«

»Ich möchte, daß du es noch einmal tust, morgen. Sag ihm, er soll mich besuchen.«

»Warum?«

»Auf ein Damespiel. Um zehn. Du und Beatrice, ihr müßt aus dem Haus sein.«

»Wird er mich belästigen?«

»Nein. Sag ihm einfach, er soll herkommen und mit mir reden. Sag ihm, er soll seine Liste mitbringen. Das wird er verstehen.«

»Und danach?«

»Wir fahren nach Hause. Nach England.«

Als er mit Beatrice allein war, sagte er: »Das war's. Das Ende des Büros.«

»Was meinen Sie damit?«

»Vielleicht gehen wir mit einem guten Bericht glorreich unter – der Liste der Geheimagenten, die hier operieren.«

»Wir eingeschlossen?«

»O nein. Wir haben nie operiert.«

»Ich verstehe nicht.«

»Ich habe keine Agenten, Beatrice. Keinen einzigen. Hasselbacher ist grundlos umgebracht worden. Es gibt keine Bauten in den Bergen von Oriente.«

Es war typisch für sie, daß ihr keinerlei Ungläubigkeit anzumerken war. Das war eine Information wie jede andere, die zur Weiterleitung zu den Akten genommen werden mußte. Jede Einschätzung ihres Werts, dachte er, würde von der Zentrale vorgenommen werden.

Er sagte: »Natürlich ist es Ihre Pflicht, das sofort nach London zu melden, aber ich wäre dankbar, wenn Sie bis übermorgen warten würden. Vielleicht können wir dann etwas Echtes hinzufügen.«

»Falls Sie am Leben sind, meinen Sie.«

»Natürlich werde ich noch am Leben sein.«

»Sie haben etwas vor.«

»Segura hat die Liste der Agenten.«

»Sie haben etwas anderes vor. Aber falls Sie tot sind«, sagte sie, zornig, wie es klang, »dann gilt wohl *de mortuis*.«

»Falls mir etwas zustößt, würde ich nicht wollen, daß Sie erst aus diesen gefälschten Akten erfahren, was für ein Betrüger ich gewesen bin.«

»Aber Raul ... es muß doch einen Raul gegeben haben.«

»Der arme Mann. Er muß sich gefragt haben, was ihm da passiert. Er war wie üblich auf einer Spritztour. Vielleicht war er auch wie üblich betrunken. Ich hoffe es.«

»Aber er hat existiert.«

»Irgendwoher muß man einen Namen haben. Ich muß seinen aufgeschnappt haben, ohne mich daran zu erinnern.«

»Die Pläne?«

»Ich habe sie selbst gezeichnet, nach dem Atomgiganten. Der Spaß ist jetzt vorbei. Möchten Sie ein Geständnis aufsetzen, das ich unterschreibe? Ich bin froh, daß sie Teresa nichts getan haben.«

Sie begann zu lachen. Sie legte den Kopf in die Hände und lachte. Sie sagte: »Oh, wie ich Sie liebe.«

»Es muß Ihnen ziemlich blöd vorkommen.«

»London steht ziemlich blöd da. Und Henry Hawthorne. Glauben Sie, ich hätte Peter je verlassen, wenn er einmal – nur einmal die UNESCO zum Narren gehalten hätte? Aber die UNESCO war heilig. Kulturkonferenzen waren heilig. Er hat nie gelacht … Geben Sie mir Ihr Taschentuch.«

»Sie weinen.«

»Ich lache. Diese Zeichnungen …«

»Auf einer war eine Sprühdüse, und auf einer anderen eine Einrastkupplung. Ich hätte nie geglaubt, daß sie vor den Fachleuten bestehen.«

»Fachleute haben sie nicht zu sehen bekommen. Vergessen Sie nicht – dies ist ein Geheimdienst. Wir müssen unsere Informanten schützen. Wir können nicht zulassen, daß solche Dokumente Leute erreichen, die wirklich Bescheid wissen. Liebling …«

»Sie haben Liebling gesagt.«

»Nur so eine Redensart. Erinnern Sie sich an das Tropicana und den Sänger? Ich wußte nicht, daß Sie mein Chef sind und ich Ihre Sekretärin bin, Sie waren einfach ein netter Mann mit einer bezaubernden Tochter, und ich wußte, daß Sie etwas Verrücktes mit einer Champagnerflasche anstellen wollten, und ich war so tödlich gelangweilt von der Vernunft …«

»Aber ich bin kein Spinner.«

»› … sagen, eine Orange hat Schalen,
nennen mich einen verrückten Hund.‹«

»Ich wäre kein Staubsaugerverkäufer, wenn ich ein Spinner wäre.«

»›Ich aber sage, die Nacht ist der Tag,
mir ist gleich, was da kommen mag.‹«

»Sind Sie denn auch nicht loyaler als ich?«

»Sie sind loyal.«

»Wem gegenüber?«

»Milly. Mir sind Männer verdammt egal, die loyal gegenüber Leuten sind, die sie bezahlen, gegenüber Organisationen ... Ich glaube, soviel bedeutet mir auch mein Land nicht. In unserem Blut gibt es viele Länder, nicht wahr, aber nur einen Menschen. Wäre die Welt ein solches Chaos, wenn wir der Liebe und nicht Ländern gegenüber loyal wären?«

Er sagte: »Ich nehme an, sie könnten mir meinen Paß wegnehmen.«

»Sollen sie es doch versuchen.«

»Wie auch immer«, sagte er, »es ist für uns beide das Ende eines Jobs.«

5. Kapitel

I

»Kommen Sie herein, Hauptmann Segura.«

Hauptmann Segura glänzte. Sein Lederzeug glänzte, seine Knöpfe glänzten, und er hatte frische Pomade im Haar. Er sah aus wie eine sorgfältig gepflegte Waffe. Er sagte: »Ich habe mich so gefreut, als Milly es mir ausgerichtet hat.«

»Wir haben eine Menge zu besprechen. Wollen wir erst ein Spiel machen? Heute abend werde ich Sie besiegen.«

»Das bezweifle ich, Mr. Wormold. Noch muß ich Ihnen nicht den Respekt eines Schwiegersohns erweisen.«

Wormold klappte das Damebrett auf. Dann baute er vierundzwanzig Minifläschchen Whisky auf: zwölf Bourbon gegen zwölf Scotch.

»Was ist das, Mr. Wormold?«

»Eine Idee von Dr. Hasselbacher. Ich habe gedacht, wir könnten ein Spiel zu seinem Gedächtnis machen. Wenn man ein Fläschchen vom Brett nimmt, trinkt man es.«

»Eine schlaue Idee, Mr. Wormold. Weil ich der bessere Spieler bin, muß ich mehr trinken.«

»Und dann hole ich Sie ein – auch mit den Drinks.«

»Ich glaube, ich würde lieber mit den üblichen Steinen spielen.«

»Haben Sie Angst zu verlieren, Segura? Vielleicht vertragen Sie nicht viel.«

»Ich vertrage so viel wie jeder andere, aber wenn ich trinke, verliere ich manchmal die Beherrschung. Ich möchte meinem zukünftigen Vater gegenüber nicht die Beherrschung verlieren.«

»Milly wird Sie nicht heiraten, Segura.«

»Darüber müssen wir reden.«

»Sie spielen mit dem Bourbon. Bourbon ist stärker als Scotch. Ein Handicap für mich.«

»Das ist nicht nötig. Ich spiele mit dem Scotch.«

Segura drehte das Brett um und setzte sich.

»Warum nehmen Sie nicht den Gürtel ab, Segura? Dann haben Sie es bequemer.«

Segura legte Gürtel und Halfter neben sich auf den Boden. »Ich kämpfe unbewaffnet gegen Sie«, sagte er jovial.

»Ist Ihre Waffe immer geladen?«

»Selbstverständlich. Feinde, wie ich sie habe, lassen mir keine Chance zum Laden.«

»Haben Sie Hasselbachers Mörder gefunden?«

»Nein. Er gehört nicht zur kriminellen Klasse.«

»Carter?«

»Nach dem, was Sie gesagt haben, habe ich das natürlich überprüft. Er war zum fraglichen Zeitpunkt mit Dr. Braun zusammen. Und am Wort des Präsidenten des europäischen Handelsverbands können wir nicht zweifeln, nicht wahr?«

»Dr. Braun steht also auf Ihrer Liste?«

»Natürlich. Lassen Sie uns spielen.«

Wie jeder Spieler weiß, gibt es bei Dame eine imaginäre Linie, die diagonal über das Brett verläuft. Das ist die Verteidigungslinie. Wer diese Linie kontrolliert, ergreift die Initiative; wenn die Linie überquert wird, beginnt der Angriff. Mit unverschämter Leichtigkeit brachte sich Segura in die Eröffnungsposition und schob dann ein Fläschchen über die Mitte des Bretts. Er zögerte nicht zwischen den Zügen; er schaute kaum auf das Brett. Es war Wormold, der Pausen machte und überlegte.

»Wo ist Milly?« fragte Segura.

»Ausgegangen.«

»Und Ihre reizende Sekretärin?«

»Bei Milly.«

»Sie stecken schon in Schwierigkeiten«, sagte Hauptmann Segura. Er attackierte Wormolds Verteidigungsbasis und nahm ein Fläschchen Old Taylor als Gefangenen. »Der erste Drink«, sagte er und leerte es. Wormold reagierte verwegen mit einer Zangenbewegung und verlor prompt ein

Fläschchen – dieses Mal Old Forester. Ein paar Schweißperlen traten auf Seguras Stirn, und er räusperte sich nach dem Trinken. Er sagte: »Sie spielen riskant, Mr. Wormold.« Er zeigte auf das Brett. »Sie hätten dieses Fläschchen hier nehmen sollen.«

»Sie können mich schlagen«, sagte Wormold.

Zum erstenmal zögerte Segura. Er sagte: »Nein. Es ist mir lieber, wenn Sie meines nehmen.« Es war ein seltener Whisky namens Cairgorn, der eine wunde Stelle auf Wormolds Zunge fand.

Sie spielten eine Weile mit übertriebener Vorsicht, nahmen beide kein Fläschchen.

»Ist Carter noch im Seville-Biltmore?« fragte Wormold.

»Ja.«

»Lassen Sie ihn beobachten?«

»Nein. Wozu?«

Wormold klammerte sich mit dem Rest seiner danebengegangenen Zangenbewegung an den Brettrand, aber er hatte seine Basis verloren. Er machte einen falschen Zug, der es Segura ermöglichte, ein geschütztes Fläschchen auf Feld 22 zu schieben, und jetzt gab es für Wormold keine Möglichkeit mehr, sein Fläschchen auf Feld 25 zu retten und Segura daran zu hindern, daß er die letzte Reihe erreichte und eine Dame bekam.

»Leichtsinnig«, sagte Segura.

»Ich kann einen Austausch daraus machen.«

»Aber ich habe die Dame.«

Segura trank einen Four Roses, und Wormold nahm auf der anderen Seite des Brettes einen Dimple von Haig. Segura sagte: »Es ist ein heißer Abend.« Er krönte seine Dame mit einem Fetzen Papier. Wormold sagte: »Wenn ich die Dame nehme, muß ich zwei Fläschchen trinken. Ich habe Nachschub im Schrank.«

»Sie haben an alles gedacht«, sagte Segura. Lag Bitterkeit darin?

Er spielte jetzt mit großer Vorsicht. Es wurde schwierig, ihn zu einer Gefangennahme zu verleiten, und Wormold wurde die wesentliche Schwäche seines Plans klar, daß es einem guten Spieler möglich ist, einen Gegner zu besiegen, ohne ihm seine Steine wegzunehmen. Er schlug noch ein Fläschchen Seguras und saß in der Falle. Er konnte keinen Zug mehr machen.

Segura wischte sich den Schweiß von der Stirn. »Sehen Sie«, sagte er, »Sie können nicht gewinnen.«

»Sie müssen mir Revanche geben.«

»Dieser Bourbon ist stark. Fünfundvierzig Prozent.«

»Wir tauschen die Whiskys aus.«

Dieses Mal hatte Wormold Schwarz, mit dem Scotch. Er hatte die drei Scotch ersetzt, die er getrunken hatte, und die drei Bourbon. Er fing mit der Eröffnung Nummer vierzehn an, die zu einem in die Länge gezogenen Spiel führen kann, denn er wußte, seine einzige Hoffnung war jetzt, daß Segura unvorsichtig wurde und um Fläschchen spielte. Er versuchte wieder, sich schlagen zu lassen, aber Segura ging auf den Zug nicht ein. Es war, als hätte Segura gemerkt, daß sein wahrer Gegner nicht Wormold, sondern sein Kopf war. Er opferte sogar einmal ohne taktischen Vorteil ein Fläschchen und zwang Wormold, es zu nehmen – einen Hiram Walker. Wormold wurde bewußt, daß auch sein Kopf in Gefahr war; die Mischung aus Scotch und Bourbon war tödlich. Er sagte: »Geben Sie mir eine Zigarette.« Segura beugte sich vor, um sie anzuzünden, und Wormold fiel auf, daß er Mühe hatte, das Feuerzeug ruhig zu halten. Es funktionierte nicht gleich, und er fluchte mit unnötiger Heftigkeit. Noch zwei Drinks, und ich habe ihn, dachte Wormold.

Aber es war genauso schwierig, ein Fläschchen an einen widerwilligen Kontrahenten zu verlieren, wie eines zu nehmen. Ohne daß er es wollte, kippte das Spiel zu seinen Gunsten. Er trank einen Harper's und bekam eine Dame. Er sagte mit falscher Jovialität: »Das ist mein Spiel, Segura. Wollen Sie aufgeben?«

Segura schaute finster auf das Brett. Es war deutlich, daß er hin und her gerissen war zwischen dem Wunsch zu gewinnen und dem Wunsch, einen klaren Kopf zu behalten, aber der Zorn benebelte ihm den Kopf wie der Whisky. Er sagte: »Eine schweinische Art, Dame zu spielen.« Jetzt, wo sein Gegner eine Dame hatte, konnte er nicht mehr auf einen Sieg ohne Blutvergießen spielen, weil die Dame sich frei bewegen durfte. Als er dieses Mal einen Kentucky Tavern opferte, war es ein echtes Opfer, und er verfluchte die Fläschchen. »Die verdammten Formen«, sagte er, »alle verschieden. Geschliffenes Glas, wer hat je von einem Damestein aus geschliffenem Glas gehört?« Wormold spürte, wie der Bourbon auch sein Gehirn benebelte, aber der Augenblick des Sieges – und der Niederlage – war gekommen.

Segura sagte: »Sie haben mein Fläschchen verschoben.«

»Nein, das ist Red Label. Meines.«

»Wie in Gottes Namen soll ich zwischen Scotch und Bourbon unterscheiden? Es sind alles Flaschen, oder?«

»Sie sind wütend, weil Sie verlieren.«

»Ich verliere nie.«

Dann machte Wormold einen wohlüberlegten Lapsus und exponierte seine Dame. Einen Augenblick lang glaubte er, Segura habe es nicht gemerkt, und dann glaubte er, Segura werde sich die Chance absichtlich entgehen lassen, damit er nicht trinken müsse. Aber die Versuchung, die Dame zu nehmen, war groß, und hinter dem Zug lag ein niederschmetternder Sieg. Er konnte sein Fläschchen zur Dame machen und danach ein Massaker anrichten. Trotzdem zögerte er. Die Hitze des Whiskys und die stickige Nacht brachten sein Gesicht zum Schmelzen wie das einer Wachspuppe; er hatte Mühe, klar zu sehen. Er sagte: »Warum haben Sie das getan?«

»Was?«

»Sie verlieren Ihre Dame und das Spiel.«

»Verdammt. Es ist mir nicht aufgefallen. Ich muß betrunken sein.«

»Sie sind betrunken?«

»Ein bißchen.«

»Ich bin auch betrunken. Sie wissen, daß ich betrunken bin. Sie wollen mich betrunken machen. Warum?«

»Seien Sie kein Idiot, Segura. Warum sollte ich Sie betrunken machen wollen? Hören wir auf, nennen wir es ein Remis.«

»Kein gottverdammtes Remis. Ich weiß, warum Sie mich betrunken machen wollen. Sie wollen mir diese Liste zeigen – ich meine, Sie wollen, daß ich sie Ihnen zeige.«

»Was für eine Liste?«

»Ich habe euch alle im Netz. Wo ist Milly?«

»Ich habe Ihnen doch gesagt, daß sie ausgegangen ist.«

»Heute nacht gehe ich zum Polizeichef. Wir ziehen das Netz zusammen.«

»Mit Carter darin?«

»Wer ist Carter?« Er wedelte mit dem Finger nach Wormold. »Sie sind drin – aber ich weiß, daß Sie kein Agent sind. Sie sind ein Schwindler.«

»Schlafen Sie doch ein bißchen, Segura. Ein Remis.«

»Kein Remis. Sehen Sie. Ich nehme Ihre Dame.« Er machte das Fläschchen Red Label auf und stürzte es hinunter.

»Zwei Fläschchen für eine Dame«, sagte Wormold und gab ihm einen Dunosdale Cream.

Segura saß schwerfällig auf dem Stuhl, mit wackelndem Kinn. Er sagte: »Geben Sie zu, daß Sie verloren haben. Ich spiele nicht um Fläschchen.«

»Ich gebe gar nichts zu. Ich habe einen klareren Kopf, und sehen Sie, ich schlage Sie. Sie hätten ausweichen können.« Ein kanadischer Rye war unter die Bourbons geraten, ein Lord Calvert, und Wormold trank ihn aus. Er dachte: Das muß der letzte sein. Wenn er jetzt nicht wegsackt, bin ich erledigt. Dann bin ich nicht mehr so nüchtern, daß ich abdrücken kann. Hat er gesagt, die Waffe sei geladen?

»Macht nichts«, flüsterte Segura. »Sie sind sowieso erledigt.« Er bewegte die Hand so langsam über das Brett, als trüge er ein Ei in einem Löffel. »Sehen Sie?« Er nahm ein Fläschchen, zwei Fläschchen, drei …

»Trinken Sie, Segura.« Ein George IV, ein Queen Anne, das Spiel endete mit einer königlichen Parade, ein Highland Queen.

»Sie können weitermachen, Segura. Oder soll ich Sie wieder schlagen? Trinken Sie.« Vat 69. »Noch eines. Trinken Sie, Segura.« Grant's Standfast. Old Argyll. »Trinken Sie, Segura. Ich kapituliere jetzt.« Aber es war Segura, der kapituliert hatte. Wormold öffnete den Kragen des Hauptmanns, damit er Luft bekam, und legte seinen Kopf auf die Stuhllehne, aber er war auch unsicher auf den Beinen, als er zur Tür ging. Seguras Waffe steckte in seiner Tasche.

2

Im Seville-Biltmore ging er zum Haustelefon und rief Carter an. Er mußte zugeben, daß Carter gute Nerven hatte – viel bessere als er. Carters Mission in Kuba war nicht richtig ausgeführt worden, und doch blieb er, als Schütze oder als Lockvogel. Wormold sagte: »Guten Abend, Carter.«

»Na so was, guten Abend, Wormold.« Die Stimme hatte genau die richtige Kühle verletzten Stolzes.

»Ich will mich bei Ihnen entschuldigen, Carter. Die blöde Geschichte mit dem Whisky. Muß beschwipst gewesen sein. Ich bin jetzt auch etwas beschwipst. Bin's nicht gewöhnt, mich zu entschuldigen.«

»Schon in Ordnung, Wormold. Gehen Sie ins Bett.«

»Hab' mich über Ihr Stottern lustig gemacht. Gehört sich nicht für einen Kumpel.« Er ertappte sich dabei, daß er wie Hawthorne redete. Falschheit war eine Berufskrankheit.

»Ich hab' nicht gewußt, was zum Teufel Sie gemeint hhaben.«

»Hab' bald rausch- rausgekriegt, was da faul war. Hatte

nichts mit Ihnen zu tun. Der verdammte Oberkellner hat seinen Hund selbst vergiftet. Natürlich war er schon sehr alt, aber ihm vergiftete Happen zu geben – das ist nicht die richtige Methode, einen Hund einzuschläfern.«

»H-hat sich das so abgespielt? Danke, daß Sie es mir sagen, aber es ist spät. Ich gehe gerade ins Bett, Wormold.«

»Der beste Freund des Menschen.«

»Was haben Sie gesagt? Ich kann Sie nicht h-hören.«

»Cäsar, der Freund des Königs, und da war so ein zottiger, der bei Jütland untergegangen ist. Wurde zuletzt auf der Brücke neben seinem Herrn gesehen.«

»Sie sind betrunken, Wormold.« Es war viel einfacher, stellte Wormold fest, Trunkenheit vorzutäuschen, wenn man – wie viele waren es gewesen? – Scotch und Bourbon getrunken hatte. Einem Betrunkenen kann man vertrauen – *in vino veritas*. Außerdem kann man einen Betrunkenen leichter aus dem Weg räumen. Carter wäre ein Idiot gewesen, wenn er die Gelegenheit nicht ergriffen hätte. Wormold sagte: »Ich habe Lust zu einer Tour durch die Gemeinde.«

»Welche Gemeinde?«

»Die Schuppen in Havanna, die Sie sehen wollten.«

»Es ist schon spät.«

»Es ist die richtige Zeit.« Carter, am anderen Ende der Leitung, zögerte. Er sagte: »Bringen Sie eine Schußwaffe mit.« Er empfand ein seltsames Widerstreben, einen unbewaffneten Mörder zu töten – falls Carter es je riskierte, unbewaffnet zu sein.

»Eine Waffe? Warum?«

»In etlichen dieser Läden versuchen sie, einen auszunehmen.«

»Können *Sie* keine mitbringen?«

»Ich besitze keine.«

»Ich auch nicht«, und er glaubte, im Hörer das metallische Geräusch einer Kammer aufzufangen, die überprüft wurde. Schlitzohr gegen Schlitzohr, dachte er und lächelte. Aber ein Lächeln ist beim Akt des Hasses so gefährlich wie beim Akt der Liebe. Er mußte sich daran erinnern, wie Hasselbacher ausgesehen hatte, als er vom Boden unter dem Tresen nach oben starrte. Sie hatten dem alten Mann keine Chance gegeben, und er gab Carter jede Menge Chancen. Er bereute, daß er soviel getrunken hatte.

»Ich treffe mich in der Bar mit Ihnen«, sagte Carter.

»Beeilen Sie sich.«

»Ich muß mich anziehen.«

Jetzt war Wormold froh über die Dunkelheit in der Bar. Carter, vermutete er, rief seine Freunde an und verabredete vielleicht ein Treffen, aber in der Bar konnten sie ihn auf keinen Fall ausmachen, ehe er sie sah. Es gab einen Eingang von der Straße und einen vom Hotel aus, und hinten war eine Art Estrade, auf der er die Waffe abstützen konnte, falls es nötig war. Jeden, der hereinkam, blendete die Dunkelheit eine Weile, genau wie ihn. Als er eintrat, konnte er einen Augenblick lang nicht sehen, ob die Bar einen oder zwei Gäste hatte, denn das Paar saß eng umschlungen auf einem Sofa an der Tür zur Straße.

Er bestellte einen Scotch, ließ ihn aber unberührt stehen, saß auf der Estrade und beobachtete beide Türen. Schließlich kam ein Mann herein; er konnte das Gesicht nicht sehen. Es war die Hand, die gegen die Pfeifentasche klopfte, an der er Carter identifizierte.

»Carter.«

Carter kam zu ihm.

»Gehen wir«, sagte Wormold.

»Trinken Sie erst aus. Ich nehme auch einen Drink, um Ihnen Gesellschaft zu leisten.«

»Ich habe schon zuviel getrunken. Ich brauche frische Luft. Wir bekommen in einem der Läden etwas zu trinken.«

Carter setzte sich. »Sagen Sie mir, wohin Sie mich bringen wollen.«

»In irgendeines von einem Dutzend Hurenhäusern. Sie sind alle gleich, Carter. Etwa ein Dutzend Frauen zur Auswahl. Sie werden Ihnen vorgeführt. Kommen Sie, wir gehen. Nach Mitternacht wird es dort voll.«

Carter sagte ängstlich: »Ich hätte gern erst einen Drink. Ich kann nicht stocknüchtern in so eine Revue gehen.«

»Sie erwarten doch niemand, oder, Carter?«

»Nein, warum?«

»Ich habe gedacht – so wie Sie die Tür beobachten ...«

»Ich kenne keine Menschenseele in dieser Stadt. Das habe ich Ihnen doch gesagt.«

»Bis auf Dr. Braun.«

»O ja, natürlich, Dr. Braun. Aber er ist nicht die Art von Begleiter, den man in ein H-Hurenhaus mitnimmt, nicht wahr?«

»Nach Ihnen, Carter.«

Widerstrebend setzte sich Carter in Bewegung. Es war offensichtlich, daß er nach einer Ausrede zum Bleiben suchte. Er sagte: »Ich möchte nur noch eine Nachricht beim Portier hinterlassen. Ich erwarte einen Anruf.«

»Von Dr. Braun?«

»Ja.« Er zögerte. »Es wirkt unhöflich, auszugehen, ehe er anruft. Können Sie nicht fünf Minuten warten, Wormold?«

»Sagen Sie, Sie sind um eins zurück – falls Sie nicht die Nacht durchmachen wollen.«

»Warten wäre besser.«

»Dann gehe ich ohne Sie. Hol Sie der Teufel, Carter, ich habe gedacht, Sie wollen die Stadt sehen.« Er ging schnell weg.

Sein Auto war auf der anderen Straßenseite geparkt. Er schaute sich nicht um, aber er hörte Schritte, die ihm folgten. Carter wollte ihn ebensowenig verlieren, wie er Carter verlieren wollte.

»Wie jähzornig Sie sind, Wormold.«

»Tut mir leid. Das kommt vom Trinken.«

»Ich h-hoffe, Sie sind so nüchtern, daß Sie geradeaus fahren können.«

»Es ist besser, Carter, wenn Sie fahren.«

Er dachte: Dann kann er die Hände nicht in die Taschen stecken.

»Erste rechts, erste links, Carter.«

Sie kamen auf die Straße am Atlantik: ein schlankes weißes Schiff verließ den Hafen, ein Touristendampfer auf dem Weg nach Kingston oder Port-au-Prince. Sie konnten die Paare sehen, die sich über die Reling lehnten, romantisch im Mondschein, und eine Kapelle spielte einen Schlager, dessen Beliebtheit im Sinken war – *»Ich hätt' getanzt heut nacht«*.

»Davon bekomme ich Heimweh«, sagte Carter.

»Nach Nottwich?«

»Ja.«

»In Nottwich gibt es kein Meer.«

»Als ich klein war, haben die Ausflugsdampfer auf dem Fluß so groß ausgesehen wie der hier.«

Ein Mörder hatte kein Recht, Heimweh zu haben; ein Mörder sollte eine Maschine sein, und auch ich bin eine Maschine geworden, dachte Wormold und tastete in seiner Tasche nach dem Taschentuch, mit dem er die Fingerabdrücke abwischen mußte, wenn die Zeit gekommen war. Aber wie sollte er den Zeitpunkt wählen? Welche Nebenstraße oder welcher Torbogen? Und falls der andere zuerst schoß …?

»Sind Ihre Freunde Russen, Carter? Deutsche? Amerikaner?«

»Was für Freunde?« Er fügte schlicht hinzu: »Ich habe keine Freunde.«

»Keine Freunde?«

»Nein.«

»Wieder links, Carter, dann rechts.«

Sie fuhren jetzt im Schrittempo durch eine enge Straße, gesäumt von Clubs; aus unterirdischen Tiefen ließen sich Orchester vernehmen, wie der Geist von Hamlets Vater oder die Musik unter dem Pflaster Alexandrias, als der Gott Herkules Antonius verließ. Zwei Männer in kubanischer Nachtclubuniform brüllten über die Straße weg im Wettstreit auf sie ein. Wormold sagte: »Halten wir an. Ich brauche unbedingt einen Drink, ehe wir weiterfahren.«

»Sind das H-Hurenhäuser?«

»Nein. Wir gehen später in ein Bordell.« Er dachte: Wenn Carter nur zur Waffe gegriffen hätte, als er das Lenkrad losließ, dann wäre es so leicht gewesen zu schießen. Carter sagte: »Kennen Sie diesen Schuppen?«

»Nein. Aber ich kenne die Melodie.« Es war seltsam, daß sie das spielten – »nennen mich einen verrückten Hund«.

Draußen hingen kolorierte Fotos nackter Frauen, und ein neonbeleuchtetes Wort kündigte im Nachtclubesperanto Striptease an. Stufen mit bunten Streifen wie billige Pyjamas führten hinunter in einen der vernebelten Keller Havannas. Der Ort wirkte so passend wie jeder andere für eine Hinrichtung. Aber erst mußte er etwas trinken. »Gehen Sie voraus, Carter.« Carter zögerte. Er machte den Mund auf und kämpfte mit einem Hauchlaut; Wormold hatte ihn noch nie so lange damit kämpfen hören. »Ich h-h-h-hoffe …«

»Was hoffen Sie?«

»Nichts.«

Sie setzten sich, schauten dem Striptease zu und tranken beide Weinbrand mit Soda. Eine Frau ging von Tisch zu Tisch und entledigte sich ihrer Kleider. Sie fing mit den Handschuhen an. Ein Zuschauer nahm sie resigniert entgegen wie den Inhalt eines Posteingangskorbs. Dann wandte sie Carter den Rücken zu und bat ihn, ihr schwarzes Spitzenkorsett aufzuhaken. Carter fummelte vergeblich an den Häkchen herum, die ganze Zeit rot angelaufen, während die Frau lachte und sich unter seinen Fingern schlängelte. Er sagte: »Entschuldigung, ich kann nicht …« Um die Bühne herum saßen die Männer an ihren Tischchen und beobachteten Carter. Keiner lächelte.

»Sie haben in Nottwich nicht viel Übung gehabt, Carter. Lassen Sie mich.«

»Lassen Sie mich in Ruhe, ja?«

Schließlich hatte er das Korsett aufgemacht, und die Frau zerwuschelte sein dünnes, strähniges Haar und ging weiter. Er glättete es mit einem Taschenkamm. »Mir gefällt es hier nicht«, sagte er.

»Sie sind Frauen gegenüber schüchtern, Carter.« Aber wie konnte man auf einen Mann schießen, der so zum Lachen reizte?

»Ich mag diese Scherze nicht«, sagte Carter.

Sie gingen die Treppe hinauf. Carters Tasche lag schwer auf seiner Hüfte. Natürlich hätte das die Pfeife sein können, die er mit sich herumtrug. Er setzte sich wieder ans Steuer und maulte: »Diese Art von Revue kann man überall sehen. Bloß Nutten, die sich ausziehen.«

»Sie haben ihr nicht sehr geholfen.«

»Ich habe nach einem Reißverschluß gesucht.«

»Ich brauche unbedingt etwas zu trinken.«

»Der Weinbrand war auch mies. Es würde mich nicht wundern, wenn ein Schlafmittel drin gewesen wäre.«

»In Ihrem Whisky war etwas Schlimmeres als ein Schlafmittel, Carter.« Er versuchte, seinen Zorn aufzuheizen, und nicht daran zu denken, wie sein untüchtiges Opfer mit dem Korsett gekämpft hatte und angesichts seines Versagens rot geworden war.

»Was haben Sie gesagt?«

»Halten Sie hier an.«

»Warum?«

»Sie wollten in ein Bordell. Hier ist ein Bordell.«

»Aber es ist niemand zu sehen.«

»Sie sind alle abgeschlossen und verdunkelt wie das hier. Steigen Sie aus und klingeln Sie.«

»Was sollte das mit dem Whisky?«

»Das ist jetzt unwichtig. Steigen Sie aus und klingeln Sie.«

Der Ort war genausogut geeignet wie ein Keller (auch nackte Mauern waren häufig zu diesem Zweck benützt worden): eine graue Fassade und eine Straße, die niemand entlangkam, außer mit einer häßlichen Absicht. Carter verlagerte langsam die Beine unter dem Lenkrad, und Wormold musterte seine Hände gründlich, die untüchtigen Hände. Es ist ein gerechtes Duell, sagte er sich, er ist an das Töten mehr gewöhnt als ich, die Chancen sind einigermaßen gleich verteilt; ich bin mir nicht einmal sicher, ob meine Waffe geladen ist. Er hat eine größere Chance, als Hasselbacher sie je hatte.

Mit der Hand an der Tür machte Carter wieder eine Pause. Er sagte: »Vielleicht wäre es irgendwann in einer anderen Nacht vernünftiger – wissen Sie, ich h-h-h-h …«

»Sie haben Angst, Carter.«

»Ich h-h-habe noch nie ein H-H-H-Hurenhaus besucht. Um Ihnen die Wahrheit zu sagen, Wormold, ich kann nicht viel mit Frauen anfangen.«

»Das klingt nach einem ziemlich einsamen Leben.«

»Ich komme ohne sie aus«, sagte er trotzig. »Es gibt wichtigere Dinge für einen Mann, als Jagd auf …«

»Warum wollten Sie dann in ein Bordell?«

Wieder erschreckte er Wormold mit der reinen Wahrheit. »Ich versuche ja, sie zu begehren, aber wenn es zum Entscheidenden kommt …« Er schwebte am Rand einer Beichte und stürzte dann ab. »Es funktioniert nicht, Wormold. Ich kann nicht, was sie von mir wollen.«

»Steigen Sie aus.«

Ich muß es tun, dachte Wormold, ehe er mir noch mehr beichtet. Mit jeder Sekunde vermenschlichte sich der Mann, wurde ein Geschöpf wie er selbst, das er bemitleiden oder trösten, nicht aber umbringen konnte. Wer wußte, was für Ausreden unter jedem Akt der Gewalt begraben waren? Er zog Seguras Waffe.

»Was?«

»Steigen Sie aus.«

Carter lehnte sich mit einer Miene, die eher einen mürrischen Vorwurf als Angst ausdrückte, gegen die Tür des Bordells. Er fürchtete sich vor Frauen, nicht vor Gewalt. Er sagte: »Sie machen einen Fehler. Es war Braun, der mir den Whisky gegeben hat. Ich bin nicht wichtig.«

»Das mit dem Whisky ist mir gleich. Aber Sie haben Hasselbacher getötet, nicht wahr?«

Wieder überraschte er Wormold mit der Wahrheit. In dem Mann steckte eine Art Aufrichtigkeit. »Ich stand unter Befehl, Wormold. Ich h-h-h-h –« Er hatte sich so postiert, daß sein Ellbogen die Klingel erreichte, und jetzt lehnte er sich zurück, und innen im Haus schlug die Klingel an und rief das Personal zur Arbeit.

»Es hat nichts mit Feindschaft zu tun, Wormold. Sie sind zu gefährlich geworden, das war alles. Wir sind nur Söldner, Sie und ich.«

»Ich und gefährlich? Was für Idioten müßt ihr Leute doch sein. Ich habe keine Agenten, Carter.«

»O doch, Sie h-haben welche. Diese Bauten in den Bergen. Wir haben Kopien Ihrer Zeichnungen.«

»Teile eines Staubsaugers.« Er fragte sich, wer sie geliefert haben mochte: Lopez? Oder Hawthornes Kurier oder jemand im Konsulat?

Carters Hand ging zu seiner Tasche, und Wormold schoß. Carter stieß einen schrillen Schrei aus. Er sagte: »Sie hätten mich fast erschossen« und zog eine um eine kaputte Pfeife geballte Hand aus der Tasche. Er sagte: »Meine Dunhill. Sie haben meine Dunhill zerschossen.«

»Anfängerglück«, sagte Wormold. Er hatte sich für einen Tod gewappnet, aber es war unmöglich, noch einmal zu schießen. Die Tür hinter Carter ging auf. Es war, als hörte man deutliche Musik. »Dort drin wird man sich um Sie kümmern. Vielleicht brauchen Sie jetzt eine Frau, Carter.«

»Sie – Sie Clown.«

Wie recht Carter hatte. Er legte die Waffe neben sich und schlüpfte auf den Fahrersitz. Plötzlich fühlte er sich glücklich. Er hätte einen Menschen töten können. Er hatte sich schlüssig bewiesen, daß er nicht zu den Richtern gehörte; er war nicht zur Gewalt berufen.

Dann schoß Carter.

6. Kapitel

1

Er sagte zu Beatrice: »Ich hatte mich eben vorgebeugt, um den Motor anzulassen. Das hat mich wohl gerettet. Natürlich war es sein Recht, zurückzuschießen. Es war ein richtiges Duell, aber der dritte Schuß war meiner.«

»Was ist hinterher passiert?«

»Ich hatte Zeit zum Wegfahren, ehe mir schlecht wurde.«

»Schlecht?«

»Ich nehme an, wenn ich den Krieg nicht verpaßt hätte, wäre es mir nicht so schlimm vorgekommen, einen Mann zu töten. Armer Carter.«

»Warum sollte er Ihnen leid tun?«

»Er war ein Mensch. Ich habe viel über ihn erfahren. Er bekam das Korsett einer Frau nicht auf. Er hatte Angst vor Frauen. Er hatte seine Pfeife gern, und als er ein Junge war, kamen ihm die Ausflugsdampfer auf dem Fluß in seiner Heimatstadt wie Ozeanschiffe vor. Vielleicht war er ein Romantiker. Ein Romantiker hat meistens Angst, nicht wahr, für den Fall, daß die Wirklichkeit hinter seinen Erwartungen zurückbleibt. Sie erwarten alle zuviel.«

»Und dann?«

»Ich habe meine Fingerabdrücke von der Waffe abgewischt und sie zurückgebracht. Natürlich wird Segura merken, daß zwei Schüsse abgegeben worden sind. Aber ich glaube nicht, daß er die Kugeln mit seiner Waffe in Verbindung bringen will. Es wäre ein bißchen schwierig zu erklären. Er hat immer noch geschlafen, als ich zurückgekommen bin. Ich will gar nicht daran denken, was für einen Kopf er jetzt haben muß. Meiner ist schlimm genug. Aber bei dem Foto habe ich versucht, Ihren Anweisungen zu folgen.«

»Bei welchem Foto?«

»Er hatte eine Liste ausländischer Agenten dabei, die er dem Polizeichef bringen wollte. Ich habe sie fotografiert und in seine Tasche zurückgesteckt. Es ist ein gutes Gefühl, einen echten Bericht verfaßt zu haben, ehe ich kündige.«

»Sie hätten auf mich warten sollen.«

»Wie hätte ich das gekonnt? Er hätte jeden Augenblick aufwachen können. Aber diese Mikrogeschichte ist kompliziert.«

»Warum in aller Welt haben Sie eine Mikrofotografie gemacht?«

»Weil wir keinem Kurier nach Kingston trauen können. Carters Leute – wer die auch sein mögen – haben Kopien der Zeichnungen aus Oriente. Das heißt, daß es irgendwo einen Doppelagenten geben muß. Vielleicht ist das Ihr Mann, der die Drogen ins Land schmuggelt. Deshalb habe ich eine Mikrofotografie gemacht, wie Sie es mir gezeigt haben, habe sie auf die Rückseite einer Briefmarke geklebt und ein Sortiment von fünfhundert britischen Kolonialmarken per Post verschickt, wie wir es für den Notfall besprochen hatten.«

»Wir müssen ihnen telegrafieren, auf welche Marke Sie das Foto geklebt haben.«

»Auf welche Marke?«

»Sie erwarten doch nicht von ihnen, daß sie fünfhundert

Briefmarken sichten, auf der Suche nach einem schwarzen Punkt.«

»Daran hatte ich nicht gedacht. Wie ungeschickt.«

»Sie müssen doch wissen, welche Marke …«

»Ich habe nicht daran gedacht, mir die Vorderseite anzusehen. Ich glaube, es war ein George V. – rot oder grün.«

»Das ist eine große Hilfe. Erinnern Sie sich an irgendwelche Namen auf dieser Liste?«

»Nein. Ich hatte keine Zeit, sie richtig zu lesen. Ich weiß, in diesem Spiel bin ich ein Idiot, Beatrice.«

»Nein. Die anderen sind die Idioten.«

»Ich frage mich, von wem wir als erstem hören. Dr. Braun … Segura …«

Aber es war keiner von beiden.

2

Der hochnäsige Angestellte aus dem Konsulat tauchte am nächsten Nachmittag um fünf im Laden auf. Er stand steif zwischen den Staubsaugern wie ein mißbilligender Tourist in einem Museum phallischer Objekte. Er sagte zu Wormold, der Botschafter wolle ihn sprechen.

»Reicht morgen früh?« Er arbeitete an seinem letzten Bericht, Carters Tod und seiner Kündigung.

»Nein. Er hat von zu Hause aus angerufen. Sie sollen sofort hinfahren.«

»Ich bin kein Angestellter«, sagte Wormold.

»Ach nein?«

Wormold fuhr nach Vedado zurück, zu den kleinen weißen Häusern und den Bougainvilleen der Reichen. Sein Besuch bei Professor Sanchez schien lange her zu sein. Er kam an dem Haus vorbei. Was für Streitereien mochten sich immer noch hinter den Mauern dieses Puppenhauses abspielen?

Er hatte das Gefühl, alle im Haus des Botschafters hielten Ausschau nach ihm, und aus der Diele und von der Treppe seien die Zuschauer vorsichtshalber entfernt worden. Im ersten Stock drehte ihm eine Frau den Rücken zu und schloß sich in einem Zimmer ein; er glaubte, es sei die Botschafterin. Zwei Kinder spähten rasch durch das Treppengeländer im zweiten Stock und liefen dann mit klackenden kleinen Absätzen auf dem gefliesten Boden davon. Der Butler führte ihn in den Salon, der leer war, und schloß verstohlen hinter ihm die Tür. Durch die hohen Fenster konnte er einen langen grünen Rasen und hohe subtropische Bäume sehen. Selbst dort entfernten sich alle schnell.

Der Raum war wie viele Botschaftssalons, eine Mischung aus großen, ererbten Stücken und kleinen, bei früheren Stationierungen erworbenen persönlichen Gegenständen. Wormold meinte, er könne eine Zeit in Teheran entdecken (eine seltsam geformte Pfeife, eine Kachel), in Athen (ein paar Ikonen), aber eine afrikanische Maske verblüffte ihn einen Augenblick lang – vielleicht Monrovia?

Der Botschafter kam herein, ein großer, kalter Mann mit einer Krawatte der Guards und einer Aura, wie sie Hawthorne gern gehabt hätte. Er sagte: »Setzen Sie sich, Wormold. Möchten Sie eine Zigarette?«

»Nein danke, Sir.«

»Dieser Sessel ist bequemer. Es hat jetzt keinen Zweck,

um den heißen Brei herumzureden. Sie haben Schwierigkeiten, Wormold.«

»Ja.«

»Natürlich weiß ich nichts – überhaupt nichts –, über das, was Sie hier tun.«

»Ich verkaufe Staubsauger, Sir.«

Der Botschafter sah ihn mit unverhohlenem Abscheu an. »Staubsauger? Die habe ich nicht gemeint.« Er sah weg von Wormold auf die persische Pfeife, die griechischen Ikonen, die liberianische Maske. Sie waren wie eine Autobiographie, in der jemand zur Beruhigung nur seine besseren Tage geschildert hat. Er sagte: »Gestern morgen hat mich Hauptmann Segura aufgesucht. Sie müssen wissen, ich habe keine Ahnung, wie die Polizei diese Information bekommen hat, ich habe nichts damit zu tun, aber er hat mir gesagt, Sie hätten eine Menge Berichte irreführender Natur nach Hause geschickt. Ich weiß nicht, an wen Sie die Berichte geschickt haben, das geht mich nichts an. Er hat gesagt, Sie hätten Geld bezogen und vorgegeben, Sie hätten Informanten, die schlicht und einfach nicht existieren. Ich habe es für meine Pflicht gehalten, sofort das Außenministerium zu informieren. Ich nehme an, Sie werden Anweisungen erhalten, nach Hause zu reisen und Bericht zu erstatten – ich habe keine Ahnung, wem, mit solchen Dingen habe ich nichts zu tun.« Wormold sah zwei kleine Köpfe, die hinter einem der hohen Bäume hervorschauten. Er warf ihnen einen Blick zu und glaubte, sie musterten ihn mitfühlend. Er sagte: »Ja, Sir?«

»Ich habe den Eindruck gewonnen, Hauptmann Segura sei der Meinung, Sie hätten hier eine Menge Ärger verursacht. Ich glaube, falls Sie sich weigern, nach Hause zu fahren, können Sie ernsthafte Schwierigkeiten mit den Behörden bekommen, und unter den gegebenen Umständen könnte ich nichts tun, um Ihnen zu helfen. Überhaupt nichts. Hauptmann Segura verdächtigt Sie sogar, ein Dokument gefälscht zu haben, von dem Sie behaupten, Sie hätten es in seinem Besitz gefunden. Mich widert das ganze Thema an, Wormold. Ich kann Ihnen gar nicht sagen, wie sehr es mich anwidert. Die korrekten Informationsquellen im Ausland sind die Botschaften. Dafür haben wir unsere Attachés. Diese sogenannten Geheiminformationen sind eine Belastung für jeden Botschafter.«

»Ja, Sir.«

»Ich weiß nicht, ob Sie es gehört haben – die Zeitungen haben nichts darüber gebracht –, aber vorletzte Nacht wurde ein Engländer erschossen. Hauptmann Segura hat angedeutet, er habe mit Ihnen in Verbindung gestanden.«

»Ich habe ihn einmal bei einem Mittagessen getroffen, Sir.«

»Sie sollten lieber nach Hause reisen, Wormold, mit dem ersten Flugzeug, das Sie bekommen können – je früher, desto besser für mich –, und mit Ihren Leuten darüber sprechen – wer sie auch sein mögen.«

»Ja, Sir.«

3

Das KLM-Flugzeug nach Amsterdam über Montreal sollte um halb vier Uhr morgens starten. Wormold hatte kein Verlangen, nach Kingston zu fliegen, wo Hawthorne möglicherweise angewiesen worden war, sich mit ihm zu treffen. Das Büro hatte seine Tätigkeit mit einem letzten Telegramm eingestellt, und Rudy und sein Koffer wurden nach Jamaika beordert. Die Codebücher wurden mit Hilfe der Zelluloidfolien verbrannt. Beatrice sollte Rudy begleiten. Lopez wurden die Staubsauger anvertraut. Alle persönliche Habe, an der Wormold hing, packte er in eine Kiste, die er auf dem Seeweg verschicken wollte. Das Pferd wurde verkauft – an Hauptmann Segura.

Beatrice half ihm packen. Das letzte Stück in der Kiste war die Statue der heiligen Seraphina.

»Milly muß sehr unglücklich sein«, sagte Beatrice.

»Sie ist wunderbar gefaßt. Sie sagt wie Sir Humphrey Gilbert, Gott sei ihr in England genauso nahe wie in Kuba.«

»Das ist nicht ganz das, was Gilbert gesagt hat.«

Ein nicht geheimer Stapel Abfall war noch zu verbrennen.

Beatrice sagte: »Wie viele Fotos Sie aufbewahrt haben – von *ihr.*«

»Ich hatte früher das Gefühl, als würde man jemanden töten, wenn man ein Foto zerreißt. Jetzt weiß ich natürlich, daß es ganz anders ist.«

»Was ist das für ein rotes Kästchen?«

»Sie hat mir einmal Manschettenknöpfe geschenkt. Sie

sind gestohlen worden, aber ich habe das Kästchen behalten. Ich weiß nicht, warum. In gewisser Weise bin ich froh, daß ich den ganzen Krempel loswerde.«

»Das Ende eines Lebens.«

»Von zwei Leben.«

»Was ist das hier?«

»Ein altes Programm.«

»Noch gar nicht so alt. Das Tropicana. Darf ich es behalten?«

»Sie sind zu jung, Sachen aufzubewahren«, sagte Wormold. »Sie häufen sich zu sehr an. Bald stellen Sie fest, daß Sie zwischen den Trödelkisten keinen Platz mehr zum Leben haben.«

»Ich lasse es darauf ankommen. Das war ein wunderbarer Abend.«

Milly und Wormold brachten sie zum Flughafen. Rudy verschwand unauffällig hinter dem Mann mit dem riesigen Koffer. Es war ein heißer Nachmittag, und die Leute standen herum und tranken Daiquiris. Seit Hauptmann Seguras Heiratsantrag war zwar die Duenna verschwunden, aber das Kind, von dem er gehofft hatte, er werde es wiedersehen, das Kind, das Thomas Earl Parkman junior in Brand gesteckt hatte, war nicht zurückgekommen. Es war, als sei Milly über beide Figuren gleichzeitig hinausgewachsen. Sie sagte mit erwachsenem Takt: »Ich möchte ein paar Zeitschriften für Beatrice besorgen« und machte sich mit dem Rücken zu ihnen an einem Kiosk zu schaffen.

»Es tut mir leid«, sagte Wormold. »Wenn ich zurückkomme, sage ich denen, daß Sie nichts gewußt haben.

Ich frage mich, wohin Sie als nächstes geschickt werden.«

»Vielleicht an den Persischen Golf. Basra.«

»Warum an den Persischen Golf?«

»Das ist ihre Vorstellung von Läuterung. Regeneration durch Schweiß und Tränen. Hat Phastkleaners eine Vertretung in Basra?«

»Ich fürchte, Phastkleaners wird mich nicht behalten.«

»Was wollen Sie machen?«

»Dank dem armen Raul habe ich genug für Millys Jahr in der Schweiz. Was danach werden soll, weiß ich nicht.«

»Sie könnten einen Scherzartikelladen aufmachen – Sie wissen schon, ein blutbefleckter Daumen, verschüttete Tinte und eine Fliege auf einem Zuckerwürfel. Wie gräßlich Abschiede sind. Bitte, warten Sie nicht länger.«

»Sehe ich Sie wieder?«

»Ich werde versuchen, nicht nach Basra geschickt zu werden. Ich werde versuchen, bei Angelica, Ethel und Miss Jenkinson in der Schreibzentrale zu bleiben. Wenn ich Glück habe, kann ich um sechs gehen, und wir könnten uns im Corner House auf einen billigen Imbiß treffen und ins Kino gehen. Ein gräßliches Leben, nicht wahr, wie die UNESCO und Kongresse zeitgenössischer Schriftsteller. Das hier mit Ihnen hat Spaß gemacht.«

»Ja.«

»Gehen Sie jetzt.«

Er ging zum Kiosk und holte Milly. »Wir gehen«, sagte er.

»Aber Beatrice – sie hat die Zeitschriften nicht bekommen.«

»Sie will sie nicht.«

»Ich habe mich nicht von ihr verabschiedet.«

»Zu spät. Sie ist schon durch die Paßkontrolle gegangen. Du siehst sie in London wieder. Vielleicht.«

4

Es war, als verbrächten sie die ganze restliche Zeit auf Flughäfen. Jetzt war es Zeit für den KLM-Flug, es war drei Uhr morgens, und der Himmel war rosa vom Widerschein neonbeleuchteter Stände und der Landescheinwerfer, und es war Hauptmann Segura, der die »Verabschiedung« übernahm. Er bemühte sich, den offiziellen Anlaß so privat wie möglich wirken zu lassen, aber es war trotzdem ein bißchen wie eine Abschiebung. Segura sagte vorwurfsvoll: »Sie haben mich dazu getrieben.«

»Ihre Methoden sind sanfter als die Carters oder Dr. Brauns. Was werden Sie wegen Dr. Braun unternehmen?«

»Er hält es für nötig, in einer Angelegenheit, die mit seinen Präzisionsinstrumenten zu tun hat, in die Schweiz zurückzukehren.«

»Mit einem gebuchten Weiterflug nach Moskau?«

»Nicht unbedingt. Vielleicht nach Bonn. Oder Washington. Oder sogar Bukarest. Ich weiß es nicht. Wer sie auch sind, ich glaube, sie sind sehr zufrieden mit Ihren Zeichnungen.«

»Zeichnungen?«

»Von den Anlagen in Oriente. Er wird außerdem den

Ruhm ernten, einen gefährlichen Agenten ausgeschaltet zu haben.«

»Mich?«

»Ja. Kuba wird ohne Sie beide ein bißchen ruhiger sein, aber Milly wird mir fehlen.«

»Milly hätte Sie nie geheiratet, Segura. Im Grunde macht sie sich nichts aus Zigarettenetuis aus Menschenhaut.«

»Haben Sie je gehört, aus wessen Haut?«

»Nein.«

»Ein Polizeioffizier, der meinen Vater zu Tode gefoltert hat. Sehen Sie, er war ein armer Mann. Er gehörte zur folterbaren Klasse.«

Milly kam zu ihnen, ›Time‹, ›Life‹, ›Paris-Match‹ und die ›Quick‹ in der Hand. Es war gleich 3.15 Uhr, und am Himmel über dem Leuchtpfad, wo sich die Morgendämmerung ankündigte, tauchte ein grauer Streifen auf. Die Piloten gingen zum Flugzeug, und die Stewardessen folgten. Drei kannte er vom Sehen; sie hatten vor Wochen mit Beatrice im Tropicana gesessen. Ein Lautsprecher kündigte auf englisch und spanisch den Start von Flug 396 nach Montreal und Amsterdam an.

»Ich habe ein Geschenk für jeden von Ihnen«, sagte Segura. Er gab ihnen zwei kleine Päckchen. Sie machten sie auf, als das Flugzeug über Havanna kreiste; die Lichterkette an der Strandpromenade verschwand aus der Sicht, und das Meer fiel wie ein Vorhang über die ganze Vergangenheit. In Wormolds Päckchen war ein Minifläschchen Grant's Standfast und eine Kugel, die aus einer Polizeiwaffe abgeschossen war. In Millys Päckchen war ein kleines silbernes Hufeisen mit ihren Initialen.

»Warum die Kugel?« fragte Milly.

»Oh, ein etwas geschmackloser Scherz. Trotzdem, er war gar nicht so übel.«

»Aber nicht der richtige Mann für mich«, sagte die erwachsene Milly.

Epilog in London

I

Sie hatten ihn neugierig angesehen, als er seinen Namen nannte, dann hatten sie ihn zu einem Aufzug geführt und, zu seiner leichten Überraschung, nach unten gebracht, nicht nach oben. Jetzt saß er in einem langen Kellerflur und beobachtete ein rotes Licht über einer Tür; wenn es auf grün umspringe, hatten sie ihm gesagt, könne er hineingehen, aber nicht eher. Leute, die das Licht nicht zur Kenntnis nahmen, gingen ein und aus; etliche hatten Papiere dabei, etliche Aktentaschen, und einer war in Uniform, ein Colonel. Niemand sah Wormold an; er hatte das Gefühl, er bringe sie in Verlegenheit. Sie ignorierten ihn, wie man einen Menschen mit einer Mißbildung ignoriert. Aber vermutlich lag es nicht an seinem Hinken.

Hawthorne kam vom Aufzug her den Flur entlang. Er sah zerknittert aus, als hätte er in den Kleidern geschlafen; vielleicht hatte er von Kingston aus einen Nachtflug genommen. Auch er hätte Wormold ignoriert, wenn Wormold ihn nicht angesprochen hätte.

»Hallo, Hawthorne.«

»Oh, Sie, Wormold.«

»Ist Beatrice sicher angekommen?«

»Ja. Natürlich.«

»Wo ist sie, Hawthorne?«

»Ich habe keine Ahnung.«

»Was spielt sich hier ab? Es wirkt wie ein Kriegsgericht.«

»Es *ist* ein Kriegsgericht«, sagte Hawthorne frostig und ging in das Zimmer mit dem Licht. Die Uhr zeigte 11.25 Uhr. Er war für elf herbestellt worden.

Er fragte sich, ob sie irgend etwas tun konnten, außer ihn hinauszuwerfen, was sie vermutlich schon getan hatten. Wahrscheinlich versuchten sie dort drin, sich darüber schlüssig zu werden. Sie konnten ihn kaum nach dem Gesetz über die Geheimhaltung von Staatsgeheimnissen belangen. Er hatte Geheimnisse erfunden, nicht verraten. Vermutlich konnten sie ihm Schwierigkeiten machen, wenn er im Ausland Arbeit suchte, und Arbeit zu Hause war in seinem Alter nicht leicht zu bekommen, aber er hatte nicht die Absicht, ihnen das Geld zurückzugeben. Das war für Milly; er hatte jetzt das Gefühl, er habe es sich in seiner Eigenschaft als Ziel für Carters Gift und Carters Kugel verdient.

Um 11.35 kam der Colonel heraus; er sah erhitzt und wütend aus, als er zum Aufzug ging. Da geht ein Richter, der gern hängen läßt, dachte Wormold. Als nächster kam ein Mann in einem Tweedjackett heraus. Er hatte tief eingefallene blaue Augen und brauchte keine Uniform, die ihn als Seemann kennzeichnete. Er warf Wormold versehentlich einen Blick zu und schaute schnell wieder weg wie ein integrer Mann. Er rief: »Warten Sie auf mich, Colonel«, und ging leicht schlingernd den Flur entlang, als wäre er bei rauher See auf der Brücke. Als nächster kam Hawthorne, im Gespräch mit einem sehr jungen Mann, und dann war Wormold plötzlich atemlos, weil das Licht grün und Beatrice da war.

»Sie müssen hineingehen«, sagte sie.

»Wie lautet das Urteil?«

»Ich kann jetzt nicht mit Ihnen sprechen. Wo wohnen Sie?«

Er sagte es ihr.

»Ich komme um sechs zu Ihnen. Wenn ich kann.«

»Werde ich im Morgengrauen erschossen?«

»Machen Sie sich keine Sorgen. Gehen Sie jetzt hinein. Er mag es nicht, wenn man ihn warten läßt.«

»Was wird aus Ihnen?«

Sie sagte: »Jakarta.«

»Was ist das?«

»Das Ende der Welt«, sagte sie. »Noch weiter weg als Basra. Bitte, gehen Sie hinein.«

Ein Mann mit einem schwarzen Monokel saß allein hinter einem Schreibtisch. Er sagte: »Setzen Sie sich, Wormold.«

»Ich stehe lieber.«

»Oh, das ist ein Zitat, nicht wahr?«

»Ein Zitat?«

»Ich bin mir sicher, daß ich das einmal in einem Stück gehört habe – Amateurtheater. Natürlich vor vielen Jahren.«

Wormold setzte sich. Er sagte: »Sie haben kein Recht, sie nach Jakarta zu schicken.«

»Wen nach Jakarta zu schicken?«

»Beatrice.«

»Wer ist das? Oh, Ihre Sekretärin. Wie ich diese Vornamen hasse. Darüber müssen Sie mit Miss Jenkinson sprechen. Sie leitet die Schreibzentrale, nicht ich, Gott sei Dank.«

»Sie hatte mit der ganzen Sache nichts zu tun.«

»Nichts? Hören Sie, Wormold. Wir haben beschlossen, Ihren Posten aufzulösen, und jetzt stellt sich die Frage – was fangen wir mit Ihnen an?« Jetzt kam es. Nach dem Gesicht des Colonels zu schließen, der einer seiner Richter gewesen war, war das, was kam, bestimmt nicht erfreulich. Der Chef nahm das schwarze Monokel ab, und Wormold war überrascht über das babyblaue Auge. Er sagte: »Wir meinen, unter den gegebenen Umständen wäre es am besten, wenn Sie zu Hause bleiben – bei unserem Ausbildungspersonal. Vorträge. Wie man eine Station im Ausland leitet. Solche Dinge.« Er schien etwas sehr Unangenehmes zu schlucken. Er fügte hinzu: »Wie immer, wenn ein Mann sich von einem Posten im Ausland zurückzieht, werden wir Sie natürlich für eine Auszeichnung vorschlagen. Ich glaube, in Ihrem Fall – Sie waren nicht sehr lange dort – kommt kaum etwas Höheres in Frage als ein ›Orden des British Empire‹.«

2

Sie begrüßten sich förmlich in einer Wüste aus graugrünen Sesseln in einem billigen Hotel namens Pendennis in der Nähe der Gower Street. »Ich glaube, ich kann Ihnen keinen Drink anbieten«, sagte er. »Es ist alkoholfrei.«

»Warum sind Sie dann hierhergekommen?«

»Ich war als Junge mit meinen Eltern hier. Das mit der Alkoholfreiheit habe ich gar nicht bemerkt. Das hat mir damals nichts ausgemacht. Beatrice, was ist los? Sind sie wütend?«

»Sie sind ziemlich wütend auf uns beide. Sie meinten, ich hätte merken müssen, was gespielt wurde. Der Chef hatte ein ganz schön eindrucksvolles Treffen einberufen. Seine Verbindungsleute waren alle da, vom Verteidigungsministerium, von der Admiralität, vom Luftfahrtministerium. Sie hatten alle Ihre Berichte vor sich, und sie sind sie der Reihe nach durchgegangen. Kommunistische Infiltration der Regierung – niemand hatte etwas gegen ein Memo an das Außenministerium, um das zurückzunehmen. Die Wirtschaftsberichte – sie waren sich einig, die auch zu widerrufen. Das würde nur dem Handelsministerium etwas ausmachen. Niemand regte sich besonders auf, ehe sie zu den Berichten über die Streitkräfte kamen. Einer handelte von Unloyalität bei der Marine und ein zweiter von Auftankstützpunkten für U-Boote. Der Commander sagte: ›An denen muß etwas Wahres sein.‹

Ich habe gesagt: ›Schauen Sie sich den Informanten an. Er existiert nicht.‹

›Wir werden dastehen wie Idioten‹, hat der Commander gesagt. ›Beim Marinegeheimdienst werden sie sich freuen wie die Schneekönige.‹

Aber das war noch gar nichts gegen die Aufregung, als über die Bauten gesprochen wurde.«

»Sie hatten die Zeichnungen tatsächlich geschluckt?«

»Deshalb sind sie auf den armen Henry losgegangen.«

»Wenn Sie ihn nur nicht Henry nennen würden.«

»Sie haben als erstes gesagt, er habe nie gemeldet, daß Sie Staubsauger verkaufen, sondern Sie als eine Art Handelsherr hingestellt. An *dieser* Jagd hat sich der Chef nicht beteiligt. Aus irgendeinem Grund sah er verlegen aus, und außerdem hat Henry – ich meine Hawthorne – die Akte vorgelegt, und die ganzen Einzelheiten standen darin. Natürlich war die Akte nie über Miss Jenkinsons Zentrale hinausgekommen. Dann haben sie gesagt, er hätte die Teile des Staubsaugers erkennen müssen. Er sagte also, er habe sie erkannt, aber es gebe keinen Grund, warum das *Prinzip* eines Staubsaugers nicht auf eine Waffe angewandt werden solle. Danach schrien sie alle nach Ihrem Blut, alle bis auf den Chef. Ich glaube, es gab Augenblicke, in denen er die komische Seite sah. Er sagte zu ihnen: ›Was wir tun müssen, ist ganz einfach. Wir müssen die Admiralität, das Verteidigungsministerium und das Luftfahrtministerium darüber informieren, daß alle Berichte aus Havanna aus dem letzten halben Jahr völlig unzuverlässig sind.‹«

»Aber Beatrice, sie haben mir einen Job angeboten.«

»Das läßt sich leicht erklären. Der Commander kam als erster ins Wanken. Vielleicht lernt man auf See, etwas auf lange Sicht zu sehen. Er sagte, was die Admiralität anlange, ruiniere das den Geheimdienst. Sie werde sich in Zukunft nur noch auf den Marinegeheimdienst verlassen. Dann sagte der Colonel: ›Wenn ich das Verteidigungsministerium informiere, können wir ebenfalls einpacken.‹ Sie steckten in der Sackgasse, bis der Chef meinte, vielleicht sei es am einfachsten, noch einen Bericht von 59200/5 zu verteilen – daß sich die Anlagen als Fehlschlag erwiesen hätten und abgebaut worden seien. Jetzt ging es natürlich noch um Sie. Der Chef hatte das Gefühl, Sie verfügten über wertvolle Erfahrungen, die dem Nutzen der Abteilung dienen sollten statt der Boulevardpresse. In letzter Zeit hätten zu viele Leute Erinnerungen an ihre Zeit beim Geheimdienst geschrieben.

Jemand erwähnte das Gesetz zur Geheimhaltung von Staatsgeheimnissen, aber der Chef meinte, es lasse sich vielleicht in Ihrem Fall nicht anwenden. Sie hätten sie sehen sollen, als sie um ein Opfer gebracht wurden. Dann sind sie natürlich auf mich losgegangen, aber ich hatte nicht vor, mich von dieser Bande ins Kreuzverhör nehmen zu lassen. Also habe ich den Mund aufgemacht.«

»Was in aller Welt haben Sie gesagt?«

»Ich habe ihnen gesagt, selbst wenn ich es gewußt hätte, wäre ich nicht eingeschritten. Ich habe gesagt, Sie hätten für etwas Wichtiges gearbeitet, nicht weil irgend jemand sich Gedanken über einen Weltkrieg macht, zu dem es vielleicht niemals kommt. Dieser als Colonel verkleidete Trottel hat etwas über ›Ihr Land‹ gesagt. Ich habe gesagt: ›Was meinen Sie mit seinem Land? Eine Flagge, die irgend jemand vor zweihundert Jahren erfunden hat? Die Bischofskonferenz, die sich über die Scheidung streitet, oder das Unterhaus, wo sich die Abgeordneten zurufen ›Hört! hört!‹? Oder meinen Sie den Gewerkschaftsdachverband, British Railways und die Genossenschaftsläden? Falls Sie sich je einmal Zeit zum Nachdenken nehmen, halten Sie vermutlich Ihr Regiment für Ihr Land – aber wir haben kein Regiment – er und ich.‹ Sie wollten mich unterbrechen, und ich habe gesagt: ›Oh, das habe ich ja ganz vergessen. Es gibt etwas Größeres als das eigene Land, nicht wahr? Sie haben uns das beigebracht mit Ihrem Völkerbund, Ihrem Atlantikpakt, mit NATO, UNO und SEATO. Aber den meisten von uns bedeuten sie nicht mehr als all die anderen Buchstaben, USA und UdSSR. Und wir glauben Ihnen nicht mehr, wenn Sie sagen, Sie wollen Frieden, Gerechtigkeit und Freiheit. Was für einen Frieden? Sie wollen nur Karriere machen.‹ Ich habe gesagt, ich sympathisierte mit den französischen Offizieren, die sich 1940 um ihre Familien gekümmert haben; ihnen sei es jedenfalls nicht zuerst um ihre Karriere gegangen. Ein Land sei eher eine Familie als ein parlamentarisches System.«

»Mein Gott, das haben Sie alles gesagt?«

»Ja. Es war eine richtige Rede.«

»Haben Sie es geglaubt?«

»Nicht alles. Sie haben uns nicht viel zum Glauben übriggelassen, nicht wahr – nicht einmal Unglauben. Ich kann an nichts Größeres glauben als ein Zuhause, an nichts Vageres als ein menschliches Wesen.«

»Irgendein menschliches Wesen?«

Sie ging rasch davon, zwischen den graugrünen Sesseln, ohne zu antworten, und er sah, daß sie sich an den Rand von Tränen geredet hatte. Vor zehn Jahren wäre er ihr nachgegangen, aber die mittleren Jahre sind die Zeit der traurigen Vorsicht. Er sah ihr durch den tristen Raum nach und dachte: Liebling ist nur eine Redensart, vierzehn Jahre zwischen uns, Milly – man sollte nichts tun, was das eigene Kind schockiert oder dem Glauben schadet, den man nicht teilt. Sie hatte die Tür erreicht, als er sie einholte.

Er sagte: »Ich habe Jakarta in allen Lexika nachgeschlagen. Sie können nicht dorthin. Es ist ein schrecklicher Ort.«

»Ich habe keine andere Wahl. Ich habe versucht, in der Schreibzentrale zu bleiben.«

»Wollten Sie denn in der Schreibzentrale bleiben?«

»Wir hätten uns manchmal im Corner House treffen und ins Kino gehen können.«

»Ein gräßliches Leben – das haben Sie gesagt.«

»Sie wären ein Teil davon gewesen.«

»Beatrice, ich bin vierzehn Jahre älter als Sie.«

»Was zum Teufel spielt das für eine Rolle? Ich weiß, was Ihnen wirklich Sorgen macht. Es ist nicht das Alter, es ist Milly.«

»Sie muß lernen, daß ihr Vater auch nur ein Mensch ist.«

»Sie hat einmal zu mir gesagt, es geht nicht, daß ich Sie liebe.«

»Es muß gehen. Meine Liebe zu Ihnen kann keine Einbahnstraße sein.«

»Es wird nicht leicht, ihr das zu sagen.«

»Nach ein paar Jahren ist es vielleicht nicht leicht, bei mir zu bleiben.«

Sie sagte: »Mein Liebling, mach dir darüber keine Sorgen mehr. Du wirst kein zweites Mal verlassen werden.«

Als sie sich küßten, kam Milly herein. Sie trug einer alten Dame den großen Nähkorb und sah besonders tugendhaft aus; vermutlich hatte sie mit einer Reihe von guten Werken angefangen. Die alte Dame sah die beiden zuerst und packte Millys Arm. »Kommen Sie weg hier, Liebes«, sagte sie. »Was denken die sich nur dabei, wo jeder sie sehen kann!«

»Das ist schon in Ordnung«, sagte Milly, »es ist nur mein Vater.«

Der Klang ihrer Stimme trennte die beiden.

Die alte Dame sagte: »Ist das Ihre Mutter?«

»Nein. Seine Sekretärin.«

»Geben Sie mir meinen Korb«, sagte die alte Dame entrüstet.

»So«, sagte Beatrice, »da haben wir's.«

Wormold sagte: »Es tut mir leid, Milly.«

»Oh«, sagte Milly, »es wird Zeit, daß sie etwas über das Leben lernt.«

»Ich habe nicht an sie gedacht. Ich weiß, dir wird es nicht wie eine richtige Ehe vorkommen …«

»Ich bin froh, daß ihr heiratet. In Havanna habe ich gedacht, ihr hättet bloß ein Verhältnis. Natürlich läuft es auf dasselbe hinaus, nicht wahr, weil ihr ja beide schon verheiratet seid, aber irgendwie hat es mehr Würde. Vater, weißt du, wo der Tattersall ist?«

»Ich glaube, in Knightsbridge, aber er wird jetzt geschlossen sein.«

»Ich wollte nur den Weg herausfinden.«

»Und es macht dir nichts aus, Milly?«

»Oh, Heiden dürfen fast alles, und ihr seid Heiden. Ihr habt Glück. Zum Abendessen bin ich wieder da.«

»Siehst du«, sagte Beatrice, »es war also doch nicht so schlimm.«

»Ja. ich bin doch recht gut mit ihr fertiggeworden, nicht wahr? Manches kann ich richtig machen. Übrigens, der Bericht über die feindlichen Agenten – damit müssen sie doch zufrieden gewesen sein.«

»Nicht ganz. Weißt du, Liebling, das Labor hat anderthalb Stunden damit verbracht, jede Briefmarke ins Wasser zu legen, um deinen Punkt zu finden. Ich glaube, er war auf der vierhunderteinundachtzigsten Marke, und als sie versuchten, ihn zu vergrößern, war überhaupt nichts darauf. Du hast den Film entweder überbelichtet oder das Mikroskop verkehrt herum benutzt.«

»Und trotzdem geben sie mir den ›Orden des British Empire‹?«

»Ja.«

»Und einen Job?«

»Ich bezweifle, daß du ihn lange behältst.«

»Das habe ich auch nicht vor. Beatrice, wann hast du zum ersten Mal gedacht, daß du …?«

Sie legte die Hand auf seine Schulter und brachte ihn zwischen den tristen Stühlen zum Tanzen. Dann fing sie zu singen an, ein bißchen falsch, als wäre sie lange gelaufen, um ihn einzuholen.

»Alte Freunde und alle Normalen
sagen zu mir, die Erde ist rund,
sagen, eine Orange hat Schalen,
nennen mich einen verrückten Hund.
Ich aber sage, die Nacht ist der Tag …«

»Wovon sollen wir leben?« fragte Wormold.

»Wir finden einen Weg, du und ich.«

»Wir sind zu dritt«, sagte Wormold, und sie erkannte das Hauptproblem ihrer Zukunft – es würde ihm immer an Verrücktheit fehlen.

Graham Greene im dtv

»Bei Graham Greene ist Schuld die menschliche Unzulänglichkeit vor dem Schicksal, und Sühne ist nicht die absolute Verdammnis.«
Eberhard Thieme

Ein Mann mit vielen Namen
Roman
dtv 11429

Orient-Expreß
Roman
dtv 11530

Ein Sohn Englands
Roman
dtv 11576

Zwiespalt der Seele
Roman
dtv 11595

Das Schlachtfeld des Lebens
Roman
dtv 11629

Das Attentat
Roman · dtv 11717

Die Kraft und die Herrlichkeit
Roman · dtv 11760

Der dritte Mann
Roman · dtv 11894

Das Herz aller Dinge
Roman
dtv 11917

Jagd im Nebel
Roman
dtv 11977

Unser Mann in Havanna
Roman
dtv 12034

Der stille Amerikaner
Roman
dtv 12063

Der Mann, der den Eiffelturm stahl und andere Erzählungen
dtv 12129

Der Honorarkonsul
Roman
dtv 12187

Die Stunde der Komödianten
Roman
dtv 12199

Rafik Schami im dtv

»Meine geheime Quelle ist die Zunge der anderen. Wer erzählen will, muß erst einmal lernen zuzuhören.«
Rafik Schami

Das letzte Wort der Wanderratte
Märchen, Fabeln und phantastische Geschichten
dtv 10735

Die Sehnsucht fährt schwarz
Geschichten aus der Fremde
dtv 10842
Erzählungen vom ganz realen Leben der Arbeitsemigranten in Deutschland.

Der erste Ritt durchs Nadelöhr
Noch mehr Märchen, Fabeln & phantastische Geschichten
dtv 10896

Das Schaf im Wolfspelz
Märchen & Fabeln
dtv 11026

Der Fliegenmelker und andere Erzählungen
dtv 11081
Geschichten aus dem Damaskus der fünfziger Jahre. Im Mittelpunkt steht der unternehmungslustige Bäckerjunge aus dem armen Christenviertel, der Rafik Schami einmal gewesen ist.

Märchen aus Malula
dtv 11219
Rafik Schami versteht es, in diesen Geschichten den Zauber, aber auch den Alltag und vor allem den Witz und die Weisheit des Orients einzufangen.

Erzähler der Nacht
dtv 11915
Salim, der beste Geschichtenerzähler von Damaskus, ist verstummt. Sieben einmalige Geschenke können ihn erlösen. Da schenken ihm seine Freunde ihre Lebensgeschichten...

Eine Hand voller Sterne
Roman · dtv 11973

Der ehrliche Lügner
Roman · dtv 12203